張《チャン》　鑫鳳《シンフォン》

中国医師の娘が見た文革

旧満洲と文化大革命を超えて

藤原書店

中国医師の娘が見た文革／目　次

中国医師の娘が見た文革——旧満洲と文化大革命を超えて

序——父の墓参り

一九九一年十二月三十日は、父の七回忌だった。ちょうど長春《チャンチウン》の寒さの峠を迎える頃で、例年だと零下三十度ほどにもなり、暖冬であったとはいえ、その日も零下二十度くらいに冷え込んでいた。北西の風が吹き、空は灰色の薄雲に覆われ、凍えたような太陽が弱い光を地面に落としていた。路傍の残雪は半分氷になっていた。

その日の朝、私は弟と、長春の東の郊外にある朝陽溝《チオヤングオ》火葬場へ父の墓参りに出かけた。日本に留学する直前で、いろいろと準備に忙しかったが、私はどうしても、一度父の墓に参り、留学のことを知らせたかった。

墓地は、人家から遠く離れた荒野の中にあった。清明節《チンミンジエ》〔四月五日。日本のお彼岸にあたる日〕でもなく、特別な祭節でもない今は、訪ねる人は少ない。そこは、ただの荒涼とした野と墓だ。

私たちが父の墓参りに行くと決めると、母は昔からの墓参りの習慣にしたがって、あれこれと準備を始めた。私もそれを手伝った。長春の風俗では、死んだ人に拝謁するとき、「焼紙《シオチ》」という黄色の紙を焼く。その紙はわら製で、やや厚手のざらざらした感じのもので、「陰曹地府《インツォディフ》〔死の世界〕」のお金だといわれる。その紙を百枚重ねて一組とし、一番上に、本物の紙幣を押しつけることで「陰曹地府」ではそれと同じ価値を持つようになると考えられている。「焼紙」は、あの世で困らないようにという死者に対する思いやりと、現金は焼き紙にただ押しつけるだけで、すべて自分たち「生者」のもとに残すという合理的な風俗だ。私は紙幣の中での最高額の百円人民幣で、いっぱい押した。母は、だれか知り合いから、一枚の「陰曹地府銀行発行」の紙幣をもらってきた。紙面には、「大陰曹地府銀行一万億」の漢字と数字と、変った模様が印刷してあった。その「お金」をそのまま焼くと、あの世界で使えるという。

「お父さんがこれを受け取るとあの世で大変金持ちになるでしょう」と母は生まじめな口調で言った。「可愛がっていた娘が押したものは、死者の手に入りやすいと言われているのよ」と母は言ってお金を押すのは全部私に任せた。

紙幣で押した後の黄色の紙を、一組一組帯で包む。帯には宛先として「陰曹地府」、宛名として父の名前、差出人として母の住所と名前を書いた。

出発する前に母は、父が使っていた将棋も包み入れて、「これもお父さんのために焼いてあげてちょうだい。お父さんは寂しいでしょうけど、これがあったら、友達もできるでしょう」と言った。

あれこれ墓参りの準備をしていると、本当にすぐにも父に会えるように思えてきた。確かに父がどこかの別の世界に生きているように感じられた。父が死んでから、人間が死んだら魂も肉体もなくなるということを信じたくなくなっている。

でかける前に、息子が、二、三日前に作った小さい白い花を私に渡して、「お祖父ちゃんにあげてちょうだい」と言った。私と弟はたくさんの黄色い紙を抱いて出発した。墓地にむかうバスの中で、しばらく父を忍ぶ感情を底に沈ませながら、一年ぶりに会った弟と、共通の話題を取り上げて、話し合った。

バスが、埃をまきあげながら郊外の道を走って行った。だんだんと町の風景が遠ざかる。両側の小さい工場や、田舎風の家や、ポプラの木も、どんどん後ろに退いていった。

遠くに火葬場の煙突が見えてくると、私はしゃべる気がなくなった。三十メートルくらいの高い煙突の口から、淡く黒味かかった白煙が、吐き出されている。水墨画の牡丹のようだった。それを見つめていると、その下で焼かれた一人一人の死者が見えてくるような気分になった。もう七年になる――。その七年の間に、どれだけたくさんの生者が死者になり、煙と化したのだろうか。その「牡丹」を見て、一人一人の死者が離れがたい家族の悲しい泣き声のなかで、燃え盛っている火の中にいれられ、煙突から煙に乗って空に昇ってゆく様を想像して人生の寂寥を味わっていた。

煙突から目を離そうとした時、突然浮かび上がった意外なイメージに私はたじろいた。一人の生者が、牡丹の煙になる死者の行列に逆らって、煙突の口から中に飛び込んだ――。それは、一九六八年、文化大革命の最中のことだった。

またもう一つのシーンが、それにつづいて浮かんできた。

同じ年の初夏。何人かの人々といっしょに高い台の上に立たされ「批鬪《ピド》〔文化大革命用語。革命の対象となる者を引っぱり出して、批判する闘争」」されていた父の姿。

そして、父に飛びかかり、「お父さん、お父さん……」と夢中で呼びつづけている十二歳の私……。


塀で囲まれた墓地の正門に着いた。

広い構内だ。正面の門の左側に「長春朝陽溝火葬場」という看板がかかっている。正門に入ると、左側に門衛の小屋がある。正門から、向こう側の裏門が見わたせる。正門と裏門の間には、コンクリートの舗道があり、その両側に小さな建物が八列並んでいる。この家の中に、高さ二・五メートルくらいの棚が並んでいる。棚は一定間隔にしきられ、そこに火葬した死者の骨灰を入れた骨壺が置かれている。中国では五〇年代、土葬が禁止されてから墓地というのはこのような形のものになった。

その家並の中で一軒だけ、砂利をはめた白い壁、ガラスをはめた赤いドアに銀色の手すりがついているものがあった。旧式の赤いレンガ造りの、暗く、階段もない他の家とはデザインが異なっている。

ここは「革命公墓《グァミングォンム》」だ。国と人民に大きな貢献をした人々の墓で、父はこの公墓に入った。

「革命公墓」の「存骨証《ツングチアン》」は赤い色で、一般の墓の緑色のと区別されている。墓に参るには「存骨証」を示して中に入る証明をもらわなくてはならない。私たちは、「存骨証」を出し、「公墓」に入る証明をもらい、赤いドアの前まで来た。入れるのは一人だけと言われ、私が入った。

建物の正門を入ると、対面には市長、省長などのお墓がいくつかあった。左側が父のいる部屋だ。その中には、乳白色の棚が三十列くらい配列されている。番号が付いていているが、この前に来た時とは並び方が違っているようだった。私は、棚の間を行ったり来たりして父の骨壺を探した。とても時間がかかった。棚はしきりごとにガラスがはめてあり、死者の写真がついた骨壺が納められている。このように死者の目の前をさまよっている自分が不思議に思えて来た。

ここは、死者の世界だ。私は子供の時から、死にかかわることが、大嫌いだった。友達といっしょに町で葬送の車にあうと、互いに、「これはまずい！」と言いながら、しきりに唾を吐いたものだ〔唾を吐くと、忌まわしいものも吐き出されるという説がある〕。俗世間では、死者を「鬼《グイ》」と呼んでいる。死者の世界は怖くて、忌まわしい鬼の世界、氷で閉ざされた別世界なのだ。

しかし、父が死んでから、死者の世界と自分を切り離して日を過ごすことができなくなった。心のどこかでその世界に魅かれているようだ。一番回避できないのは、夢の中だ。生と死の境がなくなった夢のなかで、現実の中で永遠に去った父の体温が感じられた。夢は、この世から急に消えた父の声と笑顔を再現してくれる。

私は、その閉ざされた世界の氷がとけていくのを感じた。むしろ、その世界の存在をひそかに期待している。

やっと見付けた。二・五メートルの高いところにあって、手がとどかない。私は、脚立を押して来て登り、父の部屋〔一つの枠の中〕に相対した。中は、前回来た時と同じ様子だった。正面に、父の骨壺がある。幅三十五センチくらい、高さと奥行きはそれぞれ二十五センチくらいで、紫檀色の漆のはこだ。上に彫刻がほどこされている。古代宮殿の様式だ。正面の両側が柱のように遠近法で彫刻され、奥ゆきが感じられる。その奥の真ん中に父の写真があった。骨壺の後ろに、小型の赤十字の旗と中国共産党の旗が掛けてある。かつて私たち四人の子供と母が捧げた小さい花輪がそのままおいてあった。

側には、父の恋人の花輪も置かれている。

それは父の一周忌、母の誘いに応じて、彼女がわざわざ斉斉哈尔《チチハル》から来て捧げたものた。その日、私は初めて、父のさまざまな不幸とつながっているこの人物を「拝見」した。私は、そのような関係の中にいた父のことはなんとか許せるのだが、父の背後にいたその女性には反感をもち、とても許しがたかった。彼女に会う前に心の中で冷たい態度をとることを決めたのも当然だった。私が部屋に入ると、彼女は立ち上がり、私に向かって歩いてきた。彼女は六十五歳をこえていた。リンゴの形をした顔はやや赤黒く、善良さと篤実さが見えた。落ち着いた動作と公明で優しい笑顔が、煉獄を経た人特有の本音を奥に深く隠した成熟と寛容を示していた。へりくだりもせず、傲慢でもない態度が、世俗の尊卑栄辱から超脱した心境をうかがわせた。何よりもめだったのは額に残された長い傷跡だった。さほど古い傷ではないようだ。それはあの残酷な時代の印痕ではないか。「文革」時代に彼女が首に破れた靴〔破れた靴は、中国では不倫の暗喩である〕をかけられて「遊闘《ユド》〔批闘の一種で、革命の対象になるものをひっぱり出して町を廻って批判し、闘争する〕」されたというのを聞いたことがある。父との恋で演じられた彼女の人生の悲劇は、時代の悲劇によってさらにその色を深められたようだ。彼女は母の手紙に対する返事の中で、自分の「文革」体験を「九死一生《ジュスイシアン》」という一言で要約した。彼女に直面したその時、その「九死一生」の中の「九死」が急に生臭い時代の匂いを伴って、鮮烈なイメージとして現れてきた。彼女の心の奥をのぞくと、私は体の心棒を失い、頑固であろうとした感情が崩れてしまった……。

その日、彼女、私、弟、母の四人はいっしょに「朝陽溝」に行った。母は、彼女が一人で父の骨壺といっしょにいられる時間をつくった。

父の骨壺を抱いた彼女は、私たちから遠く離れて行き、そこで骨壺を前において跪いた……。戻って来た彼女の顔には慟哭した跡が残っていた。

私は、揺れている脚立に立って、新しい白いハンカチ〔必ず白い色で、新品のものでなければならない〕で、骨壺をきれいに拭いた。「部屋を清める」という意味だ。そして、父の骨壺を出し、しっかり胸に抱いて、脚立の揺れを恐れながら降りてきた。

私は、ゆっくりとドアのところへ歩いて行った……。心の扉が、音を立てずに開いた。せきとめられていた何かが、静かに骨壺の中に流れ込んでいく。それは、父親の突然の死によって、無理やりに遮断された娘の愛なのか。それとも、父の最期に側にいなかった娘の心残りなのか……。一つの鬱積した塊が、今とにかく、骨壺を抱いているしばらくの間だけ、わずかに緩んでいくようだった……。

外に出ると、私と弟は、紙を焼くために指定された場所に行った。そこは郊外の荒野だ。この季節特有の西北風が吹いている。遠くの方に見える一軒一軒の民家の屋根の煙突から、細い白い煙がゆらゆらと立ちのぼっている。昼ご飯を作る時間だった。二百メートルくらい離れたところで、火葬場の高い煙突が、まだ墨絵の牡丹のような煙を吐いている。凸凹した荒れ地には、あちこちに枯れ木がぽつりぽつりと寂しそうに立っている。遠く見渡すと枯れ草が黄色く見えるが、足元近くの草は、紙を焼いたために、黒い焼き跡をつけた根だけが残っていた。私たちは母に教えられたように、木の枝で直径二メートルくらいの円を仕切り定めた。円に一つの開口部を残して。円の中は父に「お金」と「お土産」をあげる場所、開口部は、父が入る門だ。ここに来る前に、母が、わざわざ、「門は大きくするようにね。お父さんは太っているから、門が小さいと、入れないからね」と言いつけたのだ。

そして、帯のついていない、名前も書いていない黄色の紙を焼いた。それについて、母は、「これは外鬼《ワイグイ》〔ほかの死者〕にあげるのよ。お父さんはおとなしいから、皆がお金を奪いにきたら、困るでしょう」と言った。

その後、名前が書いてある黄色い紙に火をつけて焼き始めた。骨壺は円の中、火から離れたところに置いた。木の枝で紙を動かしながら燃やして、「お父さん、お金を取りにきてください」と呼びかけた。これも母が何度も言いつけたことだ。紙の中に、木製の将棋も、金色のアルミ箔で作った「元宝《ユアンボ》〔中国の清末まで使用した貨幣。金銀を鋳たもの〕」もある。火が燃えて生じた熱気流と西北風とが合流する。燃えた黒い紙灰がそれにしたがって舞い上がる。老人たちの話では、それは死者がお金を収めているのだそうだ。だんだんと紙は燃えつきた。将棋は木炭になり、「元宝」は白っぽい灰になった。私は、父の骨壺を抱き、弟といっしょに戻った。途中で、同じバスで来た人々が死者に「焼紙」をしているところに通りかかったとき、そこで、紙でできたテレビ、洗濯機、車なども焼いているのが見えた。弟は、「あの世界でも現代化が進んでいるね」と言った。

骨壺をもとの「部屋」に戻し、その部屋をもう一度整えた。息子からあずかった小さい花も供えた。最後に、私は、父の写真に向かって、心の中で、日本留学のことを報告した。写真の中の父の目を見た。その目には、憂いがいっぱいだった。

「そんな目をしないで」。私は頭を横に振りながら言った。

「長い間の夢がやっと実現するんじゃないの、お父さん」。私は執拗に写真を見た。私が期待している眼差しを、少しでも見いだしたかった。しかし、父の目の憂鬱は深すぎた。娘の留学が、嬉しくないわけがない。それは父が、私に「あ　い　う　え　お」という日本語を教えた日から、ひそかに抱いていた期待だともいえる。それなのに、なぜ父の目は憂鬱に沈んだままなのだろう……。

私はやむをえず、ガラスのドアを閉めた。だが、写真から目を離すことはむずかしかった。父の目は、憂いがますます深くなり、寂しさもにじみ出ている。そのうちに私は、自分の喜びを写真の中の父の目に映そうとする自分が恥ずかしく思えてきた。父にすまない気持ちで、胸がいっぱいになった。その時、一つの心づもりが密かに芽生えた。

公墓を出るまえに、私たちは、父の世話を頼む意味で管理人に十円の人民幣を手渡した。

実家に戻ると、私は父の大学時代の写真を探しだし、母に、「これ、もらえませんか」と尋ねた。

「どうするの」

「……ただ欲しいの」

「いいわよ」と母は言って、「失くさないようにね」とまた言い添えた。

実家から自宅に帰った。気がかりだったことにけりをつけたという気持ちはなかった。父の目のなかの憂いを忘れることができない。一人でいる時、父の大学時代の写真をとり出した。

五十年前、父は、日本留学の夢を実現するために一生懸命に頑張った。もう少しで実現するというところで、挫折してしまった。父の達者な日本語は、五十年の歳月を超えて、いつもいつも青年時代の心残りを語っているようだった。

「お父さん、いっしょに日本に留学しましょうか」と私は、写真に向かって言った。やはり憂いの目なのだ……。

写真の父は、二十二歳。正面に「大學」という文字がはめられた帽子を被っている。二枚の写真に共通の憂いが、父の心の底に深くしまわれた宿願を私に伝えているようだった。私は深いため息をついてから、その写真を、出国の資料といっしょにしまった。

一九九二年一月二十八日十一時、私は、北京空港から日本へ旅立った。

飛行機は、青い空に向かって、上昇している。眼下の北京の町は、だんだん小さくなり、やがて見えなくなった。窓の外に浮かんでいる白い雲を眺めながら、父と娘、二つの世代の日本留学の夢のなかに込められた辛酸を細部にわたって味わっていた。中国、この老いた国に生涯を過ごした父の人生と、自分の半生の出来事が、遠い彼方、新しい視野に再び浮かんでくる……。

第一章　私の誕生――旧満洲の張一族と国共内戦

私の誕生

一九五六年二月十二日、旧暦の春節《チュンジェ》の日（一月一日）に、私は生まれた。父は医者で、母は看護婦だった。家は、吉林省長春《チャンチュン》の普通の市民の住宅だった。庭つきの二階建のレンガの建物に、三家族が住んでいた。一階に二家族が住み、二階が私たちの家だった。一ＬＤＫに家族五人が暮らしていた。家族は、父、母、十歳の姉と七歳の兄、それに父方の伯母もいた。

大晦日の晩、母は皆といっしょに餃子を作って、深夜の零時に神様を迎える準備をしていた。中国の伝統では、大晦日の零時に天の神様たちがこの世におりてきて、人々といっしょに正月を過ごすことになっている。零時になると爆竹を鳴らして、神様を部屋に迎え、眠っている子供たちも起こしていっしょに餃子をたべる。

その前に、ふと、母は疲れて居眠りをし、不思議な夢を見た。

一羽の醜い鳥が飛んで来て、家の窓の格子に止まった。今まで見たことのない鳥だった。

「これは何の鳥かしら？」と母は呟いた。

「それは鳳凰だよ」という声が聞こえた。

「鳳凰？　鳳凰なら、きれいなはずなのに？」

「そう、雄の鳳凰はきれいだが、雌はこんなものだよ」という声が返ってきた。

「パパーン」と、突然、外で爆竹の弾ける音がして、母は目を覚ました。時計を見ると、零時になっていた。ぴかぴかと花火が窓に光っている。その時母は腹が急激に痛み、陣痛がきたことに気がついた。出産予定日はすでに二週間も過ぎていた。こんな時間に、病院に行くことはもうできなかった。父が急いで助産婦を迎えに行った。間もなく私が生まれた。そして、そのような思いがけない春節の日の私の誕生は、その後、家族の間の語り草になった。

「鑫鳳《シンフォン》」という私の名前の由来もそこにある。母の夢に現れた鳳凰にちなんで、私は「鑫鳳」と名付けられたのだった。ちなみに「鑫」という字は、姉の「鑫鈴《シンリエン》」からとられた。その姉は生まれつき体が弱く、いつも病気がちだった。母は、友人に、姉の病気を占ってもらった。すると、その友人は姉の「生辰八字《シェンチェンバズ》〔誕生時間に内包された陰・陽・五行関係〕」を占って、「この子は命が軽くて、育ちにくい運命です。重い名前でしっかり押さえなければ」と言った。

母は父に、「一番重い漢字を探してください」と言った。父は重そうな「金」の部首の漢字の中から、三つの「金」によって組み立てられた「鑫《シン》」の字を探し出した。その上に、また、二つの「金〔「令」も「金」の仲間に属する〕」から成り立っている「鈴」の字を重ねて、「鑫鈴」という名前を選んだ。次に生まれた兄は「鑫玉《シンイウ》」、そして、私は「鑫鳳」と名付けられた。

鳳凰は鳥の「王」で、中国の古代の皇后をたとえる語でもある。そして、女の子にとっては出世の象徴だ。母は、私の誕生が家に幸せをもたらしてくると、ひそかに期待していた。

春節の日は、「初一《チウイ》」と言われる。

人々は朝、餃子を食べると、たがいに「拝年《バイネン》〔新年の挨拶〕」をする。その日、初めて会う人に、必ず「過年好《グオネアンホア》〔新年おめでとう〕」と言うのだ。職場の人々は「団拝《トアンバイ》」をする。一つの職場の人々が、いっしょに各家に新年の挨拶をしに行くのだ。

病院で出産すれば別だが、家での出産にはいろいろなしきたりがある。まず、「産房《チアンファン》」と呼ばれる子供が生まれる部屋には、勝手に入ってはならない。そこに入る人が、この部屋にお土産をおいて行かなければ、「帯乳《ダイル》〔母親の乳を持ち去ってしまう〕」の危険があると言われる。さらに三日間、父親以外の成人男性は、その部屋に入れない。

最初にこの部屋に入る人は、「踩生《ツァイシエン》〔生まれる空間に足を入れる〕」と呼ばれ、その人が誰になるかを母親は気にする。将来、子供の性格などにその人に似たところが出るというのだ。

私が五人もの家族が生活する部屋で誕生したことは、家の人たちを大変困らせた。予定日を過ぎてはいたが、病院で出産するものだと皆思い込んでいた。それに、ぴったり「初一」に生まれるとは思ってもいなかったことなので、家族にも、年始のお客にも準備がなかった。父方の伯母と、臨時に手伝いに来た母方の伯母は、この部屋に、「拝年」する人を入れるかどうかと相談した。父は当惑した。父は職場の科の主任として、科全体の医者や看護婦たちを連れて、各家に「団拝」をするわけで、子供が生まれたという理由でみんなを自分の家に入れないと、迷信と言われる恐れもある〔当時中国では「破除迷信《ポチウミシン》」ということが厳しく行なわれていた〕。またそれは義理人情から言ってもできないことだった。

どうしたらいいかと迷っているうちに、

「おじさん、おばさん、新年おめでとうございます」と言う子供たちの声が聞えてきた。第一番目の「拝年」者が、もはやどかどかと、この「産房《チァンファン》」に闖入してきた。五、六人の近所の子供たちだった。父方の伯母が慌てて母のベッドをカーテンで覆い、母方の伯母は、飴や向日葵《ひまわり》の実を皆のポケットに入れた。

もはや相談する余裕はなかった。父は「団拝」の集合の時間に間に合うように病院に行かなければならないし、「過年好」という挨拶の声で、すでに町はにぎわい始めている。

私が生を受けた第一日は、こうして皆の「過年好」の挨拶の中で過ぎた。「帯乳」されるどころか、母の乳は意外に多かった。ただし、「踩生」者は誰であるか分からなくなった。後年、母は私の性格に手を焼く度に、「この子は、誰に似たのかしら」と、この日のことを思い浮かべていろいろこぼしていた。

私が誕生した一九五六年は、中国で平和が重んじられた年だった。町には「和平鳩《ホアピングァ》」と呼ばれた鳩のポスターがあちこちに貼られていた。国慶節の日に、デモ行進する中学生たちはみな鳩を抱いていて、観検閲台を通るとき一斉にそれを放した。いっぱいの鳩が人々の頭上を飛んでいった。二人の女の子が鳩を抱いているポスターの絵は、母が大好きで、家にも一枚貼ってあった。絵の中の大きな方の子はちょうど姉の年頃だと母は言った。後年、平和鳩のかわりに、銃を担いだ兵士の絵や、拳を握り、怒りの目を見開いている労働者の絵が天下を睥睨するようになった。

その年は知識人が一番優遇された一年でもあった。その時父は、吉林省の政治協商委員会〔各党派によって構成された政府の諮問機関〕のメンバーになった。

私が一歳の時、もともと結核にかかっていた姉が死んだ。そのショックで、母の精神は崩壊状態に陥った。姉が死んだ夜、母はぼんやりしているうちに、幻覚にとらわれた。

……果てしない風雪のなかから、一人の白い髭の年老いた乞食が現れた。

「お願いです。お腹が空いて耐えられない。どうか、食物をめぐんでくれませんか」。哀願する老人をふりきるように「ダメダメ！　何もあげないわ。出て行って。いいことをしてきたのに、私の大事な娘は死んでしまったわ。これから何の慈善もしないわ」と母は狂気のように叫んだ……。老人はため息をつきながら、風雪のなかに姿を消した……。

母が目を開けると、開いた窓のそばに、父が外に向かってじっと立っていた。

「こんなはげしい吹雪なのに、どうして窓を閉めないの」

「吹雪なんかじゃないよ。見てごらん、空いっぱいの星だよ」と父は空を見ながら、静かに答えた。

父は、一晩中、ずっとそのまま立っていた。

母は、裕福な商人の娘として育てられた。子供時代から、喜んで慈善をやってきた。乞食を断ったことは一度もなかった。後年になって、母は何度も夢の中の自分のやり方を反省した。そして相変わらず、善事を実行しつづけた。

そのころ、私は泣き虫だった。私が泣くと、母は、いらだって私の頭をつつき、

「このチビさんが、わたしの鑫鈴の身代りに死ねばよかったのに」といまいましそうに言った。

母は、死んだ姉娘を偲ぶばかりだった。姉の髪の毛で結んだ辮髪と、彼女の使った鞄を十年も保存していて、折りにふれては、姉の思い出を話した——。

姉は病気の最期のころ、もらったリンゴを半分だけ食べて、残りを父親に食べさせようとした。

「父さんは食べない。それは鑫鈴ちゃんに買ったのだよ」と父は彼女の頭を撫でて言った。

「私はたくさん食べたから、お父さん、どうぞ食べてください」。姉は無理に体を起こして言った。

その時、家では姉の病気を治すために、大変なお金を使っていた。家の経済状況では、リンゴは普段はとうてい食べられないものだった。父がリンゴを口にいれたのを見て、姉は、ベッドに身を横たえた。こらえきれない涙が、父の目からこぼれ落ちた。

姉は完璧な子供だったと母はいつも話した。後の四人の子は、誰一人姉の十分の一にも及ばないそうだ。特に、私は、姉とは正反対だという。姉は、眼が大きくて、体がしなやかで美しかったという。私は眼が小さくて太っていた。姉は、母の思いにしたがって行動し、絶対に大人を怒らせなかったが、私は怒らせてばかりだった……。

姉が死んだのは、一九五七年、ちょうど全国の反右派闘争の時だった。「反党《ファンダン》」的と見なされる言葉を発した者が、「右派《ユパイ》」として槍玉にあげられることになった。ちょうど中国の「言多語失《エンドオイウシ》」という諺どおりになった。父のような無口な者は、幸い難を逃れていた。

父は、早くに両親を失った生活の中で、幼年時代から内気で、寡黙な性格を身につけた。党に不満を表すことができないばかりでなく、誰に対しても不満を漏らすようなことを絶対にしない。「閑時莫《シァンシモ》論人非《ロンレンフィ》，静坐常思己過《ジンズオチァンスジグオ》〔暇な時、他人の非を論ずることなく、静かに座って、常に自己の過ちを反省する〕」というのが、父の座右の銘だった。

しかし、反右派闘争の時代には一科の主任として、政治学習と政治会議の責任者としての義務を果たさねばならなくなった。六月ごろから、毎日父と母は、時間通りに帰宅することができなくなった。政治学習をするためだ。『人民日報』の「這是為什么《ヂァシウェイシェマオ》〔これはなぜか〕？」という社説を何度も皆といっしょに読むことになったが、「右派の進攻を反撃する」とか、「階級闘争の新形式」とか、「右派の人数は一〇パーセント」などの言葉の意味するところが、父はすぐ分からなかった。嘘をつくことができない父は、ただ、上からの指示によって、皆の発言の内容を正直に報告したにすぎなかったが、その正直な報告によって、科の中で三人の「右派《ユパイ》」が出てしまった。

反右派闘争が終わると、知識人の中の十分の一が「右派」になった。しかし誰も自分が、一体どうして「右派」になったのかはっきり分からなかった。右派になると、身分が格下げされた。給料も減らされ、職業も奪われた。「右派」はすぐ改造対象となり、自らも卑下した。「右派」にならないものは、すぐ、勝利者のごとく「右派」に君臨する立場に立った。任務を完遂するために、無実の罪で「右派」を作り出した指導者も、自分を守るために他人を告発した者もそうだった。

しかし、父はそうできなかった。実は、自分の科の者を「右派」に決めたのは、上の党の幹部だったのだが、父は「右派」にされた人に対して、すまない気持ちで胸が一杯だった。その人たちと会うと、父は恐縮して腰を低くした。どこへも恨みを発散できない「右派」は、やっと恨みをはらす対象を摑まえたように、全部の仇怨を、父の身に集中させた。

とりわけ三人の人物は最後まで父を恨んだ。その中の一人は「文革」の迫害で自殺した。もう一人は、「文革」が終わってまもなく、癌で死んだ。残った一人の女性は、文革の後、医者の職を回復され、父が主任をしていた科に戻った。父が死んだ時、彼女は人の群れの中に混ざって、いまいましそうに、

「彼もいい死に方ができなかったね。天罰だよ」と言い、眼鏡の奥の両眼には憎しみと涙がぴかぴかと光っていた。

「扶桑《フーサン》の国」――父の少年時代

伯母の顔は少しも覚えていない。しかし、彼女の声は、いくつかの忘れられない物語とともに子供だった私の記憶にはっきりと残された。

夏、庭の胡桃《くるみ》の木の下で、虫の鳴き声を聞きながら、半分も理解できないままに、私は伯母が話してくれる話を聞いた。冬、窓のそばで、伯母の膝の上に座って、窓の霜花を見ながら、

「雪が降ってきた。雪が降ってきた」という呪文をとなえるような声につられて、お話の世界に引き込まれていった。字も読めない伯母が繰り返し繰り返し一つの古い神話を私に語ってくれた。それは、扶桑《フーサン》の国の物語だった。

千四百五十年余りも前の、ある日、中国の荊州に「恵源《ホイウァン》」というお坊さんがやって来た。海に隔てられた二万里ほどの東にある「扶桑の国」の国から来たという。そこには桑に似ていて、必ず二本の幹が支え合いながら生えている所から名付けられた「扶桑」という木がたくさん生えているのだそうだ。扶桑の木は「神木」だ。朝、太陽は「暘谷《ヤング》」というところで起き、「咸池《シェンチ》」というところで沐浴して、扶桑の野原を通り、扶桑の木によじ昇るのだという。扶桑の国の一番の特徴は、戦争がないことだ。戟や矛や鎧やかぶとなどをその国の人は見たこともない。「扶桑の木はきれいだよ。葉っぱは卵形で、赤い大きな花が咲くの」と伯母が言った。

私は「扶桑の国」の神話に心を魅かれていた。朝目を覚まして、建物の上から昇ってきた太陽を見るとき、太陽が通った「扶桑の国」についていろいろと思いを巡らせた。

小学生の頃、ある日の夕方、晩ご飯の後に、小さい椅子を持って父のそばに座って、庭いっぱいの花を見ているとき、私は伯母の話を思い出して、

「お父さん、扶桑の花って知ってる？」と聞いた。

「知っているよ。扶桑の木は、花も、根も葉っぱも貴重な漢方薬の材料だ。体の中の余分な水分を出し、解毒作用があるんだ」と父は言った。

「扶桑の木は、扶桑の国にしかないの？」「いや、中国の南方にもあるよ」

「あの……扶桑の国はほんとうにあるの？」私は期待を込めて聞いた。

「扶桑の国は日本の別名だ……」。父は答えた。

私はがっかりした。当時、「日本《リベン》」という言葉が私たち子供にもたらしていたイメージは決して良いものではなかった。遊ぶ時、アメリカ、ソ連、中国、日本などの国の旗によって組分けをした。勝った組から先に旗を選ぶ。まず選ばれるのはアメリカだ（帝国主義なのに）。次はソ連だ（修正主義なのに）。第三番目は中国、またほかの国のがあれば、それがその次に選ばれるが、いつも最後に残されるのは、日本の旗だった。日本の国旗は「膏薬旗《グオヨチ》」、日本の国は「小日本《シヨリベン》」、日本人は「日本鬼《リベングイ》」と呼ばれ、軽蔑された。抗日の映画から得られた日本人のイメージは、八の字の髭をつけて、「バカヤロー」しか言えない残酷な殺人者だった。

大きくなるにつれ、学校の教育によって、日本のイメージはますます醜悪なものになった。展覧会や映画などに見られた日本侵略者の非人間的な暴行と、虐げられた中国人の悲惨なイメージは嫌悪感を伴って脳裏に焼きついた。

しかしながら、「日本」という言葉は、仲間たちと同じ嫌悪だけではないイメージを、私にもたらしていた。それは何かしらの恐怖を感じていた親たちの過去とつながっているようだった。

私が小学校に入る前の、ある春の日、母は洋服ダンスの引き出しの底に黄ばんだ古新聞紙の包みを一つ押し隠した。その包みの中には、母が日本人といっしょにとった写真が入っていた。母はそれを絶対に他人に見つからないように慎重に隠した。その時の母の緊張した様子が忘れられない。

また私が小学校一年生のころ、父はロシア語の勉強に取り組んでいた。ある日曜日の朝、父はロシア語をよく似た響きの中国語置き換えて、私たちを笑わせた。たとえば、「日曜日」は、「袜子擱在靴里《ワズガエザイシェリ》〔靴下を靴の中におく〕」で、「眼鏡《エンジェン》」は「啊嚏《アチギ》〔くしゃみをする声〕」という具合に。その時、弟は面白がって

「お父さん、眼鏡は、日本語でどう言うの」と聞いた。

「日本語では……」と父が言いかけると、台所でご飯の仕度をしていた母のかん高い声が割り込んできた。

「父さん！」

「わかった、わかった」と父は半分母に、半分期待している弟に言い、「ガェボリチョ」と答えた。

「ガエーボーリーチヨ」。弟はその言葉をゆっくり反復してみて、それが、中国語の「隔玻璃瞧〔ガラスを通してみるという意味〕」の早口だとわかって、

「嘘だよ、お父さんは嘘ついてるよ」と怒った。「ごめんごめん、日本語なんか、父さん、忘れちゃったんだ」。父のかすかな曇りが見えた。

あんなに夢見た美しい「扶桑の国」が、どうして「日本」なのか、私は残念に思った。

父の少年時代のことは、伯母の声を通して、かすかに私の記憶の中に織り込まれた。それは後年になってだんだんと補われたものだが……。

父の子供のときの名前は、建威《ジァンウェイ》といった。彼は、五歳のころ母を失い、六歳のころ父に死なれたた

め、祖父母といっしょに暮らした。

父が生まれた一九一八年、世界も中国も激動の時代だった。地球上最初の社会主義国家——ソビエト社会主義共和国連邦〔今のロシア連邦〕が成立した。中国では民主革命運動が決起して、その翌年、新民主主義による革命の端緒を開いた政治運動「五《ウー》・四《スー》運動」に発展した。その後、中国では中国共産党の成立も含めて、「反帝国主義、反封建」の運動が持続していた。

しかし、父が生まれ、育てられた中国北方の小さい町——泉来《チウアンライ》では、外部の運動がもたらしたことといったら、せいぜい男たちの長い綿入れが短い綿入れに取り替えられた程度に過ぎなかった。人々は相変わらず今までの生活を繰り返していた。いかに北平《ベピン》〔今の北京〕の学生たちが「打倒孔家店《ダドオコンジャデン》〔孔子に代表されるものを打倒する〕」というスローガンのもとで孔子のものを否定しようと、父はやはり「四書」「五経」をお経を読むように暗唱させられた。それに対して皮肉なことに、中央ですさまじい勢いで「抵制洋貨《ディチヤンホ》〔外国製品を使わず、買わず〕」運動をしていた時期、地方の富豪である張《チャン》家にはピアノという「超洋貨《チャオヤンホ》」も家に入った。

建威の父が死んだ年、彼の父方の叔母が師範学校を卒業して県の小学校の教師になった。建威もその小学校に入った。小学校には一学年十数人の生徒がいて、校長と彼の叔母を含めて、三人の教師がいた。建威は一年生の時、成績がクラスで一番下だった。彼より十歳年上の叔母は、成績表を、建威の前でパンパンと叩いて、

「おまえ、こんなに気骨がなくて、これからどう生きていくの。何を頼りにやっていくの」と叱りつけた。しかし痩せて、女の子のように頭をたれて、足の先を見つめている建威を見て、彼女は、鼻が

ツンとして、涙もこぼれてきた。建威がびっくりして、顔をあげると、いつもの優しい顔の叔母がそこにいた。建威は留年させられた。翌年、成績がクラスで一番になった。それから高校卒業まで、しっかり一番の位置を占めていた。

建威の祖父は、漢方医だった。家に漢方医学の始祖張仲景《チャンチョンジエン》〔漢方医学の始祖〕の肖像がかけられていた。祖父は、いつも自分が張仲景の後代だと言い、自慢していたようだった。毎日仕事に夢中になっていて、家の全てのことを、祖母に任せていた。家の実際の支配者は祖母だった。張家は、薬局も経営していて、薬を作るのに、手動の送風機を動かすのは建威の仕事だった。

夏休みになると、祖父は薬草取りの手伝いをさせるために、建威をつれて村へ出かけていた。その村は、県庁所在地から一五キロくらい離れていた。祖父はそこに一軒家を作った。村の近くに、小さい山々がある。山に行くと、祖父は医者の普段着である「長袍馬掛《チャンポマグア》〔長い着物の上に短い上着を着る服装〕」から樵夫の服に着替え、麦わら帽子をかぶり大きな籠を背負った。建威は、白いシャツを着て、同じ帽子をかぶった。麦わら帽子が大きすぎ、目のすぐ上まで覆った。山に入ると、祖父は、薬草取りに夢中になった。取りながら、あれこれつぶやいた。

「これは胡孫眼《ホウソンエン》だ。『本草綱目《ベンツォグアンム》』では、桑黄《サンホアン》という」と祖父は枯れているポプラの木の一つこぶのようなものを取って建威に見せる。

「こういうものは、柘《チエ》〔つげ〕、皀莢《ズオジャ》〔中国産トウサイカチ。実は莢になり、その実は莢ごと打ち砕いて、昔、洗濯に用いた〕、槐木《ホイム》〔槐《エンジュ》〕にもある。木によって、薬効が違うんだ」と祖父は、建威が分かるかどうか、おかまいなくて、楽しそうに、取った草を見ながら言った。

「それで、何の病気を治すの」と建威が聞いた。

「ポプラの木は、婦人の子宮不正出血に効果があるのだ」と、聞かれた祖父は、ますます楽しげに言った。

「皀莢は、胃の病気に。腫瘍も治せる」と答えた。

霊芝《リンチ》は、祖父の最高の収穫物だった。霊芝は、昔、「五色霊芝《ウセアリンチ》」と言われ、暗緑色や赤色や紫色のものがある。東北地方の神話伝説の中で霊芝は「不死草《ブスツォ》」と言われ、食べると長生きできるそうだ。ある日、祖父は、ある櫟《くぬぎ》の根に霊芝を発見し、大変喜んだ。祖父が興奮した目で見つめている紫色の霊芝は傘の形をして、まるで木でできているかのようだった。どのように見ても伝説の中の「不死草」とは見えなかった。

すべての花、草、野菜、果物などが、祖父の目を通して見ると、薬になってしまった。薔薇《ばら》の花は胃潰瘍を治す。百合は咳を止める。驢馬の皮から取り出す膠《にかわ》は、「阿胶《アジョ》」と言い、生理を調節し、腎臓を潤すのに役立つ。グリンピースは糖尿にいい。トウモロコシは腎臓にも肝臓にも膵臓にもいい……。

このように祖父について薬草取りをしているうちに、建威は、その一草、一木にも興味を持ってきた。鳥の鳴き声、野花の芳香、路傍の草の触感などが、だんだんと建威の体にしみ込んでいった……。

祖父によって医学についての遠い昔の神話が語られた。

昔々……伏羲《フシ》、炎帝《ヤンディ》、黄帝《ホァンディ》という三皇がいた。伏羲は、針や砭石《ファシ》〔石の針〕を創製して、人々の病を癒した。炎帝は、神農《シェンノン》とも呼ばれる。人類の始祖だ。彼は初めて草や木の味を嘗めて、嘗めること一日にして七十種の毒に遇い、体でそれを解毒しながら、薬書を作った。その時から薬草が使われ始めた。医方の道もそこから開かれた。炎帝の時代には戦争はなかったが、黄帝の時代には各部落間に戦争が起こった。黄帝は、それらに勝ち抜いて、中央帝王の座を固めた。彼は中国人の始祖だ。黄帝は、『黄帝内経《ホアンディネジン》』の話者だ。「私らは、炎黄《エンホアン》の子孫だよ」と、祖父はいつも言った。

『黄帝内経』は、「黄帝」の名に医学の奥義を託して、論じられたものだ。最古の本格的な中国医学書で、「素問《スウウン》」と「霊枢《リンシウ》」の二部に分かれており、「素問」は人体の生理、病理、養生法が論じられている。「霊枢」には、漢方の独特な経絡のこと、針灸、マッサージなどの物理療法について述べられている。『黄帝内経』は、「天人合一」、「陰陽」、「五行」説によって律せられている。その中で最もすばらしいのは陰陽の気をもとにした経絡学だそうだ。

「黄帝曰：陰陽者《インヤンヂャ》，天地之道也《テンディヂダオイエ》，万物之綱紀《ワンウヂガンジ》，変化之父母《ベンホアヂフム》，生殺之本始《シェンシアヂベンシ》，神明之府也《シェンミンヂフイエ》。治病必求于《ヂビンビチュイウ》本《ベン》……〔黄帝曰く、「陰陽」とは天地の道理であり、森羅万象のしめくくりをなすものであり、すべての変化の父母であり、生物を生まれたり死んだりさせるもとである。神明のみたまやである。病を治すにあたって、本《もと》を求めなければならない……〕」

この『黄帝内経』の言葉は、建威がその時から祖父に暗唱させられたのだ。

村の東南に、「東泡子《ドンポズ》」と呼ばれていた池があった。晩春から初夏にかけて、池の水がいっぱいになる。岸の周りに、まっすぐなポプラの木や歪んだ楡《にれ》の木や枝を垂らした柳の木などがある。木の下には、一面の暗緑の蒼耳子《おなもみ》や真菰《まこも》などの野草が生えていた。池の岸に近い浅いところには蒲や犬稗《いぬびえ》などが高く茂っている。

雨降りなので、薬草取りに行かなかったある日のこと、建威は、雨の合間に一人で外に出た。八月の太陽が輝いている。草の葉っぱに、水玉がころころしている。濁った池から、生臭い匂いが伝わってきた。その時、池の東南から、子供たちの笑い声が聞えてきた。

建威がその声の方を見ると、五、六人の子供が、水の中で遊んでいた。彼は、心を魅かれ、岸の草を踏んでひそかにそこに近づいていった。そこでは、村の子供たちが、魚を取っていた。そこは、ちょうど池と大きな川が交わるところだった。その一番狭いところが、魚をとるために泥で塞がれていた。子供たちは、叫んだり、笑ったりして楽しそうだった。建威は、十メートルくらい離れた池の岸に静かに座り、その様子を楽しそうに見ていた。大きな子供たちは、時に、鯉や鮒を取って岸に放る。小さい子供たちは、ズボンをぬぎ、二つの裾を紐で結んで中に水を入れ、魚を上の口から入れる。なかでも、目だって上手な一人の女の子がいる。(彼女が一番上手のようだった。)そのうち、鯰《なまず》も一匹取った。彼女は、その魚の頭を摑んで、

「鯰だよ」と言って、岸の子供に放った。建威は、目をまるくして、女の子を見つめていた。そのとき、彼女も建威に気づいた。彼女が池から出てきた。泥っぽい脚、裸の上半身。バタバタと足音をたてながら、パンツのままの女の子が、建威の前に来た。

「どこから来たの。私は英《イエン》。あなたは?」とその女の子が訪ねた。少女は快活で、七、八歳くらい。日に焼けた丸いリンゴ形の顔に泥がついていた。男の子のようだった。建威は恥ずかしそうに彼女を見て、笑った。

「どうして話さないの。唖じゃあないんでしょう?」と、少女は性急に言った。建威は、やはり黙って微笑した。「いっしょに魚を取りに行こうよ」と誘われた。建威は頭を横に振り、目を伏せた。英は、バタバタともとの所に走って戻った。魚を入れてあったズボンから、二匹の鯉を取り出し、そばの破けてペチャンコになったボウルに入れて、建威の前に持ってきた。

「あげる」と、彼女は建威を見て、朗らかな笑い顔で言った。顔に汗がにじんで、日焼けした顔と対照的になって、真っ白な歯が見えた。ごく普通の魚なのに、それを見て建威は目を輝かせた。手を出そうとしたが、動けなかった。少女の顔を見て迷った。

「遠慮しないで。ほんとうにあげるの」と彼女が言って、そのボウルを置いて、走り去った。

建威は少女の後ろ姿を、見送りながら、ボウルの中の魚の音に心を魅かれ、しゃがみこむと、二匹の魚を見つめていた。突然、なにか思い立ったかのように、そのボウルを抱いて家に急いだ。彼はその鯉を家の水がめの中に入れた。一週間経っても鯉はまだ生きていた。その村を離れる日に、建威は二匹の鯉を池に放した。

それから、毎年、村に来ると、建威は、子供たちの声を探した。彼には仕事があるから、村の子供ようにいつも遊ぶことはできなかったが、チャンスを見つけてその遊びに加わった。

英は村の子供たちの中で、ただ一人学校に通う子だった。農民の家庭だったが、その父母は一人っ子の娘を、男の子のように育てようとしていた。

彼女は、子供たちの中でいつも新しい遊び方を考え出した。それに、何でも一番上手だった。木登りでも、水泳でも、走りでも……。建威は、英たちといっしょに、今まで知らなかった楽しい時間を過ごした。野生のあひるの卵を拾ってきて、トウモロコシの葉で包み、土に穴を掘り、それを入れる。その上で拾ってきた木の枝を燃やす。その火で、蛙の足を焼いて食べる。赤い炭火が消えると、下の卵も蒸しあがった。ちょっと焦げた色で、ゆで卵と味が違う。英は、鵲《かささぎ》の巣のある木を見ると、ツーツーツーとよじ上り、鵲の卵を取って建威にくれた。時に、酒漬けの山梨を持ってきて、建威に食べさせる。

こんなに他人に大事にされるのは、物心ついてからの建威にとって初めてだった。その村の子供たちといっしょに過ごした尊い時間が、いつまでも忘れられない。特に英の姿が、山野の草の匂い、池の岸の野薔薇のイメージとともに、深く深く、少年建威の心に刻みつけられた……。

それから、二人の関係は、幼なじみの恋になった。四十年のあと、「文化大革命」のなかで、それが二人を死ぬほど追いつめる災難の種になるとは、当時二人は思いもよらなかっただろう。

旧満洲時代の両親

三枚の写真

一九三七年、盧溝橋事件の起こった翌月の八月二十一日、満洲国の新京に「満映〔株式会社満洲映画協会〕」が成立した。九月に、『康徳新聞』に満映のタイピスト募集の広告が載った。母はそれに応募して入社し、それから一九四四年に退職するまで七年間、タイピストとして満映に勤めた。母は満映の最初の中国人女性タイピストだった。当時、満映は、「大同大街《ダトンダジエ》〔今のスターリン大通り〕」の中間部の元康徳会館《カンディ》〔今の長春市政府所在地〕北側にある「日毛《ニッケ》」デパート〔今の建築設計院〕の建物の二階にあった。家には、母の満映時代の写真がたくさんあった。その中には、李香蘭《リシャンラン》のサイン入りの写真もあった。母は着飾ることが好きだった。化粧直しの時によくトイレで李香蘭と会って、二人で化粧のことについていろいろおしゃべりをしたという。李香蘭に、彼女が使っている「男女踊り」マークの化粧品を使うように勧められたこともあった。サイン入りの写真はその時もらったものだ。

写真は「文化大革命」の時代にほとんど焼いてしまって、残されたのは三枚しかなかった。

一枚は、私が物心ついたころ、化粧台の上におかれていた。文庫本ぐらいの大きさの写真で、その中の母はまだ二十代で、女優のように微笑んでいる。光と影の明暗のバランスがとてもよい。

それは高橋という日本人が撮ったものだ。その時、母は満映の画報の作文コンクールで一等に入選したところだった。作文のタイトルは、「もし私が何奇人《ホエチレン》〔当時の大スターの俳優の名前〕の恋人なら」というもので、賞品は一台のラジオだった。賞品をもらった後、喜んでいる母を見て、高橋が一枚の写真を撮ってくれた。彼は、プロのカメラマンで、背が高くて、極度の近眼だったそうだ。その後まもなく、彼は、撮影室の火事でなくなった。

二枚目の写真には、タイプ室で働いている中国人と韓国人の女性十人がいっしょに写っている。母が退職する時送別写真として撮ったもので、もう一枚同室の日本人タイピストたちとの写真もあったのだが、それは文革時代に焼かれてしまった。写真の真中に、母がいて、その中の一人の韓国女性は、母の親友だった。母はいつも彼女を通して体の弱い父のために、危険を冒して、白米を買っていた。

当時、中国人が白米を食べることは、「経済犯《ジンジファン》」と言われ、捕まると、唐辛子の水を口に注ぎ込むような酷刑にかけられ、死ぬまで共犯者を追及されたそうだ。

霧雨がわずかに地面を濡しているある秋の日、母は買ったばかりの白米の入った袋を持って三輪の人力車に乗った。袋を薄くして足元の下の板のところに平らに置き、着ている長いスカートの裾で丁寧にそれを覆った。三輪車が三馬路《サンマル》というところの交差点にさしかかった時、一人の黒っぽい服装の日本人警察官が歩み寄ってきて人々の所持品検査をしたが、幸い、母の足の下の米は発見されなかった。運よく危険をくぐり抜けた母だが、家に入っても、まだ声が出ないほどの恐怖に囚われていた。

この写真の後には、私の母方の従姉の姿もある。

彼女は伯父の養女で、五歳の時、母に拾われた子だった。

母が生まれた家はとても裕福だった。母方の祖父は一九一〇年前後、張学良《チャンシウエリャン》の妻于鳳至《イウフォンチ》の実家で商売を勉強し、三年間、そこで管理の仕事もした。当時その家は、奉天の鄭家屯《チエンジャトン》にあった。一九二三年五月、アメリカから派遣されたイギリス人の伝道師ホケーチンが奉天でキリスト教女子青年会を成立させ、于鳳至、韓淑秀《ハンシウシュ》など十一人が理事になった時、ちょうど祖父はそこの管理人をしていた。その後、祖父は独立して商売を始め、錦州、営口などを転々として長春に来た。

一九三三年冬、東北地域で抗日運動が盛んに行なった時期で、日本侵略者による弾圧もますますひどくなっていた。中、小学校の教師が逮捕され、殺害された人も多かった。その年、中学校の教師は前の年の三千百人余りから、千三百余人に減らされた。母が通っていた中学校では、教師不足で、二部制となり、生徒が午前と午後と分かれて学校に行くことになった。

ある日、母の学校からの帰り道はすでに暗く、羽毛のような大雪が舞い降りていた。

「あら？」

ひらひらと舞っている雪の羽毛を通して、一軒の家の前に、一人の女の子が立っているのが見えた。近づいてみると、何もかぶっていない頭に雪が積もっている。靴下も履いていない。彼女の足の倍ほどもあるぶかぶかの黒い靴にも雪が積もっている。女の子は両手を両袖に入れて立っていたが、もともと色白の顔が、厳しい寒さで真っ青になっていて、無表情だった。

「どうしてここにいるの？」母は不思議に思って聞いた。彼女はぼんやりした眼差しで母を一瞥したが答えはなかった。彼女の後ろの家のドアをノックしてみたが、返事はなかった。ドアを押して中をのぞいてみると、暗い部屋の中は、外よりも寒そうで、誰もいなかった。

このまま立っていたら、この子は二時間も経たないうちに凍え死ぬに違いない。母は彼女を連れて家に帰った。ご飯を食べさせ、暖かい服を着せて、元のところに連れて帰ろうとしたら、女の子は泣いて帰りたくないと言った。あれこれと時間をかけて聞いたところ、この子は母親に死なれたばかりで、父親も病気になって働けず、乞食をしていたという。父親は家の前に彼女を立たせ、運よく慈悲深い人に見つかれば、一命を救われるかも知れないと思ったようだった。

母は困った。自分はまだ中学生で、彼女を養育できるはずはない。母の兄の家はまだ子供がいないが、他人の子をもらいたがらなかった。母はこの女の子を受け入れる家を探すために、あちこち尋ねた。

一ヵ月も過ぎたが適当な家は見つからなかった。母は、仕方なく、その子を連れて、伯父夫婦のところに行って、懇願した。「お姉さん、お兄さん、お願い、この子を養女として受け入れてください。すべての面倒は私がみるから……」。伯父と伯母は何度も断ったが、とうとう母のねばり強い頼みに負けた。この子の面倒は、すべて母がみることが条件だった。

母は、その子に「全新《チウアンシン》」という名前をつけた。すべて新しく転換するという意味だ。そのかわいそうな運命をも好転するように。母は自分の善意でこの幼い女の子に幸福をもたらしたいと願っていた。

全新は賢い子で、家族の人々も好意的になり、祖父も祖母も自分の孫のように彼女をかわいがった。全新は、伯父の家にもとうとう子供が生まれなかったから、夫妻は彼女を自分の娘のように扱った。全新は、母の家で幸せな少女時代を送った。

三枚目の写真は、母が一人の若い女性とともにチャイナドレスを着て写っている。実は、いっしょに写っているその女性は中国人ではなく、日本人なのだ。名前は小園という。彼女はなかなか美人で、みんなに当時有名な女優周《チュ》旋《シウアン》に似ていると言われていた。彼女は母の一番の仲良しだった。彼女は、毎日昼ご飯の時間になると、弁当箱を持って母のところに来た。二人はおしゃべりしながらいっしょに食べた。

ある初夏の土曜日。午前中で仕事が終わって、いっしょに「児玉公園《アルイウ》〔今の勝利公園《シエンリ》〕」に行った時のこと。澄み切った碧い空に、一筋の雲もなかった。母は、オレンジ色のチャイナドレスで、小園は、白いスーツだった。二人は公園の緑の芝生に横になって、いろいろな話をした。その時、ふと彼女がつぶやいた。

「私は日本に帰りたい。あなたの国にいて居ごこちが悪いわ。いい人は他人のものを取らない。いい国は他国の土地を取らないはずなのに……」

そう言った小園の顔は寂しそうだった。

「満映」の甘粕

歴史上の甘粕正彦は、「戦犯」として糾弾されている。

例えば満映の文芸課課長だった張辛実《チャンシンシ》は、甘粕について次のような思い出を語っている。

「甘粕正彦は、日本軍国主義の中国に対する文化侵略のために、力を尽くした。彼は頑固な軍国主義分子で、日本が投降した時、彼は自殺することで軍国主義に殉じた」。

「日本投降のニュースが伝えられてきた時、甘粕は理性を失い、そのファシストの残酷な面をあらわした。彼は満映を中国人に残さないために、全壊しようとした。それが間に合わなければ、せめてフィルムを全部焼き尽そうと思っていた。また南湖《ナンホウ》に毒薬を撒くことも考えた。幸い情勢の発展が彼の予想より早かったから、実行することができなかった」。

母に甘粕の思い出を聞いたことがある。

母に残された甘粕の印象は文化人的にふるまってはいたが、いかにも軍人らしく、またその顔はどことなく残忍な影を帯びているというふうだった。きちんと短く刈った髪、黄色のラシャの軍服に、ぴかぴかの皮靴という姿だった。甘粕の笑顔を見たことは一度もなかったが、傲慢さは見えなかったという。母のような中国人の職員に挨拶されると、いつも丁寧に返事する。しかし、日本人の職員は甘粕に会うことを恐れていて、できるだけ彼に会わないように気をつけているようだった。

甘粕の最初の就任演説は、人々に強い感銘を与えた。彼が「日本人と満洲の人とは仲良くしてほしい。もし日本人と満洲人が喧嘩《けんか》することがあれば、私はまず日本人を懲罰する」と言った時、その場にいた中国人は歓声を上げた。

甘粕は、一九三九年の暮れに、満映に来てから、日本人と中国人との給料の差別を取り払い、仕事の優劣によって給料を決めるようになった。そのおかげで、母の給料は四〇元から百元になった。一流の俳優の給料と比べても少なくなかった（当時の物価は、米一キロ〇・二元、肉一キロ〇・六元、上品な皮靴一足四元）。そして、年末のボーナスは四百元だった。甘粕は満映を厳しく管理していた。例えば、衛生状況の悪さに気づくと、課長以上の関係者を集めて来て、みんなを連れて満映の構内を回った。勝手に捨てられたゴミを見つけると、当時の管理課長に見せて、「これは何ですか」と厳しく叱った。トイレを回って、臭い匂いが鼻をついた時には、甘粕は厳しい顔をして、理事から現場の責任者にいたるまで、順番にその臭いを嗅がせた。

満映が新しい場所に移って間もなくの、ある春の朝のことだった。母は、いつもの通り、時間を守って出勤した。タイプ室に入ると、警備員に「全員運動場に集まれ」と言われた。外に出ると、当時理事長だった甘粕が、ベランダに立っているのが見えた。出勤のベルが鳴ると、甘粕の命令によって、大門が閉められた。遅刻者は大門の外に閉め出されて、中にはいることができなかった。遅刻者の中には日本人も、中国人も、朝鮮人もいた。出勤していた者が運動場に集められ、遅刻した者は列を作ってみんなの前に立ち、遅刻の理由を説明させられた。そのことがあってから、遅刻はほとんどなくなったという。

一九四五年八月九日、ソ連軍が長春を空爆した。その翌日、甘粕はみんなをテニス場に集めて、積んでおいた建築用の木材の上に立ち、

「ソ連軍が参戦することは予測していたものです。別に心配する必要はありません。皆さんはいままで通りがんばってください。勝利はまもなく来るでしょう」と言った。

しかし、まもなく日本無条件投降の知らせがきた。それを聞いて、甘粕は、「私もおしまいだ」と言った。

一九四五年八月十七日、満映の全員大会が開かれた。そこで甘粕は、「日本が無条件投降した。今、日本は戦敗国、中国は戦勝国だ。これから満映は中国人の財産になるが、中国の政府が引き受けるまで、私はやはりここの責任者だ。満映を最後まで守るのが、私の責任だ。この間に、日本人の中にも、中国人の中にも、職務怠慢な者が見つかれば、これまで通りに責任を追及する」と言った。

一九四五年八月二十日、甘粕は青酸カリを飲んで自殺した。彼の机には、「皆さん　さようなら」と書いた一枚の紙が残されていただけだった。

死ぬ前に甘粕は、南公園の湖で、一人木造の船に乗り、釣りをしたりお酒を飲んだりして一夜を過ごしたそうだ。

岩田夫妻との友情

母の満映での七年間の生活の中で、最も忘れがたいのは、日本人岩田との友情だった。当時、岩田はタイプ室の主任で、すでに六十歳だった。

母は映画が好きだった。三十年代初めごろの無声映画「火焼紅蓮寺《ホシヨホンレンス》〔紅蓮寺焔上〕」（上海・華聯《ホアレアン》映画製作）から見始めて、「晩香玉《ワンシャンイウ》〔女性の名前〕」（満映製作）まで、ほとんどすべての映画を見通した。

当時家の近くにある「帝都《ディドウ》〔今の「二馬路《アルマロ》」にある芸術劇場《イシウジウチアン》〕」、「国太《グオタイ》〔今の二馬路の大安《ダアン》〕」という映画館で見ることが多かったが、満映に入ってからは、試映で見たのも少なくなかった。母の印象に残っているものは、「啼笑姻縁《ティショインユアン》〔泣き笑う夫婦の縁〕」（鄭子秋《チェンズチュ》・蝴蝶《フデエ》主演）、「翡翠馬《フィツェマ》」（顧蘭君《グランジウン》・王征信《ワンチェンシン》主演）、「王先生吃飯難《ワンシエシエンシファンナン》〔王先生食うに困る〕」（呉茵《ウイン》・唐傑《タンジエ》主演）など上海・華聯映画製作のものが多い。

満映で作られた最初の映画「壮志燭天《チウアンチチウラン》〔大志は天を照らす〕」も、母は見た。内容は、一人の村の娘が、満洲国の宣伝に教育され、兵隊に行きたくないという結婚相手を説得して、出征するようにさせるというものだった。娘が彼に「匪賊を全滅させるために勇敢に戦ってください」と励ます場面で映画は終わる。その映画は、満映の最初の成果として、『満映画報』に写真入りで掲載されて大げさに宣伝され、『大同新聞』にも絶えず報道された。しかし、母の話によると、政治的な意味合いが強すぎて、おもしろくなく、同声録音でもなくて、俳優の唇の動きが音声と合っていなかったそうだった。満映の映画のレベルはだんだんと高くなったが、最後まで華聯のものに及ばなかったと母は言った。

ある日、仕事中に、「娘娘廟《ニャンニャンミョ》〔子授けの神を祭ったやしろ。日本の子授け神社と似ているもの〕」という映画の試写があると聞いた。それは三人の天女についての神話物語だった。母は神話の映画が一番好きだった。さらに何奇人《ホエチレン》も出演している。母はそれを見たくてたまらず、とうとう主任である岩田の目を盗んで見に行った。母が映画を見ている間に、タイプ室を監視に来た文書課の女性が、母がいないことに気づき、「王《ワン》さんは？」と聞いた時、「二分前にはここにいたのですが、お便所でしょう」と岩田はさりげなく答えたという。

あとで、友達からそのことを聞いた母は、自分をかばってくれた岩田に感謝せずにはいられなかった。そのことで、母と岩田との友情は、とても深くなった。

その時、母はすでに父と結婚しており、父は、「貴陽街《グイヤンジェ》」というところにあった大原法律事務所に弁護士として勤めていた。

もともと哈尔浜《ハルビン》医科大学で勉強した父は、結核で中退を余儀なくされた。日本留学の夢を抱いて病気療養しながら、日本語を精一杯に勉強した。病気が治り、医者から健康診断を受けた一九四一年、数百人の中から選ばれて、国費留学生に認可された。文教部からの留学生認可証や日本満洲国大使館からの入学紹介書などももらった。指定された大学は、東京慈恵医科大学だった。町で出会った大学の同級生はうらやましそうに、父に、

「あなたは禍によって福を得られたね」と言った。

しかし、時節は大東亜戦争の前夜。日本は真珠湾攻撃という大規模な国家総力戦のためにすべての人力財力を尽くそうとしているところだった。父の小さい夢はこの時、国家の大きな野心に飲み込まれてしまった。一九四一年九月、慈恵医科大学の受験準備をして出国の手続きをしようとしていたとき、「国費留学は全面取り消し」という知らせを受けたのだ。

文教部大臣の認可書を手に持った父は、氷の穴に落とされたようだった。長い年月の夢、寝食も忘れる努力が、瞬時に泡になってしまった。あきらめきれない父は、最後の一筋の希望を自費留学に託して、黒龍江省の故郷へ急いだ。電車で五百キロの行程、十六時間をかけて、たどり着いた。当時、曾祖父はすでになくなっていた。曾祖母は、県で有名な大地主であった。父は、豪雨の中を駅から家まで走り、ずぶぬれのまま、曾祖母の前にひざまずいて、私費留学の費用を出すように哀願したが、

断られた。

失意の父は、長春に戻った後、急に結核が再発して、大量の血を吐くような重態に陥った。心身ともに最悪の状況に陥って孤独で死に瀕していた時、母に出会った。その後、二人は結婚し新しい生活を迎えた。父は昼間、生活のために働き、夜は法政大学の夜間部〔場所は今の工業大学の学生宿舎〕で学んだ。卒業後、日本語が上手なのを見込まれて、すぐ大原法律事務所に弁護士として採用されたのだった。

その時、岩田夫人は、電気治療院を開業していた。父が医科大学で学んだ経歴があり、漢方医の免許を持っていることを知って、岩田は、父といっしょに病院を経営したいと母に相談した。父は喜んで引き受けた。

一九四四年早春、父と母は、南広場にある岩田電気治療院を訪ねた。

治療院に使われていた治療器を見た途端に、父の目が輝いた。それは、本体と触体の二つの部分から成っていた。本体は発電し、触体は二つの金属のはこで、その表面はガーゼで覆われている。はこの中に湯を入れ、電気の両極を二つのはこに接触させると、はこが帯電する。それを人間の病変部に当てて治療するというものだった。

漢方医学の典籍には、「磁療《ツリヨ》」――磁場によって病気を治すことについての記載がいくつかあった。西暦十九年以前から、中国では磁石を使っての治療が始まっている。西漢の『神農本草《シエンノンベンツオ》』に、唐代の『新修本草《シンシユベンツオ》』、明代の李時珍《リシチエン》の『本草綱目』などには磁石で病気を治療する方法が記載されている。父はそのことを曾祖父から聞いたのだが、磁力のある鉱石を見つけるのは容易なことではなく、曾祖父は最初からそれを実行しなかった。父はこの電気治療器は、磁石、針と灸の三つの効果を同時に挙げることができるのではないかと考えた。それに、針と灸のように痛みや恐さを感じさせずにすむ。しかし、漢方医学の経絡学を理解しないまま、病気の現象である体の痛むところにあてる今の方法では、本当の治療にならないとも父は考えた。

父はすぐさま、その病院の医師として働き始めた。その時から、曾祖父から引き継いだ漢方医学を生かす勉強と電気学の勉強も同時に始めた。父は、昼間は依然として法律事務所で働き、夕方、この治療院に通ってきた。

当時長春には、新京特別市立第一病院〔後の新京医科大学付属病院〕、市立第三病院、市立第四病院、千早病院〔後の市立伝染病院〕の四つの国立病院があった。第二病院は計画中のまま敗戦となり完成できなかった。市立第三病院、市立第四病院は規模が小さく診療所のレベルに相当する。新京特別市立第一病院は規模や設備などは全「満洲国」でも一番だと言えるが、治療効果は決していいとは言えない。もう一つ、日本人が支配する病院では「満系人」といわれる中国人は軽蔑されたので、より高いお金を使っても中国人が経営する私立病院に行く人が少なくなかった。

漢方医に行く患者も多かった。「満洲国」が成立する以前、長春の医学治療は漢方医学を主としていた。医者の八十パーセントは漢方医だった。「満洲国」が成立した後、「西洋医学を主として漢方医学を輔とする」方針を出したが、実際には漢方医学を軽視し、漢方医たちに強制的に解剖学の補修などをさせて、漢方医たちに西洋医学をおしつけるところもあったし、長春の漢方医学はますます衰えている状況だった。さらに、一九四三年の後半から、全満洲国で物資がますますひどい欠乏状況に陥り、闇市があちこちに出現していた。薬品は手に入らなくなり、あっても驚くほど高かった。私立病院では薬の値段はどんどん上がり、患者たちはやむを得ず、国立病院に行くほかなかった。

当時長春の医療状況下で、この小さい理療院は意外に人気があった。まず薬を手に入れにくかった当時、この治療では薬がいらないということが利点の一つになった。また治療効果もはっきり見える。父が漢方医学をうまく生かしたことも、長春の人々に親しまれることになった。治療院の仕事はうまく行っていた。今までの局部的な治療〔どこか痛いなら、そこに治療器を当てる〕方法と違い、父は漢方医学の理論によって全体的な治療を施した。更に父は医科大学で学んだ西洋医学の知識によって病気を正確に診断して、治療に利点をもたらした。岩田夫妻は喜んだ。しかし、父は満足できなかった。

父は漢方医学の理論によってこの機械の治療原理をまとめた。電気治療器は電池によって一つの磁場を造り出す。磁場は「十」と「一」の間のバランスをとる循環運動だ。人間の身体にも磁場のような運動がある。

父の漢方医学的な解釈によれば、人間の体は、「陰」、「陽」二気の運動体であり、生命はすなわち「陰」、「陽」和合の運動である。「陰」と「陽」は体にそれぞれの運動軌跡がある。どれか巡る道が塞がれると、運動している二気はバランスを失い、邪気が入り病気になる。電気治療器の治療原理は、その磁場の両極が人間の体に接することによって、身体は治療器の磁場の中の一つの導体になり、「陰」、「陽」二気のアンバランスな状態が、電気の「十」と「一」の間のバランスをとる循環運動によって調節されることになるというものだ。しかし、人間の身体の中の運動は、複雑で、奥深いものだ。例えば、歯痛といっても、単純な歯だけの病気はほとんどない。人によって気の滞る場所も違い、病気の元《もと》も異なる。腎臓からきたものもあるし、膵臓からきたものもある。そして膵臓も腎臓もさらに身体全体の気の運行と関係している。一人一人の体の中での気の運行はまたこの人の生の空間、時間、歴史の伝承などとも分かちがたいものなのだ。痛むところに当てる治療は、一時にはっきり効果が見えるが、根本的な治療にはならない。患者の状況に応じて、体の経絡に従う治療は根本的な治療となるのだ。そして、その治療に応じるために、その磁場の強度、方向と時間の関係、頻度などを総合的に考えて機械を改造しなければならないと父は考えた。今まで電気に対してまったく無知だった父は、この電気治療器の内部構造、その電気の回路を「経絡図」と「解剖図」と同じようにはっきりさせなければならないと思い、この機械を解体したくてたまらなかった。しかし、それはなかなか口に出せなかった。そういう父の気持ちを、いつか岩田は察した。

一九四五年、春節が過ぎてまもなく。第二次世界大戦の終わりごろだった。日本の戦局は絶望的な抗争の時期に入っていた。

ある日、仕事が終わって帰ろうとしていた父に、岩田は、「今日遅くなってもよければ、これを解体してみませんか」と言った。

父は信じられないという顔をして岩田を見た。老人は微笑みながら頷いて、別の部屋に行った。病室に残された父は、その機械を解体したり、電気の回路図を描いたりして時間の経つのも忘れた。一枚の綿入れを後ろからかけられて、父は我に返った。ふりかえってみると、岩田がそこに立っている。机の上に置かれた湯飲みから悠々と一筋の熱気が立ち昇り、日本茶に特有の香りが漂っている。その側に黄色のお菓子も置かれていた。時計を見ると、すでに深夜二時になっていた。「こんなに遅く

なって……」。父が恐縮して立ち上がると、岩田は微笑んで、

「どうぞご自由に。疲れすぎないようにね――」と言って、またその部屋から出ていった。老人の後ろ姿を見て、体を包んでいる寂しさを、父は実感した。

一昨日の夕方、父は初めて老人に残された最後の息子に会った。

その日、父はいつもの通りに病院に出勤してきた。部屋に、岩田と一人の青年がいた。岩田は、「息子の信三郎です」と紹介した。物静かで端正な美しい顔に、まだ子供の幼さが残されていた。スマートな体つきだった。

「明日、特攻隊に行くのです」と言い添えた。青年は丁寧に父に挨拶してから、別の部屋に行った。

岩田には、三人の息子があった。長男は、長春で結核にかかり、病死した。次男は、兵隊に行ったがつい最近戦死の知らせが届いた。その家の仏壇には二人の息子の写真が並べられていた。まもなく、たった一人残されたこの息子も一枚の写真になり、仏壇に供えられるようになるのか……。

ようやく解体された治療器を復元した。父が立ち上がると、窓の外は、すでに曙の光が見えた。その時、父の頭に三つの図が現れてきた。一つは、人体解剖図、一つは、漢方医学の人体経絡図、もう一つはこの電気治療器の回路図だった。この三枚の図が重なり合ったところに、一つの道がわずかに現れてきた。その道を開くために、父は畢生の心血を尽くした。

一九四五年八月十五日、日本降伏。長春の人々は狂喜のなかで独立と解放を迎えていた。長春に残された日本人はすべて失業者となり、急に困難な状況におかれた。岩田夫妻も例外ではなかった。食べることもできなくなったのだ。夫人は、手作りの化粧品を持って市場に売りに行くようなこともし

た。しかしそれは生活費をまかなうほどにはならなかった。

生活は父も母も大変だったが、岩田夫妻のことを放っておくことができなかった。当時、中国人が食べるのは高粱米〔貧しい人が食べる紫色の米〕とトウモロコシだった。それは米になれた日本人の口には合いにくいものだった。しかし、米はどこにもなかった。たまたま、市場にあってもびっくりするほど高くて、決して普通の人が買えるものではなかった。母は、生活費を節約して、粟と大豆のサラダ油を買って岩田の所に持っていった。最後に持っていった粟の米は、母が結婚指輪を売ったお金で買ったものだった。

一九四六年秋、岩田夫妻は、長春で最後の厳冬を送り、帰国することになった。ある日、送別に来た父と母に、岩田は、電気治療器をさしだして、

「長い間大変お世話になりました。これらの治療器は、恩返しほどのものにもならないでしょうが、もしよければ……」と言った。

「『彼ら』を活かせるならば何よりですね」と、夫人は手でそれらの治療器を撫でて言った。子供を他人に託すような気持ちだったのだろう。

風雨の日だった。「長春南駅《チャンチウンナン》〔今の「小南駅《ショナン》」〕」で、岩田夫妻は汽車に乗って、長春を離れた。石炭を運輸する無蓋車、混雑した乗客、子供の泣き声……。

黒い汽車は巨大な音を発して、動きだし、だんだん遠ざかって行った。煙突から出た白い煙は風と雨に散らされ、消えた。汽車が、夕闇の中に見えなくなるまで、父と母は、ホームに立っていた。

その後、一時、国民党の支配下におかれた長春はしばらくの平和を得た。市民たちはなんとか日常

生活を送っていた。何カ月かかけて、父は全部の治療器を改造して、あらためて治療活動を始めた。一九四六年冬の日。「重慶路《チオンチンル》」というところにある一軒家の門の側に、「一凡《イファン》理療院」という看板がかかげられた。父と母二人だけの病院だった。部屋の壁に、解剖図と、漢方医学の始祖張仲景《チャンチョンジェン》の肖像と人体経絡図とがかけられていた。電気治療器による治療のほかに、針と灸、そのほかの中国の伝統的な物理療法、例えば「蝋療《ラリョ》〔蝋をとかして、熱いうちに患者の患部にあてる〕」などもしていた。治療院は、繁昌した。父はいろいろ医療設備を購入して正式な病院を作るため準備し始めた。

岩田とのかかわりは、中国の「文化大革命」の時、父が日本の「特嫌《タエシアン》〔スパイの嫌疑〕」にされる原因になった。そのために、父は「批闘」されたり、拘禁されたり、農村に「下放《シャファン》〔知識人や幹部らが農村に入り実際に労働することによって、思想改造される〕」されることになった。後に当時の「造反派」から、岩田との関係についての「造反派」の調査資料は、百枚にも及んだことを聞いた。しかし、その百枚の中に、岩田との本当の関係は記されていなかったはずだ。父と母は、それをしっかり隠し通したのだ。子供たちにも少しも漏さなかった。「本当の関係」がそのとき明らかになったら、父はその厳酷の時代を生き延びられなかったかも知れない。それだけでなく、私たち子供の未来も絶たれたに違いない。父が最後まで「特嫌」ですんで「特務《タァーウ》〔スパイ〕」にならなかったのは、大変幸運なことだった。

伯父のこと

「神様、私の罪を許してください……」。一九九四年九月十五日、伯父はこの一言を残して、八十一歳で他界した。

国民党軍の兵隊と共産党軍の衛生兵

伯父は、一九一三年生まれ、父の兄にあたる。二人は、幼少時代に両親に死なれ、祖父母の家で育てられた。黒龍江省泉来《チュアンライ》県にある大きな地主の家庭だった。伯父は、斉斉哈尔《チチハル》市の高等師範学校を卒業し、しばらく泉来県の高校で音楽の教師をしたが、祖母に決められた婚姻に我慢できず、財産と土地を放棄して、家を逃げ出した。

彼は国民党に参加した。一九三七年「盧溝橋事件」をきっかけとして、中国の抗日戦争が始まり、伯父は、国民党軍の第六十軍に編入された。抗日の前線、徐州に行って、日本侵略軍と戦い、数年間、悪戦苦闘の軍旅生活をした。その間に、ミャンマーにも行ったそうだ。

一九四五年八月、日本敗戦。ベトナムへ赴き、北緯十六度以北の日本侵略軍の武器装備を引き受けるために、伯父は国民軍の一員として、南下した。

日本敗戦のとき、長春は一度、共産党軍に占領されたが、その後、共産党軍は「譲開大路《ランカイダル》，占領両《ヂァンリンリャン》廂《シャン》〔中心都市を譲り、周辺地帯を占領する〕」という戦略をとり、一九四六年六月から、主体的に長春、四平、吉林など重要な都市を放棄した。国民党は、虚に乗って長春、吉林、梅河口《メホアクォ》などの町に入った。当時国民党は新聞やラジオなどを利用して、「共産党軍はますます敗退していっている」と、大げさに勝利を誇示した。

その時、長春の市民の国民党に対する期待は大きかった。伯父は、国民党軍の隊列に加わって、堂々と長春に入城した。明るい日の光を浴びながら、道の両側の市民たちに熱烈に歓迎された。あるお婆さんは、伯父の手を握って、「やっと待っていた自分の軍隊がきた。あなたたちがやって来るのが待ち遠しかった」と言いながら袖で涙を拭いた。伯父も微笑しながら涙を流した。

しかし、国民党軍は、市民の期待に背いた。市民たちは、「想不到走了閻王来了小鬼《シャプドォツォラインワンライラショグイ》〔閻魔大王は追い出されたが、それにかわって鬼たちがやって来るとは思わなかった〕」、「盼中央《パンヂォンヤン》，等中央《デァンヂョンヤン》，中央来了更遭殃《ヂォンヤンライラガエンツォヤン》〔中央軍（国民党軍）がやって来るのが待ち遠しかったのに、中央軍が来たらさらにひどい目に遭った〕」などとがっかりして言った。

伯父も悩んだ。彼は意気消沈し、偽りの結核診断書を出して私の家の一部屋にこもって、マルクスの『共産党宣言』、毛沢東の『論聯合政府《ロンレアンホアヂェンフ》〔連合政府論〕』、蒋介石の『論中国命運《ロンチオングオミンイウン》〔中国の運命論〕』などを夢中で読んで、暗中模索の一時期を過ごした。

「困長春《クエンチャンチウン》〔長春が共産党軍に包囲されたこと〕」の時、伯父は私の家族といっしょに暮らすことでわが家の食いぶちを減らすことに耐えがたく、ひそかに国民党の軍部に戻った。

一九四八年十月二十一日、長春を占拠した国民党部隊は、最後に残された三師団約三万人が共産党軍に投降して、長春は平和解放された。その前の十月中旬、伯父は共産党軍に投降した。

その後、伯父は共産党の東北野戦軍〔林彪《リンピョ》が指揮した部隊〕に加わった。東北野戦軍は、同年十一月九日、「遼瀋戦役《リョシェンヂャンイ》」で瀋陽を占領して、東北全境を解放した。その後、十一月の始めから一九四九年一月まで、六十日間の戦闘を経て、北京を平和解放し、河北全境を解放した。一九四九年一月十五日、東北野戦軍は第四野戦軍と改名し、ひたすら南下した。開封、武漢、長沙、広西の解放を経て、海南島（一九五〇年四月）、舟山列島（同年五月）の軍事解放に成功した。これでチベットと台湾を除いて、中国全境で共産党が勝利した。伯父は部隊とともに両足で中国大地の土を踏み、横縦万里以上の道を辿った。

伯父は、これこそ自分の本当の人生の道だと信じた。部隊が新しい土地に着く度に、父と母に一通の手紙を送ってきた。手紙を受け取っても、行軍中のことだから、こちらから返事を送ることはできなかった。今、残されているのは、手紙の入っていない破れた三枚の封筒と一通の手紙しかない。三枚の封筒のうちの一つは、湖北省宜都《イドウ》県から、一つは、河南《ホアナン》省保靖《ボジエン》県から、一つは、香港からのものであった。香港からの封筒には、共産党最初の切手「河北人民郵政」という文字と毛沢東の若い時の写真が印刷してあった。〔資料によると、共産党軍は広州を解放してから、香港の国境を超えて中に入らなかった。伯父が香港に入った経緯は不明点である。〕その一通の手紙には、次のように書いてある。

「参軍してから、私は、精神と体が全部元気になりました。これは、私の生涯の夢の実現です。中国をあまねく回り、自分の足で実地を踏み、各地の風土人情をあじわい、さらに中国の革命にわずかだが力を尽すことができ、これは、私の人生の中の光栄な一ページです。……私たちの生活はとても恵まれています。食事は、ほとんど米です。二、三日前に東北地方から大変貴重な食品を送ってきました。それは栗です。私たちはそれを食べて、故郷の味を腹いっぱい味わいました。(……)今、私は、大自然の生活をしています。川を渡り、山を登り、峰を越え、足を踏み入れたところは全て私の棲み家。(……)過去のことを思いだし、悔恨消しがたいが……人間は、個人の安楽に満足するだけではなく、自分の能力の限り、民衆のために考え、民衆のために努力し、民衆のために奉仕し、民衆を幸せにするように生きるべきです。(……)(私の音楽の本を大事に保存してくださるように、お願いします)……」

革命の一分子になった幸福感が行間にあふれている。それに、そのことをどんなに大事にしているか、伯父の気持ちもはっきり読み取れる。

しかし、そういう伯父は、革命に絶対にゆるされない「罪」の歴史を隠していた。それを隠さなければ、革命の一分子から、反革命分子として、革命の対象になるばかりでなく、命も失うはずだ。そのことを伯父はよく分かっていただろう。だから、伯父は、とても共産党員になりたかったが、とうとう入党を申請する勇気が出なかった。今、家にはそのころ伯父が送ってきた軍服姿の一枚の写真がある。綿の帽子、綿の上着に、ベルトをつけている。かすかに微笑んではいるが、その姿にそぐわない憂いが漂っている。

朝鮮戦争の志願軍

一九五〇年六月、中国大地で五年以上も続いた内戦の烽火《のろし》はようやく消えた。しかし、まもなく、同年六月二十五日には、朝鮮戦争がぼっ発した。あらたな戦争に突入する準備として、伯父が所属した部隊は「戦略予備部隊」として編成され、河南省に集合、まもなく鴨緑江《ヤルジャン》岸に派遣された。一九五〇年十月下旬、伯父は彭徳懐《ポンデアホイ》を総司令とする中国人民志願軍の一人として鴨緑江を越えて朝鮮に登陸し、朝鮮半島で八年を過ごした。

ある冬の夕方、雪が一面につもった朝鮮の戦地で、雪の山に水をかけて作った防護設備の中で、伯父たちは、雪を飲物とし、煎った麦粉を主食として食べていた。アメリカのF80戦闘機が頭上を施回し、爆弾を投下した。その一つが伯父の近くに落ちた。みんな急いで伏せた。後で伯父が立ち上がってみると、何人かの戦友がすでに立ち上がることができなくなっていた。白い雪の地面が血に染められた。伯父の軍靴が吹き飛ばされた。朝鮮の戦場で、そのような死地をくぐることを、伯父は何回も体験した。

一九五三年七月二十七日、ハリソン、南日両将軍は休戦協定に署名した。同日、日本から飛行機で来たクラーク国連軍司令官、朝鮮人民軍最高司令官金日成、中国人民志願軍司令官彭徳懐は、それぞれの後方の司令部で休戦署名をした。三年以上にわたって三十六万人の志願軍の死傷者を出した血なまぐさい朝鮮戦争はこうして幕を閉じた〔一九五三年、朝鮮戦争の休戦が成立したが、中国人民志願軍が朝鮮から撤収する協議が達成されたのは、一九五八年末だった〕。

一九五八年二月十七日、旧暦の正月の直前。中国大地は「爆竹声中一歳除《ボヂウシエンヂオンイスイチウ》，春風送暖入屠蘇《チウンフンスオンナアンルトウスウ》〔爆竹の音の中で一年が去り、春の風は暖さを屠蘇酒の中に吹き込む〕」という雰囲気の中で大晦日を迎えている。朝鮮の戦地で、中国人民志願軍の各級軍官たちは、朝鮮に訪問に来た周恩来《チュオンライ》、陳毅《チュンイ》などとともにパーティをしていた。周恩来は、コップになみなとお酒をついで、「中朝両国人民の友情のため、中国人民志願軍が朝鮮で迎えた八年の日々のために、乾杯！」と言い、コップの酒を飲み干した。パーティは翌日の朝まで続いた。

一九五八年十月二十八日、伯父は戦場から北京に帰ってきた。北京の金色の秋。二十万人の歓迎者、爆竹、色旗、色彩の花……。北京体育館で一万人が集う盛大な歓迎集会が行なわれた。巨大な絹の赤い旗に、「你們打敗了敵人《ニメンダバイラディレン》，幇助了朋友《バンヂゥラパエンユ》，保衛了祖国《ボウエイラズウグオ》，拯救了和平《ヂェンジュラハエピン》。你們的勳名万古存《ニメンダグオンミンワングオツオン》〔あなたたちは敵人を打ち負かし、朋友を助け、祖国を守り、平和を保った。あなたたちの勳名は万古不朽〕」という言葉が書かれていた。

十一月初め、伯父は、帰国志願軍として長春に戻った。父と母が、歓迎の人群の中に混じって、長春駅に出迎えにいった。舞い散る雪の中、志願軍が乗った列車が着いた。窓からたくさんの手がふられ、たくさんの頭がのぞいていた。その手に一つ一つの花束が渡された。迎える者、迎えられる者は、親戚だろうがなんだろうが、おかまいなしに、抱擁し合っている。父も紺色のオーバーを着て、そこに立っているうちに、汽車から飛び降りてきた志願軍の兵士に抱擁された。長く異国にいた志願軍の兵士たちの目には、祖国の誰もが肉親のようだった。祖国の母親の懐に戻るような気持ちだったろう。

伯父は色褪せた黄色の軍服と軍靴の姿で、家に入った。そしてベッドに座っていた私を何回も両手で高く頭上にあげた。

伯父は二十年にもわたる「戎馬生涯《ロマシエンヤ》〔鎧甲に身を固め、いななく軍馬にまたがった武人の人生〕」に終止符をうち、長春の高校の音楽教師をすることになった。二十年ぶりにようやく落ち着いて愛着のあるピアノを弾くことができるのだ。しかし夢にも思わなかったことに、伯父を待っていたのは、十七年の囚人生活だった。

監獄の犯人、「歴史反革命分子《リシファングアミンフェンズ》」

伯父が朝鮮にいた時、志願軍の家族は、「軍属《ジウンシウ》」として優遇された。伯父は家族として、私の家族を登録した。父と母は「軍属」になった。伯父の世話になることに、母は気持ちが落ち着かず、伯父の農村の妻――伯母を、やっとの思いで探し出し、彼女を私の家に迎えて、「軍属」の待遇を受けさせた。ところが、これは伯父に大変迷惑をかけることになった。朝鮮戦争に志願する前に、伯父には、すでに菊《ジュウ》という助産婦の愛人があった。戦場から帰還した伯父は、私の家に入ったとたんに、思いがけず二十年ぶりに妻と対面することになった。彼は驚き、帰国の喜びにあふれていた顔が険しくなった。様々な犠牲によって獲得した自由は、すべて母の善意によって水の泡となった。伯父は、すぐさま伯母と離婚することを要求したが、断られた。当時の中国では、どちらか一方が離婚の手続きにサインすることを拒めば、離婚は成立しない。伯父は、家に帰らず、いつも勤務先の学校に泊まるようになった。やがて、伯母はあきらめ、離婚に同意した。しかし、裁判所の離婚判決書にサインすると同時に、伯父の過去を告発する書類も提出した。伯父の隠していた国民党時代の履歴が暴露された。彼は「歴史反革命分子《リシファングアミンフェンズ》」として逮捕された。

母の善意が二人に悲劇をもたらした。手枷をかけられ、連行されて行く伯父の後ろ姿を見ながら、母は、「お兄さん、ごめんなさい……」と言いながら泣いた。

伯母もまた気の毒だった。故郷には、すでに家もない。知識も能力もない一人の女が、どうやって生きられるかと、母はいろいろ心配した。伯母に、「良ければ、この家に残ってください。（私を指して）この子のことを気に入ってくださっているようで、養女にしてもいいわ」と言った。しかし、伯母は母の申し出を断った。彼女は伯父に復讐して、私の家を去った。

私は、一歳の時から、夜、伯母といっしょに一つのベッドに寝てきた。伯母が家を出る日の朝、私はまだ夢の中だったが、熱いものが頬に触れて目を覚ました。伯母の涙が私の顔にこぼれおちたのだ。私が目を開けるのを見て、伯母が、「あなたから離れたくないわ」とためいきをつきながら言ったのを覚えている。

伯父のことで父も迷惑をこうむることになった。自分の兄にそんな経歴があることが分からないはずはない。それなのに、党の組織に報告しなかったのは、党に対する不忠だとなじられた。その上、共犯者ではないかと疑われ、いろいろ調査されることになった。そして、父は自分の経歴についての書類、自己批判の書類を、何度も何度も書かされた上に、いろいろ教育され、「歴史反革命分子」の自分の兄と一線を画さなければならないと警告された。

その間、毎朝、父の枕には髪の毛がいっぱい落ちた。一週間の間に、父は禿《はげ》になった。

このことがあって、父は、はじめて伯父が隠していた国民党軍当時の一段の歴史の詳細がわかった……。

ちょうど中国の東北地方で、共産党軍は「譲開大路《ランカイダル》，占領両廂《ヂァンリンリャンシャン》」という戦略をとり、重要な都市を放棄して、周辺の農村地域を次々と解放区としていた時だった。

ある日、一つの特別な任務が伯父にあたえられた。黒龍江省の故郷に戻り、共産党の一つの活動計画をキャッチするように命令されたのだ。

変装した伯父は、十年ぶりに故郷に帰った。晩秋の頃だった。ずっしり実った赤い高粱の穂が風に揺れていた。一面の粟が、秋風に吹かれ、金色の波のようだった。自分の家の土地を踏むと、伯父に懐かしさが込み上げてきた。

「もう十年以上経ったなあ」と伯父は、粟の穂を撫でながら、思わずしゃがんで、それを顔に当てた。彼はどんなにこの土の上に横になり、ひととき、眠りたかったか。しかし、紺色の便服と黒いズボンを着ている自分に気づいた時、彼は突然ピシッと立ち上がった。自分は軍人なのだ。「軍人以服従命令為天職《ジュンレンイフツォンミンリンウエイテンヂ》〔軍人は、命令に服従することを天職にすべきだ〕」。彼はすべてのなつかしい感情をふり払うようにように、手で、服に着いている埃を叩いてから、頭を上げて道を急いだ。

まず、伯父は教え子の一人である黎《リ》という青年を訪ねた。黎は久しぶりに恩師に会え、喜んだ。教師として、誠意を込めて授業をして、気持ちのよい人柄だった伯父は、生徒たちに人気があった。いろいろ話をしてから、黎の紹介で何人かの教え子に会っているうちに、「臣《チエン》」という伯父の高等師範学校の同級生が、共産党のゲリラの指導者だとわかった。みんなの協力によって、臣とも会うことができた。臣は、伯父を家に招待した。学生時代、二人でいっしょに夢を語ったことを思い出して懐しがった。臣は、ゲリラの指導者になっていたので、周りには革命の志士がたくさんいたが、教養の面で言うと、臣と共通の話題に乗れるものは一人もいなかった。彼は責任を負って革命のために戦いながら、人間的な交流ができない寂しさをこらえていた。彼は伯父の到来を、大変喜び、二人は夜半までしゃべった。音楽のこと、恋愛のこと、人生の歩むべき道などについて。二人は、互いに相手の気持ちを理解し合い、話は尽きることがなった。

伯父は、自分の本当の身分を隠して、「新京」で高校の音楽教師をしていると言った。人間として正直な伯父を、臣は少しも疑わなかった。しかし、身分のことを除けば、伯父が臣に話したのは、ほとんど本音だった。彼は長い間、歩くべき道を探すことができずに苦しんでいた。今は、軍人として、命令を執行するほかないが、乾いた心が、知己に会うことで、潤うようだった。友人と話したい気持ちは、臣と同じだった。臣は、自分といっしょに革命に参加するよう伯父に勧めた。伯父は、迷ったふりをした。

必要な情報を手に入れてから、伯父はそれを指令された方法で上層部に渡した。長春に戻ったある日、伯父は、自分が三等功を立てた知らせを受けた。それは、彼のおかげで、泉来の共産党のゲリラの重大な活動を粉粋して、指導者と関係していた者が逮捕され、即刻銃刑に処せられることが決まったから、という理由だった。

逮捕者の名簿に目を触れたとたん、伯父は、我を失った。その中に、何日か前に、自分と同じベッドで時のたつのも忘れて親しく話した同級生がいる。また、自分を「先生、先生」と親しく呼んだ教え子もいた。しかし、この時、伯父には、彼らを死刑から救い出せる力はみじんもなかった。

臣の友情を込めた眼差しを思い出すと、伯父は気違いのようになって自分の部屋に飛び込んだ。二つの手を拳にして、ベッドの上の布団をどんどんと叩いた。それでも足りなく、自分の頭をもガンガンと叩いた。

「僕は何をしたのか。何をしたのか。何をしたのか」と伯父は、後悔のあまり、自分の身の置き場も見出せなくなったようだった。

それは伯父が私の家にこもって過ごした意気消沈の時期だった。このことをきっかけとして、伯父はキリスト教に入り、キリスト教徒として生涯を送った。

共産党の「老幹部《ロオガンブ》」

伯父は、監獄で十七年を過ごした。私が小学校二年生の時、監獄に伯父を訪ねたことがあった。母と伯父の愛人である菊《ジュウ》と私、また伯父の父方の叔母の四人だった。

私たちは市内からバスに乗ったが、バスを下りてから監獄まで、また長い道を歩かなければならなかった。田舎道だった。緑の田んぼが延々と広がっている。地平線を見たのは、それが初めてだった。その時、私は初めて、自分が生きている土地が東北平野だと実感した。だんだん荒涼とした地帯に入った。遠くにはまだ田んぼが見えているが、身近なところは生い茂る草ばかりだった。四人が連なって進んで行く、細い一本の道は、雑草におおいつくされそうだった。私は両手で、胸までの草をかき分けながら一歩一歩、歩いて行く。まわりは人影が全然見えなかった。四人ともあえぎながら進んだ。とくに伯父の父方の叔母が大変だった。大豆のような汗の玉が、そのしわ深い黄色の額からこぼれてきた。いつもきちんと整えている白髪が乱れていた。それでも、みんながんばって歩いた。

着くと、まず応接室で待った。その後、呼ばれて、四人いっしょに一つの部屋に案内された。机のそばで待っていると、部屋のもう一つのドアが開けられて、伯父が入ってきた。警官が二人ついている。伯父は灰色っぽい服装を着ていた。その服を見たとたんに、それが私の頭の中で伝道師の長いローブや僧侶の黒い袈裟と重なり、一種の神秘感を覚えた。しかし伯父が何をしたのか、どうしてこんなところにいなければならないかと思うと、恐怖感に体が冷えてくるようだった。伯父は落ちついた動作で、にこにこしてゆっくり私たちのそばに来て、四人に順番に挨拶をした。

その時、母が二斤《ジン》のお菓子と家で作ったチマキを出した。当時、一人につき一年百グラムしか餅米が配給されなかった。私の家族六人分と菊の分を全部合わせて七個のチマキを作ったのだ。食べ物の中で伯父は一番チマキが好きだと聞いた。

伯父が申し訳なさそうに、「こんなに心配させて……、お菓子は、持ち帰って、子供たちに食べさせてください。チマキはいただきます」と言ったとたんに、そばの警官が、「だめです。お菓子は受け取ってもいいですが、チマキはだめです」と生まじめに言った。

「そうですか。それなら、チマキはいいです」と伯父はがっかりしたようすで、警官の手を通して渡されたお菓子を受けとった。その時、とつぜんの泣き声にみんなびっくりした。菊だった。菊はしゃくりあげて泣いていた。

「泣くな、泣くな……」と伯父は繰り返して言ったが、なぐさめようもなかった。赤くなった目から涙をこぼすまいと、それを飲み込むように口をつぐんだ。

十分間の面接だった。

「もう時間です」という警官の声で、伯父は、ドアの向こうへつれられていった。

私たちは庭に出た。しかし、菊は後髪を引かれる思いで、鉄の柵にもたれて、じっと、今、伯父に会ってきたばかりの建物の裏門を眺めている。伯父がそこから出てくるのを期待しているかのように、じっと見つめていた……。

彼の監獄生活は、周恩来《チュオンライ》のおかげで終った。

一九七三年、周恩来が党と政府の日常工作を主宰することになった。一九七五年周恩来は重い病気にかかり、入院中、中共政治局常務委員会を司会して、全部の戦争犯人を釈放することを提議した。それによって、戦犯としての元国民党の団長級以上の軍官を、二回特赦することになった。伯父はその特赦された国民軍官の一人だった。最初釈放された一般の犯人と同じように労働者として働き、最低限の生活給料をもらったが、文革の後、台湾との関係の緩和に伴い、伯父の待遇もよくなり、とうとう共産党の定年の高級幹部と同じ待遇を与えられ、「老幹部」の身分になった。伯父は、子供たちにピアノを教えたり、気功をしたり、キリスト教会へ行ったりして、穏やかな晩年を送った。

ただ一つ残念なことがあった。伯父は監獄から出ると、すぐ菊を訪ねたが、菊はすっかり変わっていた。伯父を見る眼差しには、悲しみもなく、喜びもなく、空洞のようだったそうだ。それを聞くと、「文化大革命」の時、彼女が「批闘」された場面が私の目の前に浮かんでくる。トラックに他の何人かとともに腰を曲げて立ち、髪の毛を「陰陽頭《イヤント》〔半分坊主になり半分髪が残される〕」にされて、首には「歴史反革命之妻《リシファングアミンヂチ》〔歴史反革命分子の妻〕」と書かれた大きなプラカードがかけられていた。それを思い出すと、ここにも伯父を巡る一つの人間悲劇が潜んでいるのだと思った。

「困長春《クエンチャンチウン》」――「卡子《チェーズ》」を生きぬいて

日本敗戦後、一時の平和を得た長春で父の治療活動は順調に進んでいた。しかし、その表層の穏やかな生活の裏で巨大な社会の激動が醸成されていることが、父のような庶民たちにどうして分かるだろう。

恐ろしい餓鬼が、血に塗られた貪欲な口を開けて密かに長春の五十万の市民に近づいていて、いつしか長春で「餓死」という惨劇の序幕が開けられていた……。

「関門打狗《グアンメンダグオ》」

一九四八年、中国大地での共産党と国民党の内戦が第三年目に入った。前年の夏秋冬という三つの季節の作戦を経て、東北地方の大部分の土地は共産党軍に占領された。四十万人の国民党軍は、東北境内の錦州、瀋陽、長春という三つの都市に孤立させられた。長春の状況は特にひどかった。その年の三月の初めに、吉林市と豊満ダムを占領した国民党軍は、共産党の打撃を受け、長春に撤退した。さらに三月十三日、長春付近の四平市は武力で解放された。長春は完全に「陸上の孤島」になった。

長春は東北地方の腹地にあり、「中長公路《チオンチャングオンル》」、「長図鉄道《チャントゥテエドオ》」と東北各鉄道を連結する交通要衝になり、古来「兵家必争之地《ビンジャビヂェンヂディ》」と言われたところである。当時東北地方で敗局を迎えた国民党軍は、長春を共産党の解放区に差し込む一本の釘として、それを最後の拠点にして復興の機を待つつもりで、長春に対して大きな期待を持っていた。それに、長春の非常な堅固さに大きな自信を持っていた。

旧満洲時代に、長春は、日本人によって現代的な防御都市に作られた。国民党が入城した後、数十名の専門家を集め、世界各国の先進的な防御工事を参考にして、丹念な設計により、「堅冠全国《ジャングォンチアングォ》（堅固さは中国一）」というように、長春の戦争防御設備を強化した。その上に、城を守る十万人の国民党軍は全て米式の装備によって武装されていた。東北地方の国民党の「剿匪《ジオフィ》（匪賊を討伐する。国民党は共産党軍を匪賊と呼ぶ）副司令」、長春の国民党の最高指揮者、鄭棟国《チェンドングォ》は、「長春固若金湯《チャンチゥングルオジンタン》（長春は金の湯のように隙間がなく堅固だ）」と自慢していた。

その長春の特徴をよく知る共産党軍は、その堅固さを逆手にとって、城を攻めるより、国民党軍を長春城内に閉じ込めて出られないように包囲する戦略を取った。いわゆる「関門打狗《グァンメンダアグォ》（門を占めてその中の犬を殴る）」という中国の伝統的な戦略の一つだった。長春城を取ると同時に、それを占領した国民党の精鋭部隊をその場で消滅させるのは共産党の大きな目的だった。それによって、国民党に対して軍事力で優勢に立つことは、東北地方を初めとする全国の大都市の解放の最後の勝利でもっとも肝心なところだった。

共産党側の具体的な方針は「久困長囲《ジュクンチャウェイ》」――「長く包囲して困らせる。食糧、武器が消耗され、内部から瓦解して、無力になったとき武力で解決する」というものだった。それで十四万の兵力によって、長春の城から二十キロ離れたところに、「城外城《チェンワイチェン》」という封鎖区を作り、陣を取って長春を包囲した。具体的な状況を見ると、例えば、北の火焼里《ホシオリ》から南の孟家屯《メンジャトン》までの八キロぐらいの距離の間に、地下トーチカ二百個、隠蔽哨所十六、機関銃隠蔽体二百十六個と、溝が貫通していた。地面のあちこちに地雷が埋められていた。長春への通路の口に歩哨が立てられた。

六月二十一日、「断絶長春粮草《ダウンジュンチャンチェンリャツォ》，禁止行人出入《ジンチシエンレンチウル》〔長春への供給を断絶し、人間の出入りを禁止する〕」という命令が出されてから、一切の穀物、野菜、燃料、生活用品、牛馬などの入城ができなくなった。長春市内の食糧の値段がまたたく間に急騰した。一斤〔〇・五キロ〕の高粱米の値段を例としてみよう。

五月	〇・五元《イウアン》〔国民党の東北流通紙幣〕
六月二日	四万元
六月二十三日	二十二万元
七月十四日	八十万元
七月二十三日	三百三十万元
八月十一日	七百二十万元
八月十八日	二千三百万元
九月十日	二千八百万元

すなわち、普通の値段であった五月以後、六月までの間に食糧の値段は八万倍に上がった。そしてさらに六月から九月中旬までの間に、七百倍に上がった。その後はいくら お金を出しても現物は姿を消した。

当時わが家は、両親と三歳の姉、母方の祖母、国民党の軍隊から脱隊して家に閉じこもっていた伯父という五人家族だった。父が経営していた病院は薬を使わなくても治療できたので、薬の供給が絶たれた長春では、最後まで頑張った医療機関だった。後期は、治療に来たのは国民党軍が多かった。しかし、とうとう治療に来る人はなくなった。病気でない人でも餓死するほかなかったから。「病気治療」ということは、人々の生活の中から抹消された。

六月下旬、母は食糧の危機を実感して、家のピアノを十五キロの高粱米と交換した。それを半分ぐらい食べた時、危機はいよいよ深刻化し、母は残した高粱米を二つの「豆餅《ドビン》（大豆の絞り滓を厚さ数センチ、トラックのタイヤほどの大きさに固めたもの。一つ十キロぐらいある）」と交換した。それを一枚食べ終えた時、危機はまだまだと母は覚悟して、残した一枚の「豆餅」を二十五キロの「酒糟《ジュズオ》（高粱酒を取った後の糟）」と交換した。質はますます悪くなるが、一日でも命を伸ばそうと必死だった時期には、母のやり方は賢明だった。そのおかげで、わが家が断食を迫られた時期は比較的遅かった。

食糧の危機は人々の生命を脅かしていた。野草や木の皮、木の葉まで食べ尽くされた。路傍で死者が縦横に倒れていた。家族の中でようやく手に入れた食べ物を親は食べずに、子供に食べさせたから、結局、親が先に死んで子供が残された。町中であちこちに捨てられた小さい子供たちは、「お母さん、お父さん」と呼び叫び、「わーわー」と泣いている。ちょっと大きい子供たちは群れになり、ゴミの中から食べ物を拾う。いつも一枚の臭い菜の葉っぱのために血なまぐさい殴り合いが起こる。家族全体が餓死した家は数え切れない。燃料もなくなったため、アスファルトの道路が壊され、死者が残した家が壊され、炊きものに使えるものが取られていく。

長春唯一の飛行場――「大房身《ダファンシン》機場」は、すでに一九四八年五月に共産党軍に占領された。市内への供給は、飛行機の投下しか頼るものがない。しかし、火力によって封鎖された長春の上空に、国民党の飛行機は近づけない。低空飛行すると撃ち落とされるので、高空飛行しかできない。もちろん投下物資は国民党に与えるためのものだが、高空飛行だから、狙いをつけた場所に落ちることは、まずない。共産党の陣地に落ちたものもあるし、市民の住宅区の中に落ちたものもある。投下ものが来ると、銃を持った国民党軍が取りに来るが、あちこちで奪い合いが起こった。長春の東の国民党の「六十」軍と、西の「新七軍」との間の争奪戦、また国民党と市民との間の闘争もあった。

投下米が市民の住宅区に落ち、国民党が来る前にすでに市民たちに奪い取られたこともあった。国民党の司令官鄭棟国は、「米を奪う市民は一概に銃殺」という命令を下したが、それを制止することはできなかった。

ある日、手に入れた投下米を乗せた国民党の馬車が走っていた時、飢えた市民たちに遮られ、米が奪われた。国民党軍が何人かの市民を射殺したが、米は奪い尽された。ある時は、家の前の通りに落下した投下米に、一人の人力車の車夫が押し殺された。その妻と二人の小さい子供が死ぬほど泣いた。そしてその米を少しでも分けてくれと哀願したが国民党軍はそれを断り、米を持って行ってしまった。

私の家の住宅区内にも投下米が落ちたことがある。それを住宅区のみんなで分けて、わが家は五キロほどの米をもらった。そのおかげで家族は何日か生き延びることができた。しかし、祖母は、変な匂いがすると言って、それを食べるのを拒んだ。飢えて瀕死の祖母に、母は米のお粥をスプーンですくってその口に当てたが、祖母は頑固に口を閉ざして食べようとしなかった。祖母は餓死した。そういう祖母の死が、母に残したのは、悲しみや苦しみより、深い負罪意識のようだ。祖母の命と自分の生が引き替えになったと母は思っているだろう。私が、そのことについて聞こうとした時、余りにも悲惨な母の表情に怯えて、とうとう詳しく聞くことができなかった。

伯父は私の家族とともにいて、食いぶちを減らすことに我慢できず、国民党軍に戻った。国民党軍は、市民よりましだが同じ危機に脅かされていた。毎日一人当たりに配られた食糧を見るとわかる。六月に大豆と高粱米あわせて一・五斤だったのが、七月には四〇パーセント減、八月は、さらに三分の一減、九月になると、食糧のかわりに、豆餅と酒糟になった。それでも、国民党に帰隊した伯父は時に一握りの米や、大豆や酒糟などを家に持ってきた。わずかではあったが、そのおかげで、家族三人の命を維持する血脈は細々ながらも絶たれなかった。

母は小さい一塊の豆餅をお粥にして、父と姉に食べさせ、自分の口に何も入れなかった日もあった。それを見て父は母に言った。

「もし……私たち二人のどちらかが犠牲にならなければならないとしたら、それは僕のはずだ。君ではない。どうか、鈴《リエン》ちゃん〔姉のこと〕のために私のかわりに生きていっておくれ……」

「そんな気の弱い話をしないで」。母は怒ったように言って父の話を止めた。

「死ぬことなんか思わないわ。いっしょに生きていきたい。今日はお腹がそんなに空いていないから、節約しただけ……」

ある日、伯父は一瓶のお酒を持って来て、大事そうに母に渡した。その時、お酒は金製品より貴重なものだった。というのは、長春の中で一番の食糧の持ち主であった国民党軍は、お酒を欲しがっていたからだ。うまくすれば、それを国民党軍から、数日の命を伸ばす食べ物と交換できるはずだ。母はそれを持って市場に行った。「市場」というのは、物と物とを交換する場だった。当時の「東北流通券《ドンベイリュトンジアン》」という「お金」では何も買えない。草より無価値のものになっていた。一束の草さえ、その束より多い紙幣で交換することになった。

母がそのお酒を持って歩いているうちに、十二、三歳の子供が近づいて来た。彼は、その瓶を見つめながら、母に、

「お酒ですか」と聞いた。

「ええ、そうです」

「胡麻油と交換しますか」

「胡麻油?!」母は驚喜の声を出した。

「ちょっと待ってください」、子供は母の表情を見て次の言葉を待たずに走っていった。まもなく茶色の液体がいっぱい入った一つの瓶を持って来た。

「胡麻油だよ」、子供はそれを母の手に渡した。母がその蓋を開けてかいでみると、確かに胡麻油の匂いだった。これは普通の食糧より体の栄養になると母は思い、そのお酒を子供に渡し、急いで家に戻った。

母の話を聞いて、父は驚いた。

「騙されたんじゃないか。こういう時、それほど胡麻油を持っているはずはないよ」と、言いながら、父は母の手の中の瓶を手に取って、蓋を開けた。その中の液体を茶碗に入れてみると、表面のほ

んの一層だけが胡麻油だったが、下は尿のような物だった。

父はいまいましそうにその瓶を窓から放り出した。

母は体が縮まったようにしゃがみ込んだ。せっかく手に入れた延命の物を、一人の子供に騙し取られ失ってしまった。悔しさ、生きていくことの困難さが一時に母に押しかかってきた。どうせみんな死ぬのだから——。母は父の口から一語でも咎める言葉が出るのを待って、死にに行こうと思った。

しかし、耳に入ってきたのは、

「気にしないで。最初からお酒なんかもらわなかったと思えばいいじゃないか」という父の優しい声だった……。


「殺民養兵《シアミンヤンビン》」


八月末になり、何度も包囲を突破しようとして失敗した後の国民党軍は、長春城のなかで最期の日の来るのを待つほかなかった。その時、国民党の総裁蒋介石《ジャンジェシー》から、「竭宅取糧《ジエヂアイチウリヤン》〔住民の家の食糧を取り尽す〕」と「駆民出城《チウミンチウチエン》〔民を城から追い出す〕」という命令が出された。即ち古来中国の「殺民養兵《シアミンヤンビン》〔民を殺し兵を養う〕」という戦術の一つである。

市民の最後の食糧を取りたてて国民党の軍糧にするために、銃を持った国民党軍が市民の家に闖入した。棚も箱もひっくり返して、食糧を持っていく。「買う」と言って、紙幣が残されたが、その無価値の紙幣での交換は、強奪に等しかった。

そして、市民を城外に強制的に追い出すことも始まった。警察官は一人当たり八人の市民を追い出す任務を負わされた。市民を追い出すことで長春市内に残された有限な食糧は国民党軍のものになり、国民党の末期の到来をかなりひき延ばせるはずであった。

国民党軍は、通行禁止の五つの「卡子《チャーズ》〔関口〕」の中で、二つの口を開けた。一つは、南の瀋陽への通路にある「紅熙街《ホンシジェ》〔今の紅旗街《ホンチジェ》〕」の口、もう一つは、東の永吉《イオンジ》への通路にある「二道河子《アルダオホエズ》」という口だった。追い出されたたくさんの市民が、急激に二つの「卡子」のところから湧出し、共産党の「卡子」のところに殺到した。それは共産党軍を大変困らせた。いわゆる「関門打狗」という共産党軍の戦術の肝心なところは「門を閉める」ことにある。市民を自由に出すことは、「門」を閉めるというより「門」を開くに等しく、「関門打狗」という局面が壊されることになる。

当時、対国民党作戦が三年目に入った共産党軍は、全国の広大な農村で「革命根拠地」を作り、無数の「民兵《ミンビン》」という武装民衆を擁していた。民衆の気持ちに背き、腐敗していた国民党に対し、民衆のために戦い、民衆の利益を守るという新興の共産党が中国の民衆の支持を得ていた。正規軍の数量や武器装備とは、比べものにならない程のものだったが、本当の力の対比という意味で、人心を得た共産党軍が勝っていた。ついに共産党軍は最後の勝利を得る段階——国民党に占領された全国の大都市を解放することになる。広い視野から見れば、長春の解放は、その非常に大きな規模の作戦の第一歩だといえる。

共産党は一日でも早く全国数億の人民を国民党の暗黒の支配下から解放し、すべての人民を幸せにする「中華人民共和国」を成立させようとする使命感を持っていたことだろう。そのために、長春の作戦の失敗は絶対に許されないことなのだ。その作戦を成功させるために、数万の長春の市民の餓死という犠牲もやむを得ないことだとも考えられただろう。

それで最初、共産党の「卡子」のところでの市民の放出は禁止されたのだった。そこに来た市民に、共産党軍は、「国民党があなたたちの食糧を奪ったのだから。帰って、彼らから食糧をもらってください」と言った。物腰は柔らかかったが、行動は厳格で絶対に市民を放出しようとしなかった。しかし、仕方なく市民が市内に戻ろうとするのを、今度は国民党が絶対に許さなかった。そのようにして、国民党軍と共産党軍の間の五百メートルぐらいの空き地、「真空地帯」と言われるところに、悲惨な人間の地獄の像が現れ始めた――。

もともと長い飢餓の中で健康を奪われた人々は、生きるすべの一切ない、この草一本もない空き地で、すぐに病や餓えや寒さで死んでいった。数日もたたないうちに、すでに人の目に触れるところに死体が見られるようになった。

それを見過ごせなくなった共産党軍が、市民を出すようになった。身分を明らかにした者だけという条件付きだった。五十万の長春の市民の中で、最後まで市内に残された者は、十万人にも満たなかった。餓死した者は十二万とも二十万とも言われ、特別の方法で出ていった小数の者を除けば、共産党に出された人数は、かなりのものだったと推測できる。共産党軍は「卡子」の外のところで大きな鍋にお粥をいっぱい作り、出てきた難民に無料で食べさせ、難民に一人一斤の食糧、十グラムの食塩を配り、旅費も与えた。統計によれば、そのために使われた救済金は六億元、食糧は四千トン、食塩は五千斤〔二千五百キロ〕にもなった。

こういうことからも共産党軍は、戦略の勝利に影響を与えない限り、できるだけ民衆のことを配慮したと察せられる。

しかし、身分を明らかにすることは、その戦乱の時期、実は簡単なことではなかった。そういう理由で「卡子」を出られなかった者はかなりいた。その悲惨さは目撃者たちに身の毛もよだつような記憶として残された。

母の姪全新姉《チュアンシン》の一家は、「紅煕街」口から出ていった。全新姉は、妊娠していたので通ることが許されたが、彼女の夫は、通ることができなかった。彼は、夜、鉄の網をくぐり、十二時間も這って「解放区」に入った。

「真空地帯」に足を踏み入れた時、全新姉《チュアンシン》は、一人の青年が帯を木の枝にかけ、首吊りをしようとしているのが目に入った。彼の体は、なかなか思うようにならないほど弱っていた。彼女はびっくりして、人が自殺しようとするのにどうして誰一人制止しないのかと思い、

「あの人が自殺しようとするよ！」と叫んだ。

そばにいた一人のお婆さんが、

「あなたがもうちょっと中にはいれば、驚かなくなるはずよ。ここでは一番当たり前のことは死ぬことなのだから」と力ない声で言った。その言葉を聞いている時、全新姉は何かにつまずいて転がった。起き上がってみると、それは一つの死体だった……。

家の隣の李《リ》叔母さんは、「二道河子」口から出ていった。彼女の夫が医者なので、優先されて、家族四人が共産党の「卡子」を通れた。私は小さい時、いつも彼女が怯える声で母に「卡子」を通った時のことをしゃべるのを聞いた。

耳に響いてくるのは絶え間ない大人のうめき声と子供の泣き声。鼻をつく死臭。飢餓で両側の畑に倒れ、蝿にたかられながら追い払う力もなくあえいでいる子供たち。トウモロコシの饅頭を鉄の籠に入れてその場で売る人。二十四kの指輪とその饅頭の半分とを交換して、死にそうな子供に食べさせていた中年の男性、死んだばかりの死体からナイフで肉を切り取った人……。

長春が解放された時、二つの「真空地帯」の付近に埋められた死体は数万体にものぼった。

十月十日、「双十節《シアンシジェ》〔月の「十」と日の「十」が重なる時〕」は、国民党の国慶日だった。この日明るい太陽が輝いて、国民党軍は記念活動をした。市内の主な街路にかけられた「熱烈慶祝双十節《レリエチエンヂウシアンシジェ》」、「中華民国《ヂォンホアミングォ》万歳」などのスローガンを秋の風が破っていた。その下を国民党軍のデモの行列が通っていた。精良のアメリカ式の武器装備だが、兵士たちは元気なく、落ち込んだ表情だった。

その夜、伯父が家に来た。酒糟を入れた小さい布の袋に、大豆と米を入れた封筒、わずかばかりの馬の肉などを、母に渡し、

「これが最後だ」と言い、「卡子」を出て、共産党に投降するつもりだと両親に言った。

「卡子」は市民が出るのは難しかったが、国民党軍が投降するのは大歓迎していた。国民党軍を内部から瓦解させるのは、「政治攻勢《チェンジグオンシ》」と言われる共産党軍の戦術の一つだった。国民党の兵隊たちの出城のために様々な便宜を図り、国民党の陣地にラッパで呼びかけ、ビラを撒き、飢えている国民党の兵隊に食品を提供するなどして、投降を誘う。投降した国民党の兵隊をいったん軍に戻して、仲間を連れて来させることもその手段の一つだった。伯父はそのように仲間に誘われていたのだった。

その「政治攻勢」はとても効果があったようだった。統計によれば、三ヵ月の間に投降した国民党

軍は一万八千百人になり、長春の中の国民党軍の六分の一をしめた。

伯父は家を背にして出て行った。

「お兄さん」、大股で去って行こうとしている伯父を父は後ろから呼び止めた。父は腕から時計を外して、伯父の手にはめ、一台の電気治療器を伯父に渡した。

「これを持って行って。何か役に立つかも知れない」

伯父はぐるりと、父に背を向けて急いで行った。その手で涙を拭いていた伯父の後ろ姿が深く父の記憶に残った。

その後、伯父は共産党軍に入り、部隊とともに南下した。子供の時から音楽が好きな伯父は、医学に目を向けなかった。しかし、医者の家庭で育てられた影響で、人間の身体についての基本的な知識を身に付けていた。さらに電気治療器を持っていたから、衛生兵になって、治療活動に取りかかった。医療設備も薬も足りない行軍の中でその治療活動は大きな役割を果たしたそうだ。


十月中旬の長春は、すでに朝晩の気温は零度に近かった。ある日、母は一着のオーバーを持って何か食べものと交換しようと出かけたが、果たせなかった。寒い風が吹いて、体を震わせた。母は食べ物と交換できなかったオーバーをきて、家に急いだ。帰る途中で、見知らぬ三、四歳の女の子が飛びかかってきて、母の足に抱きついた。

「お母さん、お母さん……」。女の子が顔を上げ、母を見上げた。涙に覆われた目の中の哀れみを乞う表情が、母の心を動かした。母は思わずひざまずいたが、女の子はいきなり母の首を両手で引き寄せた。母の顔に付けた幼い顔が冷たかった。こぼれた涙が母の顔を濡らした。母はどんなに全新姉を拾ったあの時のように、このまま彼女を連れて行って、このかわいそうな女の子に一つの暖かい家をあげたかったことだろう。しかし、今、この二百四十平方キロの長春のなかでは、どこにこの一人の子供を生かせる場があるのだろうか。自分の家には米一粒もない。家族三人さえ、餓死しそうなのだ。仕方のない母は、歯を食いしばって、無理に彼女の手を離して去った——。

激しい泣き声を伴った「お母さん……」の呼びかけが後ろから母を追って、矢のように母の心に突き刺さった。

「甕中捉亀《ウンチオンチウビエ》」

双十節のあと、東北地方の「喉《のど》」と言われる錦州が武力で解放された。長春の国民党軍は、長期の栄養不良によって病人だらけになって、戦闘力がなくなった。その時、共産党の戦術は、「関門打狗《グアンメンダグオ》」から「甕中捉亀《ウンチオンチウビエ》〔甕の中の亀を捕える〕」に転じた。すなわち、「関門打狗」の戦術の時は、国民党軍は閉じ込められてはいてもまだ戦闘力があり、打倒すべき対象だった。「甕中捉亀」の場合では、国民党軍はもう打つ必要はない。甕の中の亀のように簡単に捕えればいいのだった。十月十八日、長春の東の半分を占めていた国民党の第六十軍の四十万人が、軍長の曽澤生《ズェンズェシエン》に率いられて蒋介石に反対する宣言をしてから、決起して共産党の懐に投降した。その影響を受けて、十九日、長春の西のほうの国民党軍の大部分が投降した。そんな中で鄭棟国《チェンドングオ》は身辺警備団約千人を連れて中央銀行の建物の中にこもり、頑固に投降を拒否し、最後の抵抗をしようとした。

このように最後の抵抗をする国民党軍を始末することは、共産党軍にとってもはや「易如返掌《イルファンチアン》（赤子の手を捻るようなこと）」になった。しかし、「甕の中の亀」になったこの一握りの国民党軍を、共産党は最後まで、武力で捕えることをしなかった。彼らは執拗に鄭棟国の投降を誘い、最大の忍耐力をもってそれを待っていた。

それはなぜだろうか。

まず、第一には、武力で捕えることで示されるのは力の勝利だが、投降させることは、心の勝利を示す。中国古来の戦略の中では心が得られることを重視するのだ。

それに、国民党の「東北剿匪副司令《ドンベイジオフィ》」、「吉林省政府主席」に任命され、長春の国民党軍の最高司令官になった鄭棟国は大きな存在だった。黄埔《オンプ》軍校の第一期の卒業生で、蒋介石の直接の教え子である鄭棟国は、儒教の教養を深く身に付けた者で、「仁義礼智信《レンイリチシン》」をその身で実行する模範的な人間だった。軍人として、彼は勇敢、果断、犠牲を辞さずに命令に服従する「軍人精神《ジュンレンジェンシェン》」を備えていた。一九四三年、ミャンマーでの対日戦争の中、彼は見事な指揮によって中国の軍隊の敗局を転じて、最後の勝利を得た。彼は部下に敬愛され、国民党の中で威信が高かった。蒋介石は彼を信用して、絶えず重任を託した。そういう蒋介石の信頼を、鄭棟国は「知遇の恩」として引き受け、命をもって報いようと思った。国・共の内戦が始まる時、彼は、八年も戦争に苦しみようやく終戦を迎えた中国民衆を、再び戦争の苦海に引き下ろすべきではない、と内戦に反対する意見を出したが、蒋介石の意志が内戦を決めると、自らの「軍人以服従命令為天職《ジュンレンイフツォンミンリンウェイテンヂ》（軍人は命令に服従することを天職とする）」という「軍人精神」を貫くために、全力で蒋介石の命令を実行するようになった。

「仁者愛人《レンヂェアイレン》」という儒教の精神が人間性の中に浸透した鄭棟国は長春の市民に対して愛着心を持っていた。長春を守る間、彼は中の小学生中学生を「幼年兵団」に組織して、餓死しないように、彼らに軍糧を食べさせた。また捨てられた子供を収容するために、政府からお金を出して「孤児院」、「育英堂」などの慈善組織を作るよう命令した。車に乗り、町を通った時、道中に響いている子供たちの泣き声に心を打たれた彼は車から下りると、すぐさま国民党の軍官たちを集め、「子供たちを助けてくれ」と呼びかけて、軍人一人一人が子供一人をあずかるように要求した。しかし、一人の参謀長が彼の気持ちを汲んで、率先して一人の女の子を収容したほかは、だれ一人応じるものはなかった。しかしたとえ全員が応じたところで、とても間に合わない。捨てられる子供は数十人、数百人と日ごとに増えていたから。

蒋介石に「竭宅取糧」と「駆民出城」を命令されたとき、それが残酷な「殺民養兵」であることがはっきりわかった鄭棟国は、とても躊躇したのだ。しかしそれを執行しなければならなかった。彼の命令によって長春の市民は最後の食糧を「軍」に取られ、また死の地獄「真空地帯」に追い出された。「軍人精神」を貫くために、「仁者愛人」という儒教精神が潰された。鄭棟国に愛された「民」は彼の命令によって餓鬼の口に押し落とされた。

こうした人物であった鄭棟国は、武力で捕まえるより投降させた方が、国民党、特に蒋介石に与える打撃が百倍も千倍も大きいと、共産党は考えたのだろう。そして、また人間としての鄭に共産党側がある程度の敬意を払っていたのも事実だった。共産党は利用できるすべての方法を使い、鄭の投降に努めた。

十月十八日、周恩来が、鄭棟国に直筆の手紙を電報で送ってきた。その中で、

「この禍福栄辱を決める肝心のところに、貴兄が当年黄埔〔軍校〕の革命の初志を念じて、毅然と反帝反封建の大旗を翻し、長春の全守軍を率いて、反米反蒋の宣言をし、国民党の反動統制に反対して土地革命に賛成することを表わし、中国人民解放軍の中に入ることを望みます。そうすれば、中国人民と解放軍は必ず共産党の寛大政策によって、過去の一切の誤りを問わずに貴兄を熱烈に歓迎して、曽軍長〔曽澤生〕と同じように優遇します。それを私は保証するものです」という言葉があった。

しかし、その状況下で投降することが、自分に一番有利な選択だとわかりながら、鄭棟国は投降できなかった。そのようにしたら、自分の恩師蒋介石にどれほど汚辱をかけるのか彼はよく知っていた。それは「義乃君臣《イナイジゥンチエン》，情同父子《チエントンフズ》〔義は君と臣の義であり、情は父と子の如き情である〕」という彼と蒋介石との感情からも、「君憂臣労《ジゥンユチエンロオ》，君辱臣死《ジゥンルジエンス》〔君が憂慮するならば、臣は苦労すべし。君が侮辱を受けるならば臣は死すべし〕」という、彼を拘束していた儒教の倫理道徳からも許せないことなのだ。だから、いかなる抵抗も徒労だと知りつつ、最後まで抵抗してから死ぬと、彼は決意した。

蒋介石にとっては、鄭棟国は数万人の兵隊より重要な人物で、絶対に失いたくない存在だった。十九日に蒋介石はヘリコプターで鄭一人だけを救出しようとした。しかしそれは鄭に断られた。鄭は蒋介石への返事として、

「もう遅いです。まして部下をおいて一人で逃げることは、とても私にできることではありません」

という電報を送った。

二十日、彼は遺言として、蒋介石への電報の中で、「軍人の天職を尽し、民族の気節を全うし、死を

持って国に殉ずる」という意志を表わした。

しかし、二十一日、最期の日だと覚悟して彼が死のうとした時、自殺するために用意したピストルばかりか、自分の命を断つための道具は、すべてどこにもなくなっていることに気がついた。それでも無理に自殺しようとした時、彼は部下たちにしっかりと抱きとめられた。部下たちは鄭棟国の前にひざまずいて哀願した。

鄭棟国を敬愛する部下たちには、彼が自殺することは忍びがたいことであった。そこで、共産党の勧めを聞き入れ、ひそかに共産党軍と協力して、唯一の生の道——「投降」を彼に迫ってきた。

鄭棟国は地団太ふんで悔しがった。彼の優れた儒教の教養、「軍人精神」、結局どれも貫くことができなかった。彼は三つの投降の条件を提出した。
一、本人は新聞、ラジオで演説を一切しない。
二、新聞やラジオに報道する際には、「投降」という言葉を使わずに、「逮捕」とする。
三、投降の期日を三日延ばす。
第一条件はすぐに、そして第三条件は妥協的に認められ、一日の延長が許された。第二条件は却下。認められるはずもない。これほど忍耐強く共産党軍が彼の投降を待ったのは何のためだろう。「投降」という言葉そのもののためではないか。

「和平解放《ホアピンジエファン》」

鄭棟国の「投降」によって、長春は「和平解放《ホアピンジエファン》〔平和的解放〕」の形で共産党軍に占領された。いかに鄭の意志によるものではないとしても、この事実上の「投降」が国民党に与えた打撃は致命的だった。もともと揺れていた国民党軍の軍心に大きな混乱をもたらした。その事実を一日でも隠そうとして、一九四八年十月二十二、二十三日の国民党の『中央日報』は、鄭棟国の遺像を載せ、

「長春が陥落し、鄭棟国が壮烈な犠牲となった。二十一日に最後の一弾を発し、所属官兵三百人全員殉職した」という事実を歪曲した報道をした。

それに対して、共産党の『東北日報』（一九四八年十月二十四日）では、第一版第一条のところに大きな文字で、

「鄭棟国率部下投降《チエンドングオシヴアイブシヤトシヤン》，我勝利収復長春《ウオシエンリシオフチヤンチウン》（鄭棟国は部下を率いて投降して、我々は長春を手中にし勝利した）」と報道した。

その中で、

「鄭棟国の投降は、国民党の守城軍隊が高級指揮官に率いられて実行した初めてのことである。それは全国の形勢がすでに大きく変化しており、今後一段と変化していくということを徴しているのである。長春の解放は、東北地方の全体の解放を早めるだけでなく、全国の大都市を占領している国民党の軍隊に歩むべき道を示しているのである」という言葉があった。

その意味について、共産党軍の政治委員長肖華《ショホア》が次のような言葉を残した。

「長春が兵器に血をつけずに解放されたことは、中国人民解放軍の戦争史上で敵人に全軍投降させる先例を開いた。それは蒋介石の軍隊を瓦解させ、瀋陽を解放し、遼瀋作戦の勝利の取得に、大きな意味を持ち、さらに解放戦争の全国での勝利を早めるのに大きな役割を果たした」。

「困長春」の劇は、「兵器に血をつけず」、「アメリカ式の装備の国民党の降伏」という共産党軍の大きな勝利で幕を下ろした。

長春は「和平解放」になった。その後、死体を運びだすのに、十台の軍用トラックで、半月間かかった。

鄭棟国は、一日でも投降を延ばそうとし、共産党軍も、それを辛抱強く我慢して待っていた、そのとき、彼らの足もとの長春に残された十万の市民は、一刻も早く飢餓から抜け出すことを願いながら、生と死の縁でもがいていた。人々は一日百人、千人の単位で餓死していった。

二十一日の夕方、母は前の日に三粒の大豆を口に入れたきりで、何も食べていなかった。いかに工夫しても、もう明日、三歳の姉と父に食べさせるものは何もなかった。

月は明るかった。清冷な月の光は大地にそそぎ、屋根や、木々や街路を一層の銀白のベールで覆っていた。「死城《スチエン》」といわれる長春の恐ろしい静寂の夜だった。家々に生気はなく、煙も光もない。壊れた道路、葉っぱもない骨のような木々、ときどき静寂を裂く銃声……。

三人はベッドの上に寝ていた。晩秋の風が窓をたたき、「ガタ、ガタ」と音がしていた。それと伴う、姉のうめくような泣き声。このまま死んでいくかも知れないと、あれほど強かった母もあきらめた。三人は着替えもしないまま寝た。

翌日の朝。ぼんやりした母は、ノックの音にハッとした。ドアを開けてみると、若い軍人がそこに立っていた。そばに一つ大きな布の袋——。

「人民解放軍です。食糧を持って来ましたよ」、軍人の優しい声と明るい顔。古い緑の軍服もきれいに洗われたようだった。

「……」

彼は袋から高粱米を出しながら、

「国民党軍が投降しました。長春は人民の手に戻りました。あなたたちの苦しい生活が終わりこれから……」と言ったが、もう母は彼の話が終わるまで待てずに、急いで高粱米を受け取って、ストーブに火を付け、鍋を載せた……。

死体の悪臭があふれた長春は、不死鳥のように復活した。解放軍戦士たちは夜から、食べものを各家に届けた。

市場にはこの三ヵ月、夢でも見ることができなくなっていた物がいっぱい並んでいた。粟、高粱、小麦粉、肉、卵、野菜……、国民党の「東北流通券《ドンベイリュトンジアン》」の一元を解放区の「東北人民流通券《ドンベイレンミンリュトンチアン》」の一元と交換でき、なんでも買える。

今まで、無価値だった「東北流通券」が急に値打ちを持ち、母は家から、ゴミのように捨てられていたのも、踏まれて汚くなったのも半分に破られたのも、拾ってきて、交換に行った。

その日に、朝も昼間も高粱米のお粥だったが、晩ご飯に、餃子を作った。食べる前に母は一碗を取り、餓死した祖母の霊前に捧げた……。

共産党がすぐ長春の建設に取りかかった。吉林省第二病院が成立する際に、共産党は長春に散在する私立病院をこの病院に合併して、病院の各科にふりわけた。父の病院は、第二病院の理療科と放射線科になった。一九四八年十一月、父はその二つの科の主任として勤め始めた。

第二章　少女時代

大躍進《ダイウェジン》

前奏曲

一九五八年、私は二歳、まだ人生の舞台で主役になれなかった時期、中国には「大躍進《ダイウェジン》」の「神話」が生じた。

そのとき、第二病院に主任医師として勤めていた父は、自分が見つけた道――漢方医学の療法と物理療法との結合の道――を懸命に開こうとしていた。病院は絶えず現代的な物理治療器を購入してきたが、父はそのどれも内部構造を理解して、自分なりに使うようにしていた。そのおかげで、父は意外にも物理治療器の権威にもなった。近くにある省市だけでなく、北京、上海、南京から頼まれることもいつものことだった。

その間、父は独自の顕微鏡撮影の方法を発明した。それは、偶然に「大躍進」の年代のなかで注目を浴び、思いもかけずに、父は時流の最先端に押し出され、科学技術革命の模範として北京の代表大会に参加した。周恩来《チュオンライ》に接見され、衛生部の勲章も授けられた。『長春日報』に父が白衣、白帽子で、顕微鏡撮影をする姿が載った。

一九五八年を代表するスローガンは、

「鼓足幹勁《グッガンジン》，力争上游《リヂェンシアンユ》，多快好省地建設社会主義《ダオカウイホシェンダジェンシュシェフィヂウイ》〔大いに意気込み、常に高い目標を目指し、より早く、より立派に、より無駄なく社会主義を建設する〕」「破除迷信《ポチゥミシン》，解放思想《ジェファンスシャン》，敢想《ガシャン》，敢説《ガンシウオ》，敢干《ガンガン》〔迷信を取り除き、思想を解放し、勇敢に考え、勇敢に言い、勇敢に行動する〕」ということだった。

「大躍進」の前の年。一九五七年十一月六日。モスクワの華麗で立派な大会議堂の講壇で、第一書記フルシチョフは、

「十五年以内にソ連はアメリカに追いつくだけでなく、それを乗り越えることができる」とおごそかに宣言した。

一九五七年十一月十八日。モスクワを訪ねてきた毛沢東は、同じ大会議堂の講壇で、

「十五年以内に、我々中国はイギリスを乗り越えられる〔具体的には、鋼鉄の生産量を指す〕」と、堂々と宣言した。

ソ連と中国。この二つの社会主義の大国の最高指導者、その巨体から発した大々的な宣言は世界の

人々を震動させ、その声は社会主義の輝かしい未来までも見通すかのようだった。

一九五七年十二月二日、劉少奇《リュシオチ》は中国労働組合全国大会で、

「十五年内でイギリスに追いつき、それを乗り越えよう」というスローガンを全国に公表した。

一九五八年に入り、毛沢東は様々な指示や演説や行動によって、「大躍進」の号令を発した。

その年の六月十四日、毛は河南省の封丘《フェンチュ》県の農業生産合作社の社長に接見して、次のような話をした。

「そんなに遠くないうちに、中国人は毎年平均五百キロの穀物、五十キロの豚肉、十キロの油、十キロの綿が得られるに違いない」。

この数字は、生きるのにごく基本的な物資の量のようだが、それは中国の農民たちの長い間の夢であった。中国は膨大な人口をかかえながら、耕作面積が少ない。食糧問題は有史以来、未解決のことがらだが、いままでの支配者は誰一人そのことを真剣に考えもしなかった。そのために、年々歳々、日々大地に向かって耕し、苦労を尽した農民たちは、代々、食糧不足の中で過ごしている。一度お腹いっぱい食べてみたいという思いもかなわない。

しかし、新中国の主席毛沢東は、わらの帽子を被って白いシャツを着て農民の畑を回り、彼らに身近な夢の実現を語ってくれた。そこには、「大躍進」の発動者がそれによって彼の人民、とくに農民たちに幸せをもたらそうとする良好なる願望が伺えるだろう。

しかし、その良好なる願望は、彼の「個人崇拝」を狙う欲望と、裏腹になっていた。

その年の三月、中央最高指導者が集まった有名な「成都会議《チェンドゥホイイ》」で、「大躍進」を発動すると同時に個

人崇拝について、次のような毛沢東の話があった。

「個人崇拝には、二つの種類がある。（……）正しいものと正しくないものがある。例えば、マルクス、エンゲルス、レーニン、スターリンらの正しいものは崇拝しなければならない。（……）真理であれば崇拝する必要がある」

このように言う毛沢東は良好なる願望と彼自身の欲望を同時に持っていたが、厳しい現実に直面した時、両者を同時に実現することができず、次第に大きなずれが生じてきた。本当に人民のためならば、人民に不利な現実を直視し、個人崇拝の欲望を犠牲にして、自己の錯誤を是正するはずだが、毛はそれができなかった。個人の欲望はより根深いので「人民に幸せをもらう」ことがその裏づけとなってしまった。毛沢東は数億の民の頭上に立って彼らの救いとして存在する満足感に陶酔して妄想に陥ってしまった。

そのような毛沢東の妄想は彼の部下、彼の人民の盲従によってさらに煽られた。毛沢東の「個人崇拝」の発言のあと、上海市の党の書記が市民に、「毛主席を信じることは盲信するほどに、毛主席に服従することは盲従するほどにならなければならない」と指示した。

中国古代に「指鹿為馬《チルウェイマ》」の話がある。すなわち、支配者が鹿をさして「それは馬だ」と言うならば、支配される者は支配者に忠心を表わすために、「それは馬だ」としか言えない。「それは鹿だ」と真実を言うならば、支配者に対する「忠」にそむく表現になり、処刑されるということだ。

古来中国人には、人間の力を超える大きな力の存在を信じる心理がある。それは最高権力者に服従するよう強いられた心理と交じり合い、人間臭い「神」である毛沢東への盲従へとねじ曲げられた。

そのようにして、指導者と人民の合作である「指鹿為馬」の「大躍進」の「神話」が中国大地で生じてきた。

雀の災難

中国は「人定勝天《レンディシェンテン》〔人間の力は必ず自然に勝つ〕」という人間の力で奇跡を作る「神話」世界に入った。その人間の威力が最初に顕示されたのは、「四害《スハイ》」と言われる動物——ネズミ、蠅、雀、蚊を敵とする作戦においてのことだった。

一九五八年一月、毛沢東が杭州市の一つの町の衛生状況を視察することをきっかけとして、全国的規模の勢い壮大な「除四害《チゥスハイ》」運動が行なわれた。

「四害」の中で一番悲惨なのは、雀だった。四月十九日は、中国大地での雀への大討伐戦がくりひろげられた日だった。当時の全国人民代表大会常務委員会の委員長、後の人民共和国の主席劉少奇が指揮の最前線にいた。

この日、五時前にはすべての家が起き出した。長春の全市民が、一斉に、雀と戦おうとする日だった。兄がボウルを持って出かけた。外は、まだ朦朧とした月の光が輝いている。小学生たちは、すでに、各家から出てきていた。箒や棒や、破れたやかんなど、みんないろいろな道具を持っていた。いっしょになった子供たちは、笑ったり、しゃべったり、朝の静けさの中に騒々しさをまきちらしながら、学校に向かった。

五時になって、号令が発せられると、長春二百五十平方キロの空間の中、数万人が参加する作戦が一勢に開始された。銅鑼《どら》やボウルや太鼓、爆竹の音。風にはためく色とりどりの旗、箒、先に赤い布切れを結んだ竹竿。屋根、木の上、塀の上、地面、いたるところに人がいた。学校では、低学年の子供たちは、先生の号令によってボウルややかんなどを棒でたたきながら叫ぶ。高学年の生徒は、木や塀によじ上り、箒などを振りながら叫ぶ。屋根の上で、若い先生たちが旗を振る。驚いた雀の群れは、止まって羽を休める場を失って、飛び続けるほかないうちに、疲れて地面にバタバタと落ちてしまう。そしてまだあえいでいるうちに、人間に捕まれ、羽をもがれた。

夕方になると、大量の雀の死骸を載せたトラックが勝利を誇示するように堂々と大通りを走っていった。

晩ご飯のころ、家に戻った兄が、庭の所であえいでいる一羽の雀を拾った。それを、母が見つけて言った。「放しなさい」。「害虫だよ。食糧を食べるやつだ。どうして放すの――」と兄は当時の宣伝文句を使って反発した。「こんな小さい命は、人間の歯の隅に残した食べ物の滓でだって生きられるのに――」。「でも、お母さんだって雀戦に参加したじゃないか」。「……」。母は、何が言えるか。ここで放しても、雀はまた追い立てられて死ぬほかないのだ。それで、母は一つの籠を探してきて、その雀を入れて飼った。

その雀との作戦で、全国の町の中で一番成果があがったのは北京だった。一六〇万羽の雀を消滅させたそうだ。次のような統計も出ていた。

一羽の雀が一年に、五キロの食糧を食べるなら、八〇〇万キロの食糧が節約されることになる。さらに、雀の一つがいが十五羽の雀を繁殖するとすると、節約された食糧は六〇〇〇万キロになる。そんなに節約になるならば良かったと思っているうちに、その年は果物の木に害虫が大発生することになった。はじめて雀は果樹の害虫の天敵だと意識したが、もう遅かった。残された雀は数えられるほどわずかだった。

鋼鉄の「神話」

毛沢東の「十五年以内に、わが国の鋼鉄の生産量はイギリスを越える」という宣言は、その部下によって、だんだんと拡大された。「五年でイギリスを越える、十年でアメリカを越える」。さらに「二年以内にアメリカを越える」ことになった。それで、鋼鉄のその年の目標生産量は例年の生産量の十七パーセント増の六二〇万トンからはじまって、七〇〇万トン、八二〇万トン、千万トンになり、ついに一〇七〇万トンまで倍増した。

しかし、現実にはその年の上半期には、目標の三分の一しか達成していなかった。残りの三分の二を達成するために、「全民大煉鋼鉄《チウアンミンダレンガンテェ》」という運動が行なわれた。「一〇七〇万トン」のために、学校は授業をやめ、国家公務員は仕事をやめ、解放軍戦士は武器を置き、農民は実った農作物の収穫をやめて、「全部の民」が練鉄の仕事に没頭した。共和国の八人の総理がそれぞれの地域の練鉄の指導者になった。「小高炉《ショグオル》」——土法炉〔銑鉄を作る、高さ一〇—一五メートルもある高い炉〕があちこちに築かれた。農村の畑、街路、病院の構内、国家指導者の住宅区の構内までにも……。

『人民日報』によればその成果は、河南省鋼鉄の一日の生産量は、一万八六九四トン(一九五八年九月十七日)、安徽省、山東省、山西省、河北省、四川省、河南省の鋼鉄の一日の生産量は、一万トン

（一九五八年九月二十一日）ということだった。

兄が入学した育英《イウイエン》小学校の校庭にも、「小高炉」が作られた。夜、先生たちは五、六年生の生徒をつれ、みんなが拾ってきた屑鉄を「小高炉」のなかに入れ、古代の製鉄法よりも粗末なやり方で溶かす。校庭に、「小高炉」の火が燃えて、あたり一面を赤く照らし、赤い炎の上を、煙がたち上る。周りに、先生と生徒の影が動いている。炉から出たのは鋼鉄とは言えなかったが、とにかく、鉄の塊がどろどろした液体になって流れてきた。みんなは自分の労働成果を見てうれしくて、「鉄が出た！　鉄が出た！」と歓声を上げた。

長春の町は、その時、昼間は黒煙がゆるゆると立ち上り、夜は赤々と燃える火の光に照らされた。有史以来の壮観だった。

煉鉄に必要な資金を集めるため、生徒たちは「拾廃品《シフィピン》」の活動にかり立てられた。廃物を拾い集めて、それを廃品買い入れ所に持っていき、お金と交換する。兄のクラスの担任教師は、任務を果たすために、生徒たちに瓶を出すように要求した。生徒たちの活動成績が棒グラフにして貼り出された。大きな紙を壁に貼って、その上に、クラス全体の名前が書いてあった。空瓶一つを出すと、その名前の下の欄一マスを赤く塗る。それで誰が一番多く出したかがはっきり分かった。

当時中国では、空瓶もお金と交換できたから、どの家でも大事にしていた。それなのに、兄は、家にある空瓶を全部学校へ持っていった。その日、壁の表で、兄がトップになった。日を追って兄と二、三人の子が日々競い合っていた。ある日の朝、教室に入った兄がグラフを見ると、あと一マスうめると、自分が頂点になる。兄は鞄を机の上に放り出して、家に急いだ。しかし、家ではもう空瓶を探し出せなかった。台所を見ると、酢がまだ少し残っている瓶があった。彼はそれを醤油の瓶の中に移して、空瓶を持って学校に走っていった。彼は、優勝した。

その日の晩ご飯のおかずは、じゃがいもの千切り炒めだった。母は、おかずを口に入れると、「あら、今日のじゃがいも炒めは、歯触りが違うわね」と言った。父は、「そうだね。それに、ちょっと酸っぱいかな」と細かく味わいながら言った。ご飯を作った伯母は、「ごめんなさい。誰かが、醤油の瓶に酢を入れていたのです……」と詫びた。知らん顔をして絶えずご飯を口に入れている兄を、父が見た。そして「柱《チュ》ちゃん、今日は、優勝したね」と、いたずらっぽく微笑みながら言った。兄は顔が赤くなり、言葉に詰まった。「でも、おいしいよ。このじゃがいもの千切り炒めに少し酢を入れるとおいしくなるというのは、おまえの〝発明創造《ファミンチウアンツォ》〟じゃないか」と、父が当時流行っていた言葉を使ったので、みんながどっと笑った。それから伯母は、じゃがいもの千切り炒めには少し酢を入れるようになった。

一九五八年、全国の鋼鉄の生産量は、十二月十九日に、目標より十二日早く、「一〇七〇万トン」になった。

食糧生産の奇跡

鋼鉄生産の「神話」とともに、食糧の面にも「奇跡」が瀕出していた。『人民日報』には「人有多胆《レンユドウダダン》，地有多大産《ディユドウダチアン》［人間に勇気があればあるほど、土地からはそれに相当する食糧の量が産出する］」という記事が載った。

そこには想像を絶する「奇跡」が報じられていた。

〔以下は当時の『人民日報』の報道。稲の一ムー（一ムーは、六・六七アール）の最高産量〕

七月九日　三〇五四・七斤《ジン》〔一五二七・八五キロ〕

七月十八日　五八〇六・八斤〔二九〇三・四キロ〕

七月二十五日　七七四五斤〔三八七二・五キロ〕

七月二十六日　九一九五・一三斤〔四五九一・五六五キロ〕

七月三十一日　一万〇五九七斤〔五二九八・五キロ〕

八月一日　一万五三六一斤〔七六八〇・五キロ〕

八月十三日　三万六九五六斤〔一八四七八キロ〕

ラジオでは農村からのニュースとして、一畝あたり、さつまいも十万斤以上、トウモロコシ二万斤を収穫したこと、一株が五百斤の白菜、一個が九斤のピーマンが取れたという話題などが次々伝えられた。数人の子供が大きな南瓜《かぼちゃ》の上に立つ写真も報道された。

それを聞いて、兄は「お父さん、家の白菜は何斤？」とたずねた。父は「一番大きいので五斤位だろう」と答えた。「それならその百倍の白菜ができたの？」父は困って、「できたんだろう」と言った。「本当！　すごいなあ」と兄は五百斤の白菜のイメージをふくらませていた。父は黄連《ホアンレン》（苦さで有名な漢方薬）を食べたような顔をしていた……。

しかし、毛沢東はその「奇跡」を信じた。八月、毛沢東が河南省徐水《シウシウエ》県を視察したとき、県の書記に、「君たちの県は人口三一万だが、食糧の産量は一一億にもなり、多すぎて、食べ切れないだろう。食糧が余りすぎたらどうしたらいいか」と聞いた。それを聞いた県の書記はたじろいだ。考えもしなかった問題だった。食糧の実際の生産量は、彼にその問題を考えさせるようなものではなかった。相変わらず、農民たちの夢はお腹いっぱい食べてみたいということだった。居合わせた幹部たちも互いに顔を見合わせて、ものを言えなかった。毛沢東は笑った。

「とにかく食糧が多いことは悪くないね。（……）農民たちは存分に食べていいよ。一日五回ご飯を食べてもいい。食糧が多くなるから、これからは少なく植えて、農民たちは半日労働、半日文化や科学を勉強してもいい……」

毛沢東はそのような「神話」の中にしかない農業の「奇跡」を信じた。彼は自分が崇拝されるべき「神」だという妄想にとらわれた。そういう彼の妄想は、さらに科学者が嘘をつくことによって証拠づけられた。各級の共産党の指導者たちも同じだった。彼らは「鹿」を「馬」だというように、毛沢東の言葉をオウム返しにくり返すだけでなく、さらに有力な科学的証拠を持って、「鹿」は確かに「馬」だと証明した。

「新京神社」——私の幼稚園

一九九六年の夏休みに、長春に帰省した時、私は日本の友人に頼まれて、旧満洲時代の「新京神社」を案内した。それは、長春駅の近くにあり、現在長春市立第二幼稚園になっているところだ。子供時代この幼稚園に通った私には、懐かしい場所だ。

幼稚園の緑色の正門に入ると、三十数年前の風景が目の前に広がり、思わず足を速めた。スターリン大通りに向かうお寺のような建物が正堂で、そこが私たちの教室だった。旧満洲時代には、当時の「大同大街《ダトンダジュ》〔現スターリン大通り〕」を走る電車がこの建物——「新京神社」の前を通過するたびに、電車の中の人々は立ち上がって、それに向かって遥拝しなければならなかった。毎月八日は、「興亜奉公日」と言われる日で、その日、日本人の中学生や小学生たちは、「新京神社」に戦争の勝利を祈願しに行った。

右側にもう一軒お寺がある。そこは、私たちの幼稚園時代の寝室でお風呂もあった。遠く門前に四本の赤い柱が見え、建物の後ろの人工の山の上に柳も見えた。その山の下にはトンネルがあって、私と友達は、そこで隠れん坊をした……。

そんな思いに浸っている時、「日本人は入らないでください」という声が聞こえ、我に返った。声の主は園長だった。

「上から指示があって、この場所に、日本人が入ることは禁止されています」、園長はきつい口調で言った。その日は、八月六日で、日本の橋本首相が靖国神社を参拝した直後だった。

「私は日本人ではなく、この幼稚園の卒業生です。懐かしくて――」と私はあきらめ切れずに言った。

「でも、日本人と同伴ですから――」、園長も困った顔つきになり、言葉を濁した。結局、見学は許可されず、日本の友人はビデオもカメラも持って来ていたのにと残念がった。

幼稚園を去る時、もう一度その緑の鉄門を振り返ると、三十七年前に、初めてこの門をくぐったときの情景が浮かんできた……。

幼稚園の生活

一九五九年、私が三歳の秋、世話をしてくれていた伯母が家を去ったので、私は幼稚園に行くことになった。中国の幼稚園は二つ種類がある。一つは「日托《リトオ》〔朝七時から晩六時ごろまで子供をあずかる〕」と言い、もうひとつは「長托《チャントオ》〔全寮制。全寮制幼稚園は、土、日に家族のもとへ帰る〕」で、私が入ったのは全寮制の幼稚園であった。

私は、新しい服装をした。濃紺色の地に小さい白い花模様の上着とズボンで、上着の上に白い前掛けをした。髪は日本人形のような「おかっぱ」だった。手作りの靴――薔薇色に薄いピンク色の花の模様。模様は服とおそろいのようだった。伯母が家を離れる前に服に合わせて作ってくれたのだ。

父につれられて幼稚園に行った。秋で、空には一筋の雲もなかった。「人」の字の形をしている雁の群が、南へ向って飛んでいった。

行きたくないので、私は、わざわざ立ち止まって雁を眺めたり、落ちた木の葉を拾ったりして、ぐずぐずしていた。父はせきたてようとはしなかった。

大きな緑色の鉄門に着いた。鉄門の右の下側に、一つ小さい門が開いている。それをくぐり、中に入った。見ると、前方に、お寺のような建物があった。何段かの階段の上に、四つの赤い柱が立っている。柱の裏には部屋があるようだ。建物の前の東の方向に、一本の大きな木があった。「山丁子《シァンディンズ》〔山桜のような実をつける木〕」のようだ。近づいて見るとブドウより小さい赤い色の実が、茂った深い緑色の葉の間から、点々と顔をのぞかせている。木の下に、先生と子供たちが立ったりしゃがんだりしていた。私は、父とともに、その「廟」の中に入った。保母たちは、新しく来た私を囲んで、親切にあれこれと聞いてきた。いつのまにか、父は去っていて、保母たちも冷淡になった。私は突然恐くなり、あわてて目で父を探した。父がいないと分かって、泣き出しそうになったが、保母は厳しく、私に「その椅子に座りなさい」と命令した。

私は涙ぐんで、のろのろと椅子の方に行った。父が出たドアを、何度も何度も見た……。

それからの一週間が、どんなに長かったことか。やっと土曜日の晩に、父が迎えにきた。いっしょに帰る途中で父に、「もうぜったい幼稚園に来ない。お父さん、お願い」と哀願した。父は「うん、うん」と答えた。

日曜日の夜になると、私は騙された。「一度行ってみて、保母たちと相談してみよう。もしいいと言ったら、連れて帰る」と父が言った。

私は、再び父といっしょに幼稚園の鉄門をくぐった。保母たちに会うと、あっという間に、父が見えなくなった。私は泣き出して、ドアのところにかけていこうとして、保母に摑まれた。私はその手をくぐり抜け、庭に出て、鉄門に飛びついた。しかし、鉄門は閉まっていて、大きな鉄の錠がかけてあった。私は、足で鉄門をどんどんどんどんと蹴った。けれど、失敗した。人間の足は、鉄の門にはかなわない……。

幼稚園には、大クラス、中クラス、小クラスの三つのコースがあった。三歳の私は小クラスに入った。「廟」に入ると、正面に三つの部屋がある。真中が、園児たちの部屋、両側にある部屋は、園長室や衛生室などだった。

幼稚園は集団生活で、就寝、起床、洗面、体操、食事など、きちんと時間通りにしなければならない。食事の時は、真中に長い机が置かれる。みんなが自分の椅子を持って、ちょっと前に進んで、自分の食事の席につくのだ。

食事はおかわりなし。それに、自分の分は残さずに食べなければならなかった。私は、生まれつき脂肉が食べられない。けれどみんなは、肉が大好きだった。私はいつもひそかに、隣の席の子供にあげ、彼を大変喜ばせた。一度、ちょうど隣の子の茶碗に肉を入れようとして、不意に目を上げると、保母がこちらを見ていた。保母の目にぶつかった瞬間、私の手が震えて肉が落ちた。保母はどんどんこちらに歩いてきて、「勝手に他人にあげてはいけません」と私を睨んで怒鳴った。そして、またその肉を私の茶碗に入れ、「食べなさい」と命令した。私は、この肉を口に入れたが、吐き気がして噛むことができなかった。保母が背を向けると、すぐ口から出して、それを机の下に捨てた。ご飯が終わると、みんな椅子を持って、壁のところに戻った。私が捨てた肉が、コロンところがっていた。保母は私を睨んで、「こら、私の目をごまかそうとしたの。二度とこんなことをしてはだめですよ」と言った。

ある晩ご飯の時、私は保母の監視のもとで、無理矢理に脂肉を呑みこんだ。それは、ずっと食道のところで止まっているようだった。消灯のベルが鳴ってから、みんなしんと静かに寝た。私は眠れなかった。まだ食道のところの脂肉と格闘していた。窓のカーテンには、月の光が木の陰を投影していた。私は、揺れている木の陰を見て、独りぼっちだと感じた。その時、突然吐き気がして、嘔吐した。宿直の保母はあわてて走ってきて、私の様子を見てから、医者を呼んできた。私は衛生室に抱かれていった。いろいろ検査したり、話を聞いたりして、原因が脂肉だとわかった。そのおかげで、私は脂肉と絶縁することができた。

自由活動の時間には、自由に庭で遊ぶことができる。「廟」の後ろにある山には柳の木や松が何本もあった。山の下に、二つのトンネルのような洞窟があった。子供たちは、そこで隠れん坊をする。私は一人で山の上で遊ぶのが好きだった。やわらかな柳の木の枝が体に触れ、松の木の下で、松ぼっくりを拾い、運のいい時には、松ぼっくりの中に小さい松の実《グーム》も発見できる。木の隙間から漏れてきた太陽の光を浴びて、枯れた松葉を踏んでいるうちに、私は、狼婆さん〔グリム童話の人物〕が来たらどうするかとか、七人の矮人〔小人〕に会えたらいいなあとかいろいろ想像した。

しかし、幼稚園にいる間、家に帰りたい、父母に会いたい、妹といっしょに遊びたいという気持ちが、一刻も私を離れなかった。いつも閉ざされているあの緑の鉄門を見ると、げんなりした。でも、土曜日にならなければ、その鉄門を出られないと分かっている。土曜日の午後、保母は子供たちを外に連れ出す。三つのクラスは、三つの輪を作って「ハンカチ落とし」をする。

その日は、保母たちも機嫌がいい。優しい顔をして、子供たちといっしょに拍手したり、笑ったりする。二時ごろから、親たちが次々にやって来て、自分の子を連れて帰る。

中クラスにいた時、こんなことがあった。

幼稚園では、週一回、お風呂に入る。毎晩、寝る前に歯を磨き、顔と足を洗う。洗ってからみんないっしょに寝室に帰り、ベッドに入る。就寝のベルがなると、もう動いたり、声を出したりしてはいけなかった。

洗面の時間とベッドにつく時間の合間に、動作の速い子供たちは、少しだけおしゃべりする暇がある。私のベッドの隣に、佳《ジャ》ちゃんという男の子がいた。彼は、おもちゃの腕時計を持っていて、それを周りの子に見せた。その時、周りの子は、いっせいに手を伸ばして、「見せて、見せて」と言った。何人もの手を回って、私の手に時計が回ってきた途端に、就寝のベルがなった。電灯がぱっと暗くなり、保母が見回りを始めた。私はあわてて横になって、腕時計をどこにおいたか、分からなくなった。

翌日、晩ご飯のあと、保母はみんなを椅子に座らせ、厳しい顔をして、「誰が佳ちゃんの腕時計を盗んだか、白状しなさい。そうしないと、あとで探し出したら、重く罰します」と言った。「盗む」とか「白状」とかは、絵本の中の三角形の顔をした悪い人だけに関係のある言葉だ。それがこのように身近に迫ってきたのは初めてだった。恐かった。二人の保母が交替で「訓話」をした。それから、小さい声で何かを相談したようだった。その後、みんなをお風呂に入らせた。その間に何をしたか分からなかったが、お風呂から上がると、私は一つの部屋に連れていかれた。

「どのようにその腕時計を盗んで、隠したのか、白状しなさい」と言われた。その腕時計は、私のベッドのどこかで探し出されたようだった。私は黙った。四歳の私には、まだ盗み、隠すというような言葉を十分に理解することはできなかった。何度も何度も聞いて、保母は面倒でたまらなくなり、私を壁に向かわせた。「罰站《ファーチァン》〔子供を立たせて罰すること〕」というのだった。立つ場所は、寝室の東のほうの廊下だった。消灯のベルが鳴って、寝室が暗くなった。そちらはすぐシーンと静かになった。宿直の部屋から、二人の保母の笑いの混じったしゃべり声が漏れてきた。暗いオレンジ色の電灯の光が私の身に当って、長い影が寝室まで伸びていた。夏なのに、寒い、と思った。恐い。寒い。巨大な何かが、後ろから私を覆ってきたようだった。

土曜日になり、父が私を迎えに来た。保母は父に何かを言った。「長托」にいる子供の親が一番心配するのは、自分の子が保母に虐待されることだ。保母が一番に親たちに示すのは、自分が子供を虐待しなかったということだった。保母は自分の正しさを証明するために、子供に体罰する理由を十分に説明するわけなのだ。

父は私の手を握って、鉄門を出た。ちょうどポプラの綿が飛んでいる季節だった。雪のように舞い上がっているポプラの綿の中を二人は黙って歩いていた。私は絶えず鼻や目に入ってきたポプラの綿を手で揉んでいた。ポケットの中に父が入れてくれた黒飴が入っていた。「どうしてそんなことをしたんだい」。父は眉をしかめて優しい声で聞いた。私には答えようがなかった。「これから、何かほしいものがあれば、父さんに言いなさい。いいかい」と父は言って、私の答えを待っていた。

私には、自分の気持ちを表わせるような言葉もないし、事情を説明する言葉もなかった。どうしようもない私は、ただ父がくれた黒飴をしきりに口に入れるばかりだった。父は困惑して私を見つめていた。

家に帰って、ご飯のあと、母は私だけを父の部屋に入らせた。大まじめな顔で、「どうしてそんなことをしたのか。正直に言いなさい」と言った。もし「いったいどういうことなの？」と、聞かれたら、まだ答えようがあったが、母はみんな保母の言ったことが事実だと思い込んで、私に迫ってきた。私のことなんか誰も信じてくれない。私が「鹿」のことを「鹿」、「馬」じゃないと言ったところで誰も信じてくれない。みんな子供より大人を信じるんだ。恐い、恐ろしい深淵のような大人の世界——。

「分からない、分からないわ」と私は叫びながら、部屋を出ようとした。が、母に摑まれた。母は私を椅子に座らせて、強いて何かを我慢しているように歯の隙間から言葉を押し出す。「はやく言って」。

私は地面を見て、唇を嚙んで黙っていた。母の忍耐力はすでに限界に近かった。「これから、二度としませんと言ったら許してあげる」といった。私は黙った。母は指先で私の頭をつついて、「言いなさい！」と怒鳴った。私が顔を上げてみると、母の眉が震えている。私は口を開けようとした。母はほっとしような表情を見せた。私が今まで大人から受けた全ての悔しさは、一言に凝結した。

「言わない。絶対に言わない」と母を睨みながら言った。母はびっくりして大きく目を見張った。瞬間に怒りの火が燃えてくる。「おまえの口がまだどれほど強情をはれるか、見せてちょうだい」と言いながら、両手で私の顔をひねり回した……。

高級幹部住宅区内の生活

新しい家で

大クラスに入って間もなく、私は、肺門リンパ腺結核にかかって、幼稚園に行くことができなくなった。父の影響で、私は生まれつきの結核体質だった。もともと家で家政婦「大姨《ダイ》〔オバさんという意味〕」に世話されていた妹と弟が、私が家にいるかわりに、結核が移らないように、幼稚園に送り出された。小学校五年生の兄は学校に行ってしまう。父と母は、病院に勤めに出かける。昼間、家にいるのは、私と「大姨」だけだ。

私の家族は、私が生まれた後、この高級幹部の住宅区に移ってきた。小路をはさんで二十五軒ほどの家が並んでいた。高級幹部住宅区全体が赤いレンガの塀で囲まれていた。小路の東側は、普通の市民の住宅区だった。こちら側には、塀もなく、全体的にどことなくくすんだ色合いで、一見して雰囲気が違っていた。家の前にも後ろにも、幅六メートル、長さ十メートルくらいの庭があった。前庭には父がいろいろな花を植えた。後庭は日当たりが良くないから、野生の草と花が自然のままに茂っている。「三年自然災害」の時からトウモロコシを植えた。

家と家の間は木の柵や金網などで隔てられていた。庭は家によって利用方法が違う。庭には花を植えている家もあれば、果樹とか、野菜とか、向日葵などを植えている家もある。家並の前の小路の両側には、一メートル五〇センチくらいの紺色の木の柵が建てられている。それはこの小路の住民の共通の「塀」で、各家の出口は小さい紫色の木の門だ。夏には、柵によじ登る朝顔が毎朝新しい顔を出す。柵の上に伸びた黄色の向日葵の花や木々の緑の葉、果実、また下の隙間から伸び出てくる小さい花などが、この小路を彩っていた。柵の外側には、高さ三〇センチ、広さ六〇センチぐらいの土の階段がある。誰かがあちこちに「夜来香《イエライシャン》〔待宵草〕」という花の種を蒔いたので、晩夏から仲秋にかけての夜になると、黄色の花が咲き、小路いっぱい香りが漂う。その花が目の前でつぼみの皮を破り、一つ一つの花弁が伸びてくるのを見るのは、住宅区内の子供たちの一つの楽しみだった。

病気になったのは、むしろ私の幸せといえた。毎日一回の注射は大変だけれども、それまで感じたことがなかった母親の愛が感じられた。同じ結核で死んだ姉のことで母の心に残された傷は深かった。その傷の痛みは私が病気になったことによって呼び戻されたようだ。娘の命に対する不安は母のすべての「傲慢」と「合理」を押しつぶした。母はありったけの愛を私に注いだ。毎朝、私が目覚めぬうちに、母の手が触れるのを感じた。母は私の体に寝汗が出ていないかどうかを確かめに来るのだ。毎晩、母は家に帰ると、鞄も置かずに、私のそばに来て、顔と顔を合わせて、熱があるかどうか確かめた。

しかし、突然厳しい束縛から免れた私に、回りの人はふりまわされた。

ある日、母は出勤する前に私に、「できるだけ庭で遊んで、たくさん日向ぼっこをするのがいいよ。でも、庭を出てはだめよ」と言いつけた。

私は独りで庭で遊んでいるうちに、その木製の小さい門に心が魅かれた。それは、幼稚園の鉄門ではない。鍵もかかっていない。門衛もいない……。そこから出ると、どんな世界が開けているだろう。

とうとう私はその門を開けて出ていき、小路に沿って出口のところまで行った。遠く「飛機塔《フィジタ》〔飛行機の塔〕」の上の飛行機が見えた。私たちが「飛機塔」と呼んでいたのは、「ソ連紅軍記念塔」だ。それは、中国の抗日戦争を援助するため、長春で戦死したソ連兵士を慰霊するために建てられたもので、長春の中心地、人民広場の中にそびえている。父につれられての幼稚園への行き帰りに、私がいつもいつも遠くに見ていた「飛機塔」……。

私は東の道に沿って飛機塔に向かっていった。飛機塔の全体が見えてきた。白灰色の塔の上に緑色の飛行機が止まっている。塔が午前の太陽の光をいっぱい浴びていて、ぴかぴかの光を私に反射してくる。目を細くして塔を眺めると、長い道を歩いてきたようだった。人民広場に入った。それは、周囲八百メートルぐらいの円い広場だ。緑があふれている。白、黄、ピンク色などの花がぽつりぽつりと咲いている。リラの花が幽香を漂わせている。木陰の土を踏むと、引越しの最中の褐色の蟻の群れに目を魅かれた。蟻の引越しを見るのは大好きだ。伯母が家にいた時、いつもいっしょに地面を動き回る蟻を眺めていた。

私は長い間しゃがんで蟻を眺めてから、立ち上がって、人民広場の中心にある「飛機塔」に行った。塔の下には、周囲一〇平方メートルの円い階段状の石台がある。石台の周りに七つの二メートルくらいの石碑が立っている、私は一段一段階段を登り、「飛機塔」の一番上の階に来た。子供たちが走ったり叫んだりして遊んでいる。遠くで見ると偉大に見える塔は、近づいてみるとありふれたただの塔だと分かり、がっかりして、私は下に下りた。しかしその途端に恐くなった。人民広場の周りには、六本の道がある。どれが歩いてきた道なのか分からなくなったのだ。長時間迷っているうちに、いつも家に来る兄の同級生に会って、彼に送られ家に帰り着いた。家では、派出所にも連絡する大騒ぎになっていた。

毎日、みんなが出かけると、私は必ず一度本箱のそばで、ありったけの絵本を見る。おもしろいと思うのはくり返して見る。

ある日、それを終えると、ほかに何かないかと部屋を見回した。「大姨」が床をふいている。拭かれたばかりの赤い床板はぴかぴかしている。各部屋のドアが開いている。私の目は、向こうの部屋の父の本棚に止まった。「大姨」がその部屋から出るのが待ち遠しい。とうとう「大姨」がその部屋から出て、ほかの部屋の掃除に行った。私は父の本棚に飛んでいき、ぎっしり並んでいる本のなかからやっと一冊を取り出した。重くてドサッと落とすように机においた。開けてみると、字ばかりだ。もう一冊出して見たが、同じだった。私はあきらめない。一冊また一冊と本を出して見る。そのうちに、開けてみると、色つきの人体解剖図が出てきた。片側は普通に目で見える身体のようすで、もう片側は内臓が裸出している。恐いと感じながら、それから目を離すことができなくなった。

「へー、人間の中身はこういうものなのか！」

たくさんの本を本棚から出したが、戻すことができなかった。翌日、一つの金色の錠がそのドアにかけられた。私は引き出しの中から金色の鍵を探し出して、錠を開けて部屋に入った。……また翌日、錠はドアの一番上のところにかけられていた。私は二つの椅子を重ねて、その上に登り、錠を開けて入った。今度は、それ見たことか。取りだした途端、重すぎて、本は手から離れて机に落ち、インク瓶を転がした。本に、インクの染みが広がった……。

帰ってきた父は、それを見ると、顔色を変え、「おまえは、いったい何をしたんだ」と怒鳴った。父が私に対してこんな態度を取るのは普段にはないことだった。まして、私は病気になっているというのに……。私は泣きだした。父の声はすぐさま柔らかい声に変わり、「まあ、いい、いい」となだめにかかった。泣くことは私の病気に良くないと、父は気にしていたので、私は手の指の隙間から父の顔をのぞきながら、もっとひどく泣いた。「泣くな。ごらん、父さんがいいものをあげるよ」

私は涙でぼんやりした目を開けて、父が鞄から何枚かの色紙を出すのを見た。私の切り紙細工用の紙だ。そのころ、品物の少ない時期で、色紙も手に入れにくいものだったから、私は嬉しかった。

一連の出来事の結果、「大姨」は自分が責任を問われるのだと思って、「この子がこのまま家にいるのなら、私はもうこれ以上いられません。この子一人を世話するのは、本当に他三人を世話するより疲れます」と言明した。

「もう少し我慢してみて。なんとかできるでしょう」と母は懇願する。

翌日、父は出勤する前に、私に、

「絵本がほしい？」と優しい声をかけた。

「ほしい」と私は喜んでいった。

「今晩買ってあげる。その変わりに、父さんの本を動かさないのだよ」。

「はい」。私はきっぱりと答え、そして勢いに乗ってつづけて、

「お父さん」

「なに？」

「二冊買ってくれる？」

「いいよ。二冊だね」

「三冊でもいい？」

「いいけど、幸い八冊じゃないね」。父は口をちょっと結んで仕方ないというような笑いをした。

「八冊だよ。お父さん、八冊、お願い。本当に八冊ほしい」

「まあ、いい。冗談はやめ」。父は腕時計を見ながら、出勤して行った。


夕方、父が帰ると、私の目はその膨らんでいる鞄を追いかけた。父は私の前に、鞄から一冊、二冊、三冊の本を出した。『猴王出世《ホウワンチウシ》〔『西遊記』の第一章〕』、『鯉魚仙人《リイウシアンレン》』、『七色花《チスエホア》』……。私はすぐさまその中の一冊を開けて見始めた。

つぎつぎと父が本を出す動作は続いている。私がびっくりして見ると、四冊、五冊、六冊、七冊、八冊。本当に八冊なのだ！

その後、父は、インクに染められた本の部分を写すために、何日も夜中まで机に向かった。

絵本を見るのは、私の最高の楽しみだった。午前中くり返して見て、字が読めない私は、絵のメッセージを受け、自分の想像を加えて、物語の世界に入る。午後、兄が学校から帰ると、その本を読んでくれた。翌日は、読まれた内容をふまえて、また新しい物語の世界に入る。

そのことをきっかけにして、入学までに、私は何十冊もの絵本を持つようになった。その中でも私は神話の物語が特別に好きだった。

大きくなるに従い、取り巻く環境はますます階級闘争の色が濃くなった。書物の世界でも同じだった。しかし、私はやはり神話の物語に執着して、借りたり、友達と交換したり、中国のものも外国のものも問わずに、手に入る限りの神話の物語を読み尽した。

現実のなかで大人たちに差別され、疎外された子供の心は神話の世界、人間と宇宙との神秘的な融合の中で一種の満足を得た。現実の階級闘争の雰囲気の中で怯えていた心が、神話の主人公を見守っている不思議な神の力の中にしばらくの安堵を感じた。神話はいつまでも私に背を向けずに、個人の成長と社会の変遷の中で絶えず私に新しい秘話を語ってくれた。何か言葉で言いきれない無限の意味の広がりが、神話のイメージとともに私の意識の底層に繁殖しているように、「神話」と私とは、「不解の縁」で結びついた。

私の病気は、もともと重くなかった。それに適切な治療を受けて、半年たらずで回復した。

「三年自然災害《サンネンズランザイハイ》」

私の入園から病気回復までの期間は、ちょうど中国の「三年自然災害」の時期だった。その三年間は、「困難の時期」と言われる。一九五九年、全国の耕作地の三分の一、四千万ヘクタールが被害に遭い、その翌年、さらにこれを上回る全国の耕作地の半分、六千万ヘクタールが被害にあった。六一年も相当な災害で、「百年不遇《バイネンブイウ》」の連続三年の災害だと言われた。自然災害の上に、一九五九年、ソ連は専門家の撤収を開始し、あらゆる援助の計画を停止してしまった。さらに中国側は朝鮮戦争の時のソ連からの借金を農作物で返済することになった。国は大変だったが、私個人としては飢えた記憶はなかった。ただ、幼稚園にいた時に出たゴムのような高粱粉の饅頭〔高粱米を皮のままで砕いて饅頭の形にしたもの〕が紫色でとても食べにくかった。それを食べると、便秘になって、子供たちが、いつも浣腸されたことを覚えている。

食糧の配給量は、以前と同じ十五キロぐらいだが、穀類のほかの食糧の配給は、ごくわずかだった。配給以外のものは、驚くほど高い。例えば、普段は捨てられてしまう白菜の一番外側の葉は、その時期、一斤《ジン》六元だった。看護婦である母の毎月の給料は、三十九元で、そのぐらいの給料で、一家五、六人を養う労働者の家もある。そうした家庭は配給品を買うだけでも精一杯だった。配給品以外、何も食べるものがないのが、当時の長春の大多数の人々の日常生活だった。三年間、人々は毎日飢餓の状態の中で過ごしていた。

一番変わり果てた姿になったのは、楡の木だった。薄くて円い楡の実は、真中に玉があり、中国古代のお金の形と似ているから、「楡銭《イウチアン》」と呼ばれる。それは甘味があり、粘っこく口の中を這い回るもので、私たちはよく、外でそれを見かけるたびに口に放りこんだものだった。しかしその三年間、私たちが手を伸ばした時にはすでに実はなく、それればかりか、葉もむしりとられ、木の皮も剥かれた。町の中で、葉と皮がついている楡の木はほとんど見られなかった。乞食も多くなった。農村や南方から来たそうだ。

私の家の食生活も変わった。主食は、高粱粉の饅頭、トウモロコシの饅頭、高粱米飯、黒饅頭〔小麦粉を皮つきのまま砕いた粉で作ったもの〕だった。一ヵ月に米ご飯二回、肉食二回、魚は、一年に二、三回……。大変な時期だったが、私の家は、普通の市民と比べれば、比較的楽だった。

一つは、父に「紅本《ホンベン》〔赤い手帳のようなもの〕」があったためだ。「紅本」とは、当時「高幹《ゴオガン》〔高級幹部〕」と「高知《ゴウヂ》〔高級知識人〕」に特別に配られたもので、食糧用と副食用の二冊があった。普通の人は、月に平均一人三十斤〔十五キロ〕ぐらいの食糧が配給される。仕事や年齢によって量が異なるが、そのうち「細糧《シリヤ》〔米と白い麦粉〕」は、二斤しか買えない。「紅本」のあるものは、配給量の全部が細糧だ。「紅本」の政策は、一九八九年まで続いていた。副食用は、「困難の時期」だけ発行されたもので、それを使って、特定の店で普通の市民より多く肉や卵などが買える。普通の市民が買えない高級な煙草も配給される。そのおかげで、もともと煙草を吸わなかった人も煙草を吸うようになった。父は吸わなかったが、無駄にしないため、母が吸うようになった。

私の家では子供がまだ小さいし、もともと小食だったので、配給の量で足りたということもある。また私の家の収入は、普通の労働者の家庭の四、五倍あったので、高価でも食べ物を買う余裕があった。いろいろなことのおかげで、私の家は豊かとは言えないが、なんとか正常な食生活を送れた。いかにわずかな副食を利用して、粗末なものをおいしく食べるようにするか、母は大変工夫した。印象深い一つの例がある。「驢打滾《リウダグン》〔ロバがのたうち回る〕」というものだ。それは、白菜の外側の葉をゆでて、細かく刻み、塩味を付け、少し油を入れて、拳の大きさに丸めたものを、ロバがのたうち回るように、トウモロコシの粉の上でぐるぐる回して蒸す。しかし、「巧媳婦難作無米之炊《チョシフナンズオウミヂチウィ》〔賢い嫁でも、米のないご飯を炊くのは無理だ〕」と中国の諺に言われるように、一ヵ月一人当たり油が百グラム、肉が百グラム。ネギも、ニンニクもない時期だから、いかに工夫しても、私たちが喜んで食べられる「驢打滾」は作れなかった。

国の困難な状況はいつ終わるのか、これからもっと大変になるかも分からない。その時母の心配は重かった。母はいつも誰からか食糧を節約する方法を学んできた。ある日、母は「大姨」に「玉米面糊々《イウミメンホウホウ》（トウモロコシの粉で作る粥）」を作らせた。それは、少量のトウモロコシの粉に大量の水を入れて作るどろどろしたものだ。

それはその時、トウモロコシの粉が少なくてすむように考え出したものだ。「玉米面糊々」という名前だが、人々は「糊塗粥《ホウトウチォ》」と呼ぶ。「糊塗《ホウトウ》」という言葉には、二重の意味があるだろう。一つは、粥のどろどろしている状態を示すが、もう一つは「はっきりしない」、「ごまかし」という「糊塗」の言葉のもとの意味をも含んでいる。一時お腹をごまかすのだ。当時盛んに食べられていたものだが、私の家では初めてだった。みんな珍しがって普通よりたくさん食べたが、それでも寝る前に、お腹が空いた。「餓《オア》、餓《オア》……」とみんな騒いで、どうしようもない母は、翌日の朝食にしようとしたお菓子（黒い小麦粉で作ったもの）を食べさせた。

「節約したかったのに、かえって浪費した」と母は残念そうに言った。

父の「紅本」のおかげで配られる「細糧」を母は、きちんとその優遇される対象の父に食べさせた。その上父の食事には牛乳、卵、肉などが毎日出される。このような特別な食事をするのは、中国語では「吃小灶《チショツォ》」という。

ガス代の節約も考えて、母は特別なご飯の作り方を考え出した。一つの鍋に、まず高粱飯を煮る。半熟になったところで、真中に穴を空けて、米を入れる。炊き上がると、周りには紫色の高粱飯、真中には、米ご飯ができている。兄弟姉妹たちは、ご飯を盛る時、みんな丁寧に周りの紫色の高粱飯を盛る。誰も、真中の白いご飯に手を出さなかった。

おかずも違う。父のおかずは、キュウリと肉炒めやトマトと卵炒めなどだが、私たちのは、大根とじゃがいもをいっしょに煮たものとか、人参の葉っぱの炒めものとか、「甜菜《テンツァイ》〔さとう大根、砂糖を作る原料〕」の葉っぱの炒めものなどだ。

もともとはみんな同じ食事をしたが、「困難の時期」だから、このように分食するほかない。父は、白いご飯の碗を持って、四人に一人一口ずつ分ける。自分に半分しか残らない。おかずも箸で一人一塊ずつ分ける。結果、胃が弱くて粗末なものを食べられない父は、「半飢半飽《バンジバンボ》」になっている。母は、「あなたがこのようにするのはどんな意味があるの？　あなたの健康は、この家庭の幸せの土台なのよ。本当に子供たちを愛しているなら、何よりもあなたの体を大事にしたほうがいいわ」と父に言った。しかし、ご飯の時、父はやっぱりみんなの茶碗を絶えず見回して、なかなか安心して食べられないようだった。それで、母の配慮で、父がみんなと同じ時間にご飯を食べないようになった。

二週間に一回だけ、家族そろって米ご飯を食べた。その時でも、母は残りものの高粱飯を食べる。「どうして米ご飯を食べないの？」と私が聞いたら、「私は米ご飯を食べると、胃酸が多くなって嫌なのよ。高粱飯は、私の胃に合っている」と無造作に答えた。

「そうか」。私は信じた。父は、「お母さんはそう言うけれど、二週間に一回の米ご飯を、食べたくないはずはないんだ。他の人に譲るためにそういっているのだよ」と言った。私は信じられない目で母を見た。母はおいしそうに高粱飯のご飯を嚙んでいる。

その時の全国の餓死者は二、三千万人にのぼったということが後で分かったが、長春の食糧不足は、全国と比べれば、軽いほうだっただろう。餓死した人を、私は見たことも聞いたこともなかった。しかし、長春の人々は、飢饉に対する恐怖心が、どこの人よりも強い。その理由は、十一年前――一九四八年の「困長春《クエンチャンシウン》」の惨状が、まだ長春人の心に焼き付いていたからだ。その恐れはまだ消えておらず、飢餓のことにふれると、大人たちの話題は自然に十一年前の「挨餓時《アイオエシ》」のことになっている。小さかった私も「困長春」という長春の大変な時期のことを母と近所の人との会話などによって断片的に知ったのだった。

映画を見る

小学校一年生の時のことだったと思う。冬の土曜日の午後、私と洋《ヤン》さんと清《チン》さんと、三人いっしょに洋さんの家で宿題をしていた。その時、清さんが洋さんに、「今晩の映画はとてもいいね。待ち遠しいわ」と話しかけた。

「うん。いっしょに見に行きましょうね」。洋さんは当たり前のような顔をしてこたえた。

毎週土曜日、省賓館で高級幹部とその家族のための映画会がある。洋さんたちはいつも見に行く。でも、私は見に行くことができない。

「何の映画なの？」と、私は清さんの話に心が魅かれて、ついに聞いた。

『秋翁遇仙記《チュウオンイウシャンジ》』よ」。

「えっー」。私はドキドキしてきた。花の好きなおじいさん秋翁《チュウオン》が、牡丹仙人に会う物語だ。絵本で何度も見たが、その牡丹仙人たちが、牡丹の花からすーっと出て秋翁の前に姿を現す場面はどんなにおもしろいだろう。見たいな。でも、だめだな……。私は省賓館には行く資格がないのだ。それは市内の映画館では公演していない。自分と映画の間の越えられない溝を実感した瞬間に、私は突然鼻がつんとなって、泣きそうになった。洋さんは、私の顔をのぞきながら、手を伸ばしてきて、私の腕をとって、「ね、いっしょに見に行きましょうか」と言った。こぼれそうになる涙をこらえるため、しっかり唇を噛んで私は頭を横にふった。

「行っていいよね、ね」。洋さんは清さんに言い、「切符はいらないのよ。ちょっと名前を聞くだけだから、いっしょに行けば入れるよ」と言った。

晩ご飯の後、私は迷いながらも、『秋翁遇仙記』に心が魅かれて、庭の門の前に立ち、斜め向こうの洋さんの家の門を見つめていた。ひそかに洋さんが呼んでくれるのを期待していた。高級幹部の子供たちは次々と門を出て市賓館の方に向かっていった。洋さんが出てきた。

「さあ、行きましょう」と彼女がさり気なく私を呼んだ。私ははじらいながら彼女といっしょに歩いていった。

歩いている途中、同じ住宅区内の林《リン》さんの姉が後ろから追いついてきた。彼女は高級幹部の子弟の専門の小学校の六年生だった。

「あなた、どこへ行くの？」と私に聞いた。

「……」

「映画を見に行くのよ」と洋さんが私のかわりに答えた。

「彼女も？」林さんの姉は、自分の何かが他人に取られるような眼差しで私の顔を見、また疑問を込めた眼を洋さんに投げた。

洋さんは彼女にかまわずに、私の手を引き、前に進んでいった。

省賓館の門のところに来た。門は、四つに区切られた回転扉だった。洋さんと私は手をつないで、一つの区切りの中に入り、回転して、中に入った。中の門のそばに立っている門衛はにこにこして、入ってきた子供におじきをしながら、

「お父さんはどなた様ですか」と聞いている。私は洋さんの後ろにしっかりとくっついている。

「景仁《ジンレン》です」と洋さんが答えた。

「景部長の家の方ですね。どうぞ」とうなずきながら、映画を上映する会議室を指した。私は洋さんに手を引かれて入った。

入ってみると、クラスの学友が何人かいる。私はすぐさま頭を下げて、学友に見られないように洋さんの身体の影に隠れて座ると、前の椅子の背もたれに顔を伏せた。学友たちは互いに声をかけ合ったりしゃべったりしたが、映画が始まるまで私は頭を上げなかった。

映画は楽しかった。しかし映画を楽しみながら、この場での、ご飯に交じった砂のような自分の存在を意識する度に、「もう二度と来ない」と思った。

それでも、私はもう一度行った。それは『西遊記』の『孫悟空三打白骨精《ソンウクォンサンダバイグジン》（孫悟空は三回白骨精を殴る）』が上映された時だった。

その日、再び省賓館の回転扉の前に来て、洋さんは一つの区切りの中に入った。ちょっと遅れてし

まった私は次の区切りの中に入った。私が中の門衛の前に立った時、もう洋さんは「通過」してしまっていた。

「どなた様のお子さんですか」と門衛はにこにこして私に聞いた。

「……」

後ろに次々と子供たちがやって来る。

「王《ワン》書記」

「劉《リュ》市長」

「李《リ》部長」

「範《ファン》局長」

……

門衛はもう一度私に向かって聞いた。答えようがなかった。私の父は、書記でも、市長でも、部長でも、局長でもない。普通の医者だ。父の名前はここでは無意味なのだ。洋さんはすまなそうな顔をして中で私を見ている。しかし、彼女は嘘をつくような子供ではない。門衛は不愛想に、私を追い払う仕種をして、

「出ていけ、出ていけ、早く出ていけ」と矢継ぎ早に言った。私はその場を離れた。

冬の夜の冷たい空気の中で、私は一人で道を歩いていた。道路に凍りついた雪は、街灯の光を反射して、ぴかぴか光っている。空から舞い降りてきた小さい雪の星がふんわり私の頬に落ち、溶けた。一つぶの涙が静かにこぼれた。家の門をくぐる前に、私はしっかりと涙の跡をふいた……。

小学校の思い出

今年の夏休み、私は日本の友人といっしょに長春にある元日本の浄土真宗のお寺だった所を訪ねた。それは、私の通っていた育英《イウイエン》小学校の隣、現在の長春市実験中学校の構内にあり、図書館として使われている。この学校は私が大学を卒業して、初めて勤めたところだ。京都の東本願寺にならって作られたこの建物は、きちんと修繕されていた。正面に「元日本浄土真宗寺」という看板がかけてある。この建物は、解放後、一度幼稚園として使われたが、六〇年代初期から、学校に帰属することになった。以前は体育館として使われたが、最近、国の保護文物として大事にされて、図書館として作り直された。

その後、私は懐かしい気持ちで育英小学校を訪ねた。かつて勉強した教室に入ると、三十数年前のことが、映画のシーンのように目の前をよぎっていく……。

「卵」と「雷鋒《レイフエン》」

一九六四年、私が小学校二年のことだった。一九六三年に始まった「学習雷鋒《シウエシレイフエン》」運動が盛んになっていたところだった。

雷鋒は、人民解放軍の戦士で、一九六二年、事故でなくなった。生前、雷鋒はたくさんの善行をした。困っている人があると、行って力になった。年寄りや病人の世話をし、貯金を災害の地に送ったりする。けれど自分の名前は知らせない。雷鋒の日記を出版するに当たり、毛沢東は「雷鋒同志に学ぼう」という呼びかけを発表した。劉少奇《リュシオチ》、周恩来《チォエンライ》ら指導者も賛辞の言葉を送った。「学習雷鋒」運動は中国大地で争うように善行ブームをもたらした。例えば兄がなくした財布はお金が入ったまま送られてきた。送った人の名前さえ分からなかった。食糧を買い、荷物が重くて路傍で休んでいた「大姨《ダイ》」を見た小学生たちは、みんなで重い荷物を持って「大姨」を家まで送ってきた。隣の子供が迷い子になった時、解放軍が家まで連れてきた。名前をたずねても、「私は人民解放軍だ」という言葉だけを残していた……。

解放軍はとくにその運動の先頭に立った。解放軍の威信は今までになく高まった。子供たちが出かける前に、親は、「道が分からなければ解放軍に聞いてね」、「困ったときは、解放軍に頼むのよ」などと言うくらい、人民の心の中で、解放軍は最も信用できる人間だと思われるようになった。次第に、「雷鋒に学ぶ」手本も次々に出て、手本になる者があちこちに報告されるようになった。「学習雷鋒」の模範を育てるのも各級の指導者の任務になってしまう。小学校でのスローガンは、「向雷鋒叔父学習《シャンレイフェンシウシウエシ》,做毛主席的姟子《ズオマオヂウシダハオハイズ》〔雷鋒叔父さんに学んで、毛主席のよい子になる」だった。

一九六四年六月、一年に一度の長春市の小学校の運動会が、南嶺《ナンリャン》体育場で行なわれた。朝六時から夕方六時までそこにいるから、みんな、いろいろおいしいものを持ってきた。

パンや卵など、当時ふだん食べられないものがその日の特別なご馳走になる。昼ご飯の時、私のすぐそばにいた海《ハイ》さんが、トイレに行ってきます、と先生に言った。みんなが食べ終わるころになっても、海さんは帰らなかった。ふと見ると、海さんのぺちゃんこの鞄が目に入った。

「あ？　海さんは何も持ってきていないんだ……」と私は突然気がついた。とたんに、ある光景を思い出した。いっしょに教室で弁当を食べた時の――。

当時、全体的に見れば生活は好転していたが、貧しくて基本的な生活費も足りない家庭は、やはりずいぶんあった。育英小学校は、長春の一流の小学校で、高級幹部の子供が集中していた。貧しい家庭の子は少なかったが、長春の近郊の農村の家の子だった海さんは、コネでこの小学校に入学していた。ある冬の昼ご飯の時のことだ。

二十平方メートルぐらいの教室には、二人用の机が五つずつ並べてある。女の子たちは、第二列の真中、男の子はその隣の列の真中に集まって、みんなでしゃべりながらご飯を食べる。弁当の中身を見ると、その家の階級が大体分かる。というのは、「高幹」の子供は、弁当の主食の色がほとんど白〔小麦粉か米〕だからだ。当時、普通の市民の食糧の配給の中で、米は一ヵ月に五百グラムしかなかった。白い強力粉は、年間を通して一回、正月の時だけ配給されるものだった。「紅本」がある高級幹部と高級知識人は、毎月の主食の全量が米と白い小麦粉だった。「細糧〔米と高級な麦粉〕」が多かったが、それでも貴重でいつでも食べられるものではなかった。優越感を誇示するためだろうか、それとも親が子供の弁当にできるだけ質のいいものを入れようと思ったか、弁当の白い色が子供の中でその優越性を示すことになった。普通市民の子供の弁当は、黄〔トウモロコシの製品あるいは粟〕、紫〔高粱飯〕、黒〔全粒粉〕の三色だった。

海さんは、いつもみんなの輪に参加してこなかった。背も低いから、教室の真中の列の一番前の座席に座っていて、そこで密かに弁当を食べている。海さんの弁当は、いつもお粥だった。時に本やノートを濡らして先生に怒らせたこともあった。

その時、海さんは、弁当の蓋を開けて一口のご飯をとっては、また蓋をして、中身を他の子供たちに見られないようにして食べていた。いたずらっ子の宝《ボ》さんは、そっと海さんの後ろから近づき、突然その弁当を取り上げて、みんなに見せた。中身は、薄い粟の粥だった。海さんは顔をまっ赤にして、弁当を奪い返そうとした。宝さんはおもしろがって、その弁当を持って机と机の間を逃げまわりながら、追いかけてくる海さんに、「小米粥《ショミチュ》、稀溜溜《シリュリュ》〔粟のお粥は水っぽい〕」と叫ぶ。すると、周りの子供たちもメロディーをつけて「小米粥《ショミチュ》、稀溜溜《シリュリュ》」、「小米粥《ショミチュ》、稀溜溜《シリュリュ》」といっしょにはやしたてた。海さんはそれで「小米粥《ショミチュ》」という仇名がついた。

彼はいつもお腹が空いていたのだろう。ある日国語の授業のとき、「好象《ハオシャン》〔如し〕」という言葉で文を作ることになり、先生に質問された海さんは、「字典好象饅頭《ツーデアンハオシャンマントウ》〔辞書はお饅頭の如し〕」という文を作った。先生は涙ぐんだような眼差しになった。

海さんの鞄を見ているうちに、私は食べ残した卵を海さんにあげようという気になって、密かにその卵を海さんの鞄に入れた。海さんのすきっ腹に卵を入れるとどうなるかなと想像して、私はひそかにいたずらっぽい笑いをもらした。

海さんが帰ってきた。鞄を開けて、びっくりして「誰の卵?」と聞いた。もちろん答えるものはいない。その場にいた茵《イン》先生は状況を聞くと、わかったというような笑いをうかべ、「食べていいわ。後で調べましょう」と言った。海さんは飲むように卵を食べた。私は一種の満足感を覚えた。

しかし、思いがけず、その後、茵先生はみんなに「このクラスに、『小雷鋒《シュエレイフェン》〔雷鋒は善行をした時、匿名にするのに慣う』が出現しました。他人に分からないように自分の大事な卵を学友にあげました。これは雷鋒に学ぶ実際の行動なのです。みんな協力してこの人をみつけて、学校に報告しましょう。みんなの手本になるでしょう」と言った。

帰り道で、私は仲良しの平《ペイン》さんに「食べ残した卵を、海さんにあげようと思ったんだけど、別に彼と話したくなかったから、だまって鞄にいれただけなのよ。雷鋒なんて、頭の中に全然なかったわ」と言った。

二、三日後の朝、授業の前の「早自習」の時間だった。私が密かに絵本を見ているところを、当番に発見された。当番は絵本を没収しようとしたが、私は渡さない。とうとう喧嘩になった。そこへ、茵先生が入ってきた。私は罰として立たされた。立っているうちに、指導者が全校生徒にするお話の時間になった。マイクから、女の校長の声が聞こえてきた。

「雷鋒に学ぶ運動の中で、各クラスからたくさんの模範が出てきました。最近、もう一人の『小雷鋒』が出現しました。それは、二年三班の張鑫鳳《チャンシンフォン》さんです……」。そして、張鑫鳳がどのように学友の困難を見て雷鋒のことを思い出し、雷鋒に学ぼうと、食べたいのを我慢して卵を気づかれないように学友にあげたのかを話した。

「張鑫鳳さんは、まだ二年生なのに、どうしてそのように上手に雷鋒に学ぶことができるのでしょうか。われわれは彼女に何を学ぶべきでしょうか……」

校長の話はなかなか終わりそうにない。立たされている私は足が疲れてきて、たえず右足と左足とに体の重心を移しかえていた。

六月の朝の清らかな空気が、リラの匂いとともに、開けている窓から入ってきて、掃除したばかりの教室に水の匂いがただよっている。私は、マイクから伝わる校長先生のほめたたえる言葉を聞きながら、罰を受けて立たされることをがまんしているうちに、「違反紀律《ウエイファンジリウ》〔紀律違反〕」と「小雷鋒」という二つの反対の意味の言葉にかき回され、自分が金魚鉢の中で攪拌されている金魚になっているような気がしてきた。

汚された作文「白雪《バイシュエ》」

「学習雷鋒」運動は、中国人にとって懐かしいことだ。それは、わざとらしさがあっても、人間同士の間に互いに助け合い、思いやりをもつ暖かさが感じられる時期だった。今になっても、その時代を体験した人々は、時に「雷鋒叔父さんがなくなった」と残念そうに言うこともあるのだ。

しかしそういう「学習雷鋒」運動は、当時の国防部長、解放軍の最高支配者林彪《リンビョ》の導きによって、しだいに「学習毛主席著作《シウエシマオヂウシヂウズオ》」運動に取って替えられた。『解放軍報』は社説で、毛沢東思想学習運動を呼びかけた。そして『人民日報』は社説で、「向解放軍学習《シャンジエファンジウンシウエシ》〔解放軍に学ぶ〕」運動を呼びかけた。

毛沢東の著作がいろいろな形で出版され、各領域で毛沢東の著作を勉強する「積極分子《ジジフエンズ》」の大会が開かれ、毛沢東思想の学習運動は、だんだんと大きなブームに作り上げられ、毛沢東個人に対する崇拝へと進んでいった。林彪も、「毛主席是当代最偉大的馬克思主義者《マオヂウシシダンダイズウイウエイダダマクエスヂウイデエ》〔毛主席は当代一番偉大なマルクス主義者〕」、「毛沢東指示是最高指示《マオズエドンヂシシズウイグオヂシ》〔毛沢東の指示は最高指示〕」、「毛沢東思想是馬克思主義的頂峰《マオズエドンスシャンシマクエスヂウイダディンフエン》〔毛沢東思想はマルクス主義の頂点〕」、「毛主席的指示是精神原子弾《マオヂウシダヂシシジンシエンイウアンズダン》，一句頂一万句《イジウディンイワンジウ》〔毛主席の言葉は精神的な原子爆弾で、一文は一万文の力がある」。「毛主席的指示理解的要執行《マオヂウシダジシリジェダヨヂシン》，不理解的也要執行《ブリジェダイエヨヂシン》〔毛主席の指示を理解したものは従い、理解しないものも従わなければならない〕」など、極端なまでに崇拝色を強めていった。「革命」的な常識を持つ者にさえ理解できなかったが、反対することはできず、人々は盲目的に従うほかなかった。

毛沢東は中国の最高指導者として、もともと人間的な魅力を持っていた。中国の人々は彼に対して、素朴な愛情を持っていた。しかし、それは林彪のやり方によって、強制的な政治教育にされた。上から施された国家のイデオロギー的要求によって、個人個人に内在する感情がねじ曲げられた。すると、感情と言葉と行動の間に大きなずれが生じてくる。そのずれているところに繁殖したのは、後の文化大革命の中に現れた〝変形した個人崇拝〟だった。それはすなわち、表の毛沢東に対する狂熱的な崇拝と熱烈な愛情と、裏に働く虚偽と裏切りの行為との混在するものだった。

『毛主席語録《マオヂウシイウル》』が出版され、小学生にも『毛主席語録』を読ませることになった。小学校では、解放軍のスローガン――「読毛主席的書《ドウマオヂウシイダシュ》，聴毛主席的話《ティンマオヂウシイダホア》，照毛主席的指示辦事《チャオマオヂウシイダジシバンシ》，做毛主席的好戦士《ツオマオヂウシイダハオヂャンシイ》〔毛主席の本を読み、毛主席の話を聞き、毛主席の指示にしたがってものごとをなし、毛主席のよい戦士になる〕」という言葉に習い、「読毛主席的書，聴毛主席的話，照毛主席的指示辦事，做毛主席的好孩子《ツオマオヂウシイダホハイズ》〔毛主席の本を読み、毛主席の話を聞き、毛主席の指示にしたがってものごとをなし、毛主席のよい子になる〕」というスローガンがかかげられた。そういう毛沢東崇拝は、毛沢東本人の階級闘争の強調によって、「階級闘争」も強化されることになった。「階級闘争為綱《ジェジィドオチェンウェイガン》〔階級闘争を綱領にする〕」「千万不要忘記階級闘争《チェワンブヨウワンヂィジェジドオチェン》〔階級闘争を決して忘れるな〕」という毛沢東の語録が当時の支配思想になっていた。

ラジオでも新聞でも、ますます階級闘争の調子は高く唱えられるようになった。生活は「階級闘争」を象徴する「紅《ホン》」一色に絞られていた。

四年生になり、国語の授業の中に作文が加わった。それは私が一番好きな授業だった。先生から課題をあたえられて書くことより、自分の書きたいことを書くのが好きだった。

ある時、先生は課題の説明文を書くようにみんなに要求したのに、説明文はおもしろくないと思って、私は要求範囲外のものは不合格になることを知りながら、『モミ』〔猫の名前〕が好き」という作文を書いて提出した。

——家には、一匹の猫がいました。「モミ」という名前をつけられました。黒い毛でしたが、鼻と口元と四つ足が白い色でした。ある日、おかあさんが私のベッドに寝ていると、モミは私だと思って、ベッドに飛び上がり、甘えようとしました。突然、おかあさんの顔を見てびっくりして、さっと飛び降りました。そのまま逃げればいいのに、好奇心の強いモミは、また、おかあさんの足のところから飛び上がって、その足指にかみつきました。びっくりしたおかあさんは、怒って箒をとってモミを殴りました。

ある日、モミは薬で殺されたネズミを食べて、中毒で死にました。弟は大変悲しんで泣きました。おとうさんと私と弟はいっしょに、モミを松の根元に埋めました。

「これからモミはこの松といっしょに生きるのだよ」とおとうさんは弟に言いました——。

そのモミの作文は、点数こそは合格にならなかったが、茵先生は、その内容を惜しんで優秀作文として、「作文選」の編集委員に推薦して下さった。

小学校四年の後半、茵先生は師範学校に勉強に行くことになり、新しい男の先生が私たちの担任になった。彼は、農村出身の情熱あふれる青年で、許《シウ》という国語の先生だった。

一九六六年の年初のある日、作文の総評の授業で、みんなの作文ノートが手元に配られた。私のは先生のところに残された。普通、そのように残されるのは、いちばんいいものと、問題のあるものだった。私の作文はいつもいい手本になったから、私は楽しみに先生の手元に残されたノートを眺めていた。

先生は手元に残した一つの作文を取り上げて、読み始めた。それは私の作文だ。課題は「日記」だった。私は「白雪《バイシュエ》」という題で書いた。雪の日に自分の眼で見た雪の色や形、雪におおわれた銀色の世界の様子をくわしく描いた。それを先生が読むのを聞きながら自分の描いた雪の景色の美しさを楽しんでいた。

先生は一気に読み終わると、「この作文はいいですか」とみんなに聞いた。

「いいです」とみんなは声をそろえて答えた。

ところが、先生は声を強めて、「毛主席は、あなたたちにプロレタリア革命の紅い後継者になるように期待されているのです。この作文に革命後継者の感情がありますか」と問いかけ、みんながしい－んとなっているところに、先生は、「ありません」と断言した。

「このような作文を書くことはいいでしょうか。よくないのです」。先生はまじめな顔をして言った。

「これは無意味な作文です。これは、小ブルジョアの感情で、『無病呻吟《ウビンシェンイン》〔病気でもないのにわざとうめく』です。初めから最後まで、ただ雪ばかりです。私たちには、たくさん誉めたえることがあるのに、どうしてこんな無意味な雪ばかり書くのですか」と先生は言いながら興奮してきた。

私は、自分が精いっぱいに書いた作文がふみつけられたように、心の痛みを感じた。先生は勝ち誇ったような顔つきで、眼にはあわれみの色さえにじませながら、ちらちらと私の方をうかがっている。

「誰のですか。誰のですか」と、教室の中が騒がしくなってくる。

私は傷つけられた心の痛みにたえていたが、平然とした顔つきをよそおいながら、「私のです」と大きな声で言った。みんなはびっくりした。先生も不思議な眼で、私をながめた。授業の後、先生は、作文のノートを私に渡しながら、「おまえがそんなに自尊心のない子だとは、思わなかったよ。せっかく名前を出さなかったのに……」と困惑した顔で言った。

当時、学校の中の目立つところには赤い色で書かれた「做紅色接班人《ズアホンスアジエバレン》〔紅色の革命後継者になる〕」とか、「不要忘記階級闘争《ブヨウワンチィジエジドオチエン》〔階級闘争を忘れるな〕」などのスローガンが貼られていた。教室の後ろの黒板には、「学習雷鋒做紅色革命螺絲釘《シュエシレイフエンズアホンスアグアミンロスディン》〔雷鋒の名言で、革命のシステムの中で機械につけられたボルトのように何の不平不満も言わずに要求されるように働くだけ〕」というタイトルの下に、生徒たちが書いた雷鋒に学ぶ感想文があった。その一面の紅色の中で、私の「白雪」は文字通り「異端分子《イドウアンフンズ》」にほかならなかった。

私は悔しくなった。それは先生に対する反抗の感情になった。国語の授業で絵本を読み、音楽の授業で眠り、数学の授業でしゃべり、自然の授業で隣の子と大喧嘩して、授業が進まなくなるようにするという具合だった。

許《シウ》先生は、私の反抗に大変立腹したようだった。しかし、その怒りを直接私にぶつけてくるようなことはしなかった。それは、私が有名な医者の娘で、私の家庭では子供を大事にしていることを知っていたからに違いない。

中国では、「殺鶏儆猴《シァジジインホウ》〔鶏を絞め殺して、猿を脅かす〕」という諺があるが、先生は私に対する怒りを一人の労働者の娘、珍《チェン》という生徒にぶつけ、あたりちらした。

ある日の国語の授業中。先生が、突然大股で珍さんのところに近づいてきた。ちょっとぼんやりして下を見ている珍さんが頭を上げると、先生が前に立ちはだかり、怒気のこもった眼で睨みつけている。珍《チェン》さんは恐さに身が震えた。先生は「老鷹捉小鶏《ラオインヂオショジ》〔鷹が鶏を捕える〕」のように、彼女の肩を摑んで、彼女を座席から引き離した。

「出ていけ！　出ていけ！」と先生は怒鳴った。彼女が外に向かおうとするところを、先生はなおも後ろから、力を入れて押した。彼女があわてて外に出ると、先生もその後を追って押す。とうとう珍さんが泣いた。先生は泣いている彼女を引きずって廊下を通り、後のドアから入ってきた。そのようにして、珍さんは泣きながら、先生に後から押されて前のドアから出て、また後ろのドアから入るということをくり返しさせられた。そうしながら先生は、「またいたずらをするか」と怒鳴りつづけた。

みんな恐ろしくなって息を殺していた。私は先生が自分のことを暗示しているとはっきり分かった。恐かった。先生の手が、珍さんを押すたびに、その力は私の身にも伝わってくるようだった。自分の無力さを、恐怖の中で感じた。「胳膊擰不過大腿《グエボニンブグオダテウイ》〔強い者には勝てない〕」という諺を強く実感させられ、私は先生に負けた……。

私の家では、母が決めたきまりがいろいろあった。靴を脱ぐと、その靴をきちんとそろえなければならない。ご飯を食べる時、口を開けて噛んではいけない。お皿のおかずを取るとき、自分に近い側から取らなければならない。大きな声でしゃべってはいけない。女の子は、笑うとき、歯を見せないようにする……。

ふだんは、私はその母の要求通りにするのが習慣になっていた。しかし、その作文の事件から、私はいらいらして、発散できない恨みを母の教育に向けるようになった。母の教育は、まったく時流から離れているのだ。

ある日、母は職場から帰って、私の靴が右に一つ、左に一つとほうりだされているのを見て、「鳳《フォン》ちゃん、靴をきちんと揃えなさい」と言った。私は嫌々ながらしかたなく言われた通りに直した。

ご飯を食べる時、私は音を出して噛んだ。

「あなたの口はあひるの口？」と母は眉をしかめて言った。

私は母が要求するようにしないばかりか、かえってわざと、「ビチャビチャ」と大きな音をして噛んでみせた。

パッパッパッと、母の手の箸が、私の頭をたたいた。激怒した母は、ご飯の時子供を怒らせないという自分の戒めを破った。

「口を閉めなさい」と、母は立ち上がり命令した。

「そんな古くさい封建的なしつけで、私を教育しないで！」と、私も立ち上がり、母を睨んで言い返した。

「封建的？　誰が言ったの。封建的じゃないわ」と、母がますます怒った。

「封建的でなければ何？」

「封建的でもなんでもかまわないわ。今、私は要求しているのよ。私の言う通りに座りなさい」

「誰の家にも、こんなきまりはないのに――」

「これは、私の家のきまりです。この家に入れば、私のきまりに従わなければなりません」

「従いません」と、私は執拗に言った。母は、側にあった箒を持ち、

「従わないなら、この家を出ていきなさい」と言い、箒で私の尻を打った。

「出ていきます」。私は出ていこうとする姿勢を示したが、母が止めてくれることを密かに期待していた。三月の上旬で、外はまだ零下十数度の気温だった。その日は、雪も降っている。私は、着のみ着のまま、綿入れも着ていなかった。

「出ていってみなさい。肝っ玉があれば、出ていったら帰ってこないことね」。母は、怒気を込めた言葉を、ひとつひとつ私に投げてきた。

私はとうとう外に出た。身を刺してくる寒さに向かって。

雪の夜は静かだった。「チリ、チリ」という雪の降る音しかしていない。各家のカーテンの隙間から、かすかなの電灯の光がもれていた。

どこへ行くか分からなかった。薄いセーターはすぐ寒気に刺し通された。靴下を履いていない足は氷を踏んでいるようだった。私は、庭にしゃがんだ。雪が私の頭上、体に、顔に落ち、寒さは体にしみ込んだ……。

私は家の窓を見たが、大きなカーテンが私の視線をさえぎっている。と、その右側の隙間に兄の頭

が見えた。彼は心配そうに時々、頭をカーテンの中に入れて、私を眺めていた。

私はしゃがんでいた。

とうとう兄ががまんできなくなって、密かにドアを開けて出てきて、私の手を引っぱった。私は拒否した。

兄は、強引に私を部屋に引っぱっていった。母は私を見ると、「よく戻ってこられるわね。顔が立つとでも思っているの」と、からかうような口調で言った。

私は兄の手を抜け、くるりと後ろに向き直り再び外へ出ようとした。

「お母さん！」兄は私を捕まえながら、泣きそうな声で哀願するように母を見ている。

「もういいよ」と、父は沈んだ声で言ってから、自分の部屋に入った。母がその後をついて入った。

その部屋から母の声が聞こえてきた。

「あなたの一言は私の教育を台無しにさせるわ。また柱《チュ》ちゃんも柱ちゃんよ。もう少し待っていれば、あの子は我慢できなくて、謝りに来たのに」

「あの子がずっと外にいたら、どうする？」

「そんなはずはないわ。あの子が自分が凍え死ぬのを我慢できるはずはないでしょう」。「……」

それを聞いて、私は、もし兄が私を部屋に引っぱり込まなければ、多分、私は凍え死んだだろうと思った……。

第三章　文化大革命の嵐

私が小学校四年生の時だった、一九六六年九月、いつもなら、もう新しい学期が始まっているはずだった。しかし、授業は始まらなかった。ある日、退屈した私は家から出て、ついに、育英《イウイエン》小学校へと足を運んだ。九月の長春は、すでに秋めいていて、体を掠《かす》めた風は涼しかった。正門を入った時、景色はいつもと変わらなかった。建物の両側の低い緑の柏の柵。リラの木の紫色の花の香り。花々の上でものうく飛んでいる蜻蜓《とんぼ》や蝶たち。……だが、建物の中に入ると、様子は一変していた。廊下の両側の壁は「大字報《ダーズーボー》〔壁新聞〕」でいっぱいだった。窓も、垂れ下がる「大字報」に遮られて暗かった。私は自分の勉強している教室に足を踏みいれた。最後にここを離れた時とは「面目一新《ミエンムイシン》」していた。机は、「大字報」を貼るための道具として使われたようで、足跡や塗りたくられた糊のあと、「大字報」の紙片が残されていた。椅子も、ドアや廊下や講壇などいたるところにばらばらに投げ捨てられた。黒板に校長の似顔絵が醜く描かれ、その上に大きく「X」印がつけられていた〔死刑を意味する〕。

「毛主席万歳《マオヂゥシーワンスイ》」、「打倒《ダートウ》……」、「無産階級専政万歳《ウチアンジェジヂュアンチェンワンスイ》」といったスローガンがめちゃくちゃに書きなぐられていた……。

嵐のさなか

神話ではない「神話」

一九六六年五月十六日、毛沢東の意志によって制定された「五・一六通知」が新聞に載り、「中央文化革命小組《チョンヤンウェンホアグァミンシャオズ》〔略称「中央文革」〕」の成立が公表され、毛沢東によって発動された「史無前例《シーウチェリー》〔歴史に前例がない〕」の文化大革命の開始が宣告された。

「五・一六通知」では、「高くプロレタリア革命の大旗を掲げ、徹底的に反党、反社会主義のいわゆる『学術権威』の資本主義の反動立場を批判し、徹底的に学術界、教育界、マスコミ界、文芸出版界の資本主義反動思想を批判し、これらの文化領域の支配権力を奪い取ろう」と全国の共産党員と人民に呼びかけた。また、「党内、政府内、軍隊内、文化界の各方面にまぎれこんだ資本主義の代表人物を粛清しなければならない。彼らは、反革命の修正主義分子であって、いったん機が熟すれば、必ず政権を奪取して、プロレタリア階級の独裁をブルジョア階級の独裁に変えようとする」と断言した。その「五・一六通知」は、毛沢東が文化大革命を発動する理由を述べ、文化大革命を指導する綱領になった。

文化大革命の嵐が中国大地をなめ尽す。秩序づけられた生の日常が根底からひっくり返される——。

中華人民共和国の主席・国の権威の代表者劉少奇《リュシオチ》は、「叛徒《パントウ》〔裏切り者〕」、「内奸《ネイジェ》〔敵のまわし者〕」、「工賊《ゴンツェイ》〔スト破り〕」というレッテルを貼られ、醜く描かれたその似顔絵に「X」印をつけられた。各権力の座に座り、人々の上の威圧的な存在であった省長、市長、部長、校長は、かつて彼らに支配された人々の命令に従い、頭を下げてひざまずくようになった。尊敬されるべき教師、芸術家などは、屈辱的なスローガンを書いた円筒形の高い紙の帽子を被せられ、顔を墨で真っ黒に塗られ、無知の学生や労働者の前に腰を曲げた……。

あちこちで開かれた「批判会《ピパンフィ》」、「闘争会《ドウジェンフィ》〔吊るし上げ〕」。各職場、病院、学校、工場、農村に充満した「大字報」、スローガン……。

既成の文化、価値観は否定された。

既成の官僚体制はパニックになった。

既成の論理道徳は拘束力が失われた……。

ただ一つの価値のあるものが毛沢東の思想だった。毛沢東が絶対の権威になる。拘束力のあるのは、毛沢東の号令しかない。「階級闘争為綱《ジェジイドオチェンウェイガン》〔階級闘争を綱《かなめ》とする〕」というスローガンがもてはやされた。いたるところに見られる黄色の軍服を着、『小紅書《ショホンシウ》〔毛主席語録〕』を手にして奔走して絶叫する若者……。

「毛主席万歳」の叫び、「東の空が明るくなり、太陽が昇る。中国に毛沢東が現れる。彼は人民のために幸福を求める。彼は人民の救い星である」。「毛沢東は太陽のようで、照らされるところは明るくなる……」という歌……。

新聞や町中に貼られた「偉大領袖《ウェイダリンシュ》，偉大導師《ウェイダダオシ》，偉大統帥《ウェイダトンスアイ》，偉大舵手毛主席万歳《ウェイダドアシュマオヂウシワンスイ》（偉大な指導者、偉大な導師、偉大な統帥、偉大な舵手毛主席万歳）」、「無限忠於毛主席《ウシアンチオンイウマオヂウシ》（毛主席に忠を限らずに捧げよ）」などの紅い色のスローガン……。

——文化大革命。毛沢東崇拝と階級闘争を主音とした「史無前例《シーウチエーリー》」の文化大革命。

古来中国人には、非合理的な要素、人間の力を超える超越的な精神の力へと帰依する欲求がある。それは「天人合一」の思想に凝縮され、中国の伝統思想、儒教・道教・仏教によって、また、土俗信仰によって絶えず育てられた。それが時代と共に帝王崇拝の色を帯びてきたことは、最初の帝王炎帝を太初の祖先として定めるところにも窺える。炎帝——太陽の神。また「神農《シェンノン》」と言い、農業と医薬の神。その子孫には、火の神（祝融《チュユン》）、水の神（共工《グオングオン》）、土の神（後土《ホトゥ》）、時間の神（噎鳴《イミン》）がいる。長い歴史の中で、皇帝は「真龍天子《チエンロンテンズ》」と言われ、「天」と関連する。しかも、いかに崇拝しても、その後ろに存在する大きな「天」——人知を超えた「神」の摂理への畏敬が潜んでいる。しかし、共産党の時代に、「神」の摂理は革命的な合理主義によって無理に切断された。「天」への畏敬は、プロレタリア独裁への畏敬に引き換えられた。「神」へ帰依する感情は、迷信として否定され、その表現形式も人々の生の日常から除去された。「宗教信仰の自由がある」と憲法に規定されたが、事実上は、社会主義共和国の中で共産主義の教育をほどこされ、思想・感情・生活様式まで革命的に統一され、人々が自らの真の帰依を求める道は塞がれた。

ただし、帝王崇拝だけは、「革命領袖《グァミンリンシュ》（革命的な指導者）」という変わった形で残され、「万歳」と叫ぶ対象が史上の「皇帝」から共産党の「主席」に取って変わった。そればかりか、中国古来の皇帝に対する「万歳三呼《ワンスイサンフー》〔「万歳」を三回叫ぶ〕」が、共産党の主席毛沢東に対しては、「三呼」を超えて、文革時代の「毛主席万歳」という歌に表れたように、三段にわかれた歌は、その一段ごとに「万歳」が八つ、「万々歳」が一つ、会わせて二十四回の「万歳」と三回の「万々歳」を叫ぶこととなった。

二十世紀六〇年代十億の炎黄子孫は、祖先から継承した永遠無限な超越的な「神」に対する帰依の情と帝王崇拝を一つにして、共産党の主席に捧げた。中国大地で「史無前例」の人間の「神話」を作り上げた。

文化大革命時代の中国は、「革命」の看板を掲げた赤裸々な生存競争の舞台になった。毛沢東を始め、この舞台の上で人々は他者と戦いながら自身の有利な生存の場を取ろうとしていた。最初は毛沢東と劉少奇との権力中枢をめぐる争いだったが、劉少奇が個人崇拝の洪水に飲み込まれたあとは、中心位置が定められた毛沢東を中心にして十億人が他者を排除して自身を中心部に近づけようとする争いだった。林彪、「四人組」、周恩来も、十億の民もそうだった。階級闘争の看板を掲げ、他人を「階級敵人《ジェイジーディーレン》」にして排除して、自身が中心部に進もうとする心理は、次から次へとつづく闘争の中で働いていた。得られそうな位置を取ろうとし、失いそうな位置を守ろうとするのに必死だった。厳しい競争の中で、人々は心の余裕が奪われ、親を裏切ったり、肉親と別れたりするところまで追いつめられた。いったん「階級敵人《ジェイジーディーレン》」として舞台の下に蹴り飛ばされれば、人間としての存在価値を失い、生の基本的な保障をも得られなくなるのだから。共和国の主席劉少奇さえも、「叛徒、内奸、工賊」という罪名をこじつけられると、憲法の保護も得られずに虐げられて死んだ。

もちろん、人の群れのあるところに生存競争はあるが、秩序づけられた社会では、それが法律と道徳倫理の規範に拘束され、赤裸々には表現できない。文革は既成の秩序と倫理道徳の反逆だった。法律も個人権力によってかってに修正された。愛はブルジョアだ。孝は封建的だ。礼儀は偽善だ。闘争しか正義はない。恨みこそ正義の感情だった。法律の拘束がなくなり、文明の衣を脱いでもいいと言われると、人間はどういうものになるか。文化大革命はそれを見せつけた。

出身による差別

夏休みに入る前のことだった。育英小学校の教師の中に、歴史や政治などの問題で「批闘《ピド》」される者が何人かいた。学校では、毎日、正式な授業もせずに、毛主席の語録ばかり勉強した。

担任の許《シュウ》先生の顔には、いままでなかった優越感が日々増していた。彼は貧農出身で、一ヵ月三十元ぐらいのわずかな給料で、農村にいる両親を扶養しなければならなかった。夏は、白いシャツ一枚、春と秋は、灰色の制服一つ、冬は、黒い綿入れ一枚で通し、破れた靴をそのままずっと履いていた。彼はクラスの中の高貴の出身の高級幹部たちの子供に媚びる態度をとり、普通の市民の子供を差別視していた。クラスの中で唯一の高級知識人の出身の私にはとても違和感を感じ、どう対処したらいいか困っていたようだった。父には権力がないから、媚びても何の利益もない。階級の立場に立ってみれば、私は改造される対象である旧社会の知識人の子供だった。彼はその「知識」にも一種のコンプレックスを感じているようだった。

ある日先生はクラスの生徒たちを家族の出身によって、分類することにした。後に明確になった「血統論」的な分類方法は、その時まだなかった。先生は、ただ「良い出身の者」と「悪い出身の者」との二種類に分けた。高級幹部、革命軍人、労働者、貧農、下中農の子供は、「紅《ホン》」に分けられ、資本家、地主、富農、反革命分子、右派の子供は、「黒《ヘイ》」に分けられた。クラス四十一人の中では、「紅」は二十五人、「黒」は十五人だった。先生は私を「黒」に入れようとして、一つの障害にぶつかった。私は、祖父が地主、父が新中国建国前から、すでに一定の社会的地位のある医者であった。建国後、父のような者は「高級知識人」、「旧社会の知識人」と呼ばれ、階級身分は、ブルジョアに相当するのだった。しかし、父は共産党員だった。中国では文革以前に共産党に入党することは大変難しかった。高級幹部はもちろん全部共産党員だが、その他の「紅」に分けられた子供たちの親が、労働者にしろ、農民にしろ、共産党員だった者はほとんどなかった。私は「紅」に入れられないが、「黒」に入れるのも無理だった。

クラス全体は、「紅」と「黒」に分類されたが、私はそのどちらにも入れられず、一人とり残されることになった。

先生は、「黒」の十五人に、校庭の草を取りに行くように命令した。彼らが外に出ると、先生は、まじめな顔をして私に、

「私たちは大切な革命問題を討論するから、あなたはしばらく遠慮してください」と言った。

私は廊下に出た。廊下に立ち、窓から校庭を見ると、緑の草の中で「黒」にされた学友たちが草を取っている。彼らの姿は、何か本当に黒い影におおわれているように見えた。その中に自分が入れられることになるのではないかと恐くなった。「五・一六通知」の中には、「まぎれこんだ資本主義の学術権威は、粛清しなければならない」という言葉があり、それによれば父は粛清すべき者だ。「黒」に

入れられることから私を守った最後の盾、父の共産党員としての身分が、剥ぎとられるのは時間の問題だということを、私は両親と兄の話を聞いて知ったのだった。そうなったら私たちは「灰色」、もしかしたら「黒」になるかも知れない。

一時間が過ぎると、教室のドアが開けられ、「紅」の学友たちが次々と出てきた。彼らは、昂然と私の側を通り、まるで自分が突然優秀な人種になったようにふるまった。私はふだん仲良しだった平《ピン》さんの姿を探した。平《ピン》さんの眼にぶつかると、その大きな眼にちょっとすまなさそうな色が見えたが、彼女はすぐ私から眼をそらした。そして、私の側を通るとき不意に身を避ける動作をした。

このように、私は、急にはっきり「紅」より劣等のほうに差別され、孤立させられた。いっしょに通った学友たちが群れになって、私を無視するようになった。私は逃げようのない「黒」い網に覆われ、憂鬱になった。

一九六六年六月、北京の清華付中《チィンホアフヂュン》という中学校の三人の生徒が、自発的に最初の紅衛兵《ホンウェイビン》組織を結成した。八月上旬、毛沢東が彼らに宛てた公開書簡がきっかけとなって、全国各地に紅衛兵の組織が雨後の筍のように成立した。紅衛兵組織が今までの青年の組織・共産主義青年団にかわる青年の先進組織になったが、紅衛兵に加入する条件は、出身しかなかった。

「大躍進」のあと、毛沢東はますます階級闘争の理論を強調するようになった。したがって、出身が重視されることになったが、本人の革命に対する態度がまだ評価の基準になっていた。ところが紅衛兵の時代になると、「血統論」が出され、出身のほかに何も意味がなくなった。出身によって「革命」

と「非革命」とに定め、出身によって革命のレベルを判定することになった。そのために出身の「良い」と「悪い」、すなわち「紅五類《ホンウーレイ》」と「黒五類《ヘイウーレイ》」という分別がはっきりした。「紅五類」は、建国の前の労働者、貧農及び下中農。新中国建立以前に共産党の政権のために戦った「革命幹部《グァミンガンブ》〔ほとんど高級幹部〕」、「革命軍人《グァミンジュンレン》〔ほとんど軍の中の高級幹部〕」、「革命烈士《グァミンリエシ》〔革命に殉じた人〕」の出身者だった。「黒五類」は地主、富農、反革命分子、「壊分子《ホァイフンズ》〔不良分子〕」、右派の出身者だった。どっちにもならない知識人などの出身者は、「灰色」にさせられた。都合によって、「花的《ホァダ》〔斑模様〕」とか、「紅戦友《ホンヂァンユ》」とか分類されたのもあった。出身による人間差別は紅衛兵の出現によって一層歴然とした。町を歩いても紅衛兵という腕章をつけるかつけないかによって一目で出身の優劣がわかる。出身が「黒」の人はどこでも冷遇される。バスに乗る時、買い物に行く時、宿に泊まる時は言うまでもなく、病院で病気を見てもらう時さえ、出身を言わなければならない。

　文化大革命前の中国では、二重の差別構造があった。一つは給料による経済的な待遇の差別だった。その順列は、上から、高級幹部、高級知識人、普通の知識人と幹部、技術者、労働者、農民というふうだったが、高級幹部以外は、ほとんど能力による差別だった。もう一つの差別構造は、出身による、すなわち「色」による人間差別だった。その順列は、おおむね「革命幹部」、「革命軍人」、労働者、貧農及び下中農〔中農の中の下層〕、知識人、黒五類というふうに出身家庭の「紅色《ホンセァ》」の濃淡によって構成された差別関係だった。出身が紅ければ紅いほど、中国社会の集団関係の中で中心部に入りやすいから、将来の進級出世がしやすくなる。この二重差別の構造のうち、前者は文化大革命によって否定されたが、後者は文革によって強調された。

「血統論」の一番の受益者は、高級幹部の子供だった。彼らは、文革以前でも二つの差別の系列の中で最上位にあり、特権を持っていた。特権の良さがよく分かる彼らは、親が持っている特権を自分の世代でも持続させようとして、「血統論」に熱中した。

「血統論」第二番目の受益者になったのは、普通の市民の中での労働者、貧農・下中農部の出身者だった。文革以前、彼らは社会の底辺におかれていた。貧困に悩まされて、他人より自慢できるものは何もなかった。社会の不平等を目のあたりにし、官僚体制が国の中で勝ち誇る姿を見せつけられて怒りを感じながら、何の手だても示しえなかった。「血統論」のおかげで彼らは人間として意気揚々と生きる、後にも先にもない一時期を与えられた。

それに対して文化大革命が私にもたらしたのは、失望と挫折ばかりだった。

文革の前、母の私たちに対する期待は大きかった。勉強ばかりさせて、家事には手を伸ばさせなかった。勉強さえよくやれば——、それが母の気持ちだった。四人の子供はみんな勉強が好きだ。勉強のほかに私たちの人生の道はないと思い、勉学の道に未来の夢をつなげて進もうとしていた。兄が育英中学校の高等部に入ったとき、「もう北京の有名大学は大丈夫だ」とみんなに言われ、母もそれを信じ込んだ。母は早くも兄が北京の大学へ行く時の用品を揃えた。時に引き出しからその小さい包みを出して点検しては、何か新しいものを入れることは、母の楽しみだった。

しかし、文化大革命は母の夢も私の夢もつぶした。毛沢東の有名な「五《ウ》・七《チ》指示《ジシ》」で、「学制は短縮しなければならない。教育を革命しなければならない。資本主義知識人がわが学校を支配する現象がこれ以上続いていくことはもう許せない」と言った。その「資本主義知識人がわが学校を支配する現象」とは、学力によって優劣を定める学校において、私たちのような出身の子供が優位を占めていることも指しているのだ。私たちのような家庭の子供が、勉強がよくできるのは自分の努力だけではなく、祖先から代々、教育優越の条件が備わっているからだと考えられていた。世々代々教育と無縁な労働者や農民の子供が私たちと同じ条件下で教育を受け、点数で優劣を評価されては、もちろん勝てるはずはない。それは平等のように見えるが実は不平等だと、毛沢東は考えた。教育を受ける権利を他人に譲るよう、毛沢東はすぐに私たちに命令を下した。もはや学校の門は私たちにピタリと閉ざされることになった……。

そのことは、私たちより母に与えるショックが大きかった。引き出しのその小さい包みを母はもう開けようとしなかった。しかし、引き出しを開けて不意にそれが目に触れた時、母の顔ににじみ出てきた悲惨さは、今思い出しても心が痛む。

ところが、私たちよりもっとひどく「血統論」の被害を受けたのは、文革以前の「黒五類」の子供たちだった。そのような「黒五類」はもともとすでに社会の底辺に追いつめられ、政治的に抑圧された上に、最低限の生活条件下であえいでいた。そのような家庭の子供は、生まれてから、貧困に苦しみ、幼い生の上に階級の差別の重圧を背負っていた。まるで重い磐石の下でようやく生き延びている草のように。彼らは文化大革命の中で「紅五類」にいじめられ、汚辱されながら、反抗の権利さえなかった。反抗すれば、「階級報復《ジェイジーボオフ》」と言われ、もっとひどい目に遭った。そのために殴り殺された「黒五類」は決して少なくない。文革が終わり、大学入学試験が回復された時、出身による人間差別は完全に取り除かれたが、そのような「黒五類」の出身の人が入学した例は少なかった。彼らは再生の能力さえつぶされてしまったようだった。

熱狂的崇拝　残酷な虐殺

文化大革命の始まりのころ、毛沢東は紅衛兵《ホンウェイビン》の赤い腕章をつけ、全八回にわたって千三百万人の紅衛兵を検閲した。第一回目として八月十八日、「文化大革命を祝う百万人の集会」が開かれ、その日、紅衛兵が公然と姿を現した。紅衛兵が文革の主力になることを示す日だった。

数万人の「紅衛兵」の腕章をつけた若者たちが天安門広場を埋めた。天安門両側の「観礼台《グアンリタイ》」にもあふれるほどの紅衛兵が立っていた。さらに千五百人の紅衛兵が天安門の城楼に誘われて、毛沢東と肩を並べて立った。その中で、毛沢東に名前を聞かれた上に、「紅衛兵」の腕章をつけてもらう一人の女性紅衛兵もいた。十億人が崇拝する毛沢東の肉声をこれほど間近に聞き、生身の身体に接する優遇を得られたことは、どれほど中国の人々にうらやましがられたことだろう。紅衛兵たちがその特権を得られた理由はただ一つ——出身が「紅」だから。血統論を特徴とした紅衛兵に対する毛沢東の態度は、紅衛兵に対する支持を示すだけではなく、血統論に対する支持も示した。それは出身の「黒」の者にいっそう失望感と孤独感を与えたが、「紅」の出身に恵まれた十代の若者の心から、それこそ狂喜するような満足感と激烈な感謝の情を誘った。その烈々な場面——崇拝者に甘えるような、極度の幸福感に包まれた歪んだ狂喜に近い数万の若者の顔。「万歳」「万歳」「万々歳」の叫びにかすれた声。沸き立つ光景のなかには、たしかに、炎黄《エンホアン》の十代の子孫たちの二十世紀六〇年代の「神」である毛沢東への身を任せるような帰依と熱愛があふれた。

ところが彼らの「神」である毛沢東から発せられた号令は、人間の肉声、それも憎しみの混じった人間の言葉だった。毛沢東と紅衛兵との公開書簡の中に、次の言葉がある。

「你們的大字報説明了対一切地主階級《ニメアンダエダズボシオミンラダウイイチエディチウジエジ》，資産階級《ズチアンジエジ》，帝国主義《ディグオチウイ》，修正主義和他們的走狗《シュチエンチウイハエタマエンダズオグオ》，表示憤怒和声討《ビョシフンヌハエシエンタオ》。説明対反動派造反有理《シオミンデウイファンドンパイツアオファンユリ》。我何你們表示熱烈的指示《ウオシャンニマエンビョシレリエダジチ》〔君たちの（……）壁新聞は（……）すべての地主階級、ブルジョア階級、帝国主義、修正主義とその走狗に対する怒りと抗議を表わしており、反動派に対する造反有理を唱えている。私は君たちに対して、熱烈な支持を表明する〕。」

かわいそうな炎黄の子孫たち。

「劉少奇と戦おう！」『階級敵人』と戦おう！」それは彼らが毛沢東から得た「お告げ」だった。そして、「無限忠於毛主席《ウシャンチオンマオヂウシ》，用生命和鮮血保衛毛沢東思想《イオンシエンホアシアンシエボウエイズアドンヌシャン》〔無限に毛主席に忠誠を捧げ、毛沢東思想を生命と鮮血によって守る！〕」という言葉が生まれ、毛沢東に対する「愛」を表わす時には、必ず「誓死保衛毛主席《シスボウエイマオヂウシ》〔毛主席を守れ〕」という言葉を伴っていた。その裏には反対者への怒りと恨みがあり、それと戦おうとする殺気を孕んでいた。「毛主席万歳」という叫び声は同時に「打倒《ダダオ》××〔××を打倒せよ！〕」、「誰反対毛主席就砸碎誰的狗頭《シウエファンデウイマオヂウシジュダスイシウエダグオト》〔毛主席に反対するものは、誰であろうとその頭をたたきつぶそう！〕」という叫びを伴っていた。毛沢東への熱烈な愛のエネルギーは、恨みへと反転されてしまう。

ところが、恨むべき「敵」、闘争対象になる敵人は現実の中にはほとんどいなかった。それでも、「お告げ」に疑いの余地はない。「お告げ」の正しさを証明するために、中国民衆は次々と生けにえになった。

指名された劉少奇がまず災難を被った。政治的に打倒された彼は悔しかった。「私は革命に反対したことはない。毛主席に反対したことはない。『毛沢東思想』は私が第七回の党代会で提出したのだった。〔一九四五年、中国共産党の第七回大会で、劉少奇の提案によって、毛沢東思想を党の指導思想として定めた〕毛沢東思想を宣伝することにかけても私が他人より熱心ではなかったことはない」と、劉少奇は「批闘」の場で自分のために弁解しようとした。しかし、口を開こうとすると、「造反派」が手に持った『小紅書』でしきりに彼の口をたたいてきた。「造反派」たちは、たたきながら「毒を放ってはいけない！」と怒鳴った。肉体的な難からも免れられなかった。彼はひどい暴力を振るわれて、けがをし、腰も足も不自由になった。後に監獄に入れられた彼は、病気になり、治療を受けたが、医者や看護婦は良心があっても当時の情勢を恐れて、敢えて優しく治療することができなかった。さらに「階級敵人」に対する恨みを表わそうとして、注射器を〝敵と戦う武器〟として使い、乱暴に彼の体に刺す看護婦もいた。一九六九年十月十一日、劉少奇、中華人民共和国の主席が獄中で残酷な虐待下で密かに死んだ。

そして、人間同士の間、同胞の間に、次々と「階級敵人」が作られた。

「叛徒《パントウ》」——建国前、国民党政府に逮捕されたことのある革命家

「特務《タアーウ》」——外国からの帰国者、外国語のできる者、かつての地下党員など

「反党分子《ファンダンフェンズ》」——党の方針や制作に対して意見を言ったもの

「走資派《ズオズパイ》」——各組織、機関などの指導的幹部

「黒線人物《ヘシアンレンウ》〔黒い路線の人物〕」——劉少奇とつながりがある者

「反動学術権威《ファンドンシュエシウチゥアンウエイ》」——学術のトップの者

しかし、このような新しく作られた「階級敵人」より、もっと悲惨なのは、もともとに定められていた「階級敵人」、「黒五類」だった。『階級敵人』が存在している」、「文化大革命が行なわれなければならない」というお告げを証明するために、「黒五類」の人々は「階級敵人」として必要不可欠な存在になった。彼らは何をしてもしなくても有罪だ。彼らはいいことをしても悪いことをしても犯罪者として処罰される。例えば、誰も叫んだ「毛主席万歳《マオヂゥシワンスイ》」というスローガンを彼らが叫べば、「革命のスローガンに泥をつける」と言われ、殴られる。また彼らが叫ばなければ、骨の髄まで偉大な指導者を恨んでいると言われ、殴られる。毛沢東への熱狂的な崇拝の巨大なエネルギーは、恨みに転じられたとたんに、暴雨のように「黒五類」の頭上に圧しかかり、彼らは車輪の下の蛙と同じ悲惨さにつぶされるほかなかった。殴られたり、殺されたり、誰一人彼らを守る人はその時代にはなかった。

九月十五日、そういう残酷な暴行の最中に、紅衛兵に接見した林彪は、毛沢東のかたわらに立って、「紅衛兵諸君、君たちの戦いは、常に正しい方向に進んできた。君たちは力を込めて走資派〔資本主義を歩む権力者〕、反動的ブルジョワ学術権威、吸血鬼、寄生虫どもを叩きのめした。君たちのやったことは正しい」と呼びかけた。

『人民日報』にも、「紅衛兵たちのプロレタリアの造反の精神に喝采せよ」と呼びかけた。

その前、一九六八年八月下旬、北京の公安部長謝富治《シエフチイ》が、「群衆が人を殴り殺す行為に私は賛成するものではないが、群衆が階級の敵を憎むあまりの行為なら無理にそれを止めなくてもいい」、「人民警察は紅衛兵の立場に立たなければならない」、『階級敵人』の個人データを紅衛兵に流してもよい」と警察組織に通達した。

「黒五類」を「批闘」するという名目の殴打と拷問による人殺しのブームが全国でますます広がった。有名な北京付近の大興《ダシン》県を例としてみよう。八月二十六日、大興県の公安局が謝富治の話を伝達してから、警察たちは進んで紅衛兵たちに情報を伝えた。翌日二十七日から九月一日までに、大興県十三個人民公社のなかで、「黒五類」の本人と家族を合わせ、三百二十五人が殺された。一番の年長者は八十歳の老人だが、一番年下は生後三十八日の赤ちゃんだった……。


その時期、住宅区内で、いつもいっしょに遊んでいた友だちも、「紅五類」と「黒五類」とに分類されてから、もう私を仲間に入れなくなった。私はときどき、二馬路《アルマロ》にある母方の伯父の家へ遊びに行き、そこの翠《ツゥイ》という女の子と遊び友だちになった。

ある秋晴れの日だった。翠の家で、私と彼女といっしょに板の上に座り、「骨頭子児《グトズアル》〔動物の関節の骨を組み立てて遊ぶ〕」遊びをしていた。暖かい太陽の光が窓から差し込み、埃が日差しの柱の中で踊っている。翠のお祖父さんとお祖母さんは、椅子に座って、微笑みながら、楽しそうに私たちの遊びを眺めていた。

突然、ドアが蹴りとばされて開き、一チームの紅衛兵が乱入してきた。リーダーは田《テン》という中学生だった。彼は、黄色の八角の帽子をかぶり、黄色の上着、黄色のズボン、腰のベルトに刀をかけていた。

あっという間に、紅衛兵たちは、翠のお祖父さんとお祖母さんを椅子からひきずり下ろして、ひざまずくようにさせ、拷問を始めた。

翠のお祖父さんは地主だった。いつか子供たちに「家にはピストルがあるよ」と話したことがあった。田たちは警察からその情報を伝えられ、ピストルをどこかにかくしているということを口実に、暴力を振るいに来た。

私は、ドアの壁の反対側におしやられ、出ようにも出られなくて、その拷問の場に立ちあうことになった。

田はベルトをはずして、それを使って二人の老人を打ちながら、

「ピストルがどこにかくしてあるのか。言え！」と怒鳴った。

二人の老人は何がなんだか分からなくなり、ただ、苦痛のうめきの声を上げ続けるばかりだった。それにいらだった紅衛兵たちの拷問はますますひどくなった。田が、ベルトの真鍮を高く上げ、お祖父さんの体を、ところかまわず、打ちつける。しわの刻まれた額から血が流れ、老人の顔をおおう。それを見て、私は、とっさに、「やめて……」と、声をあげた。

今まで私のことをぜんぜん意識していなかった田が、突然目を私に向けた。私のようすを見ると、彼は冷笑した。

「同情するのか。じゃ、もっと見ていろ」と言いながら、持っている刀の先でお祖父さんの鼻の先の肉をそぎおとした。老人は動物が吠えるようなかん高いうめき声を出した。私はその場で気を失った。後で聞くと、お祖母さんはその場で殴り殺されたそうだ。

それは全国規模の「黒五類」を虐殺する時期だった。出身の「黒」の人は恐々として日々を過ごしていた。

銃声の中で兄を迎え

熱狂的な崇拝は、いかにねじ曲げられても、「崇拝」だけならばまだ「聖なる」要素を帯びているが、それがいったん「恨み」に反転すると、その「聖なる」要素が次第に一枚の外套になってしまう。外套の裏に働いていたのは人間の醜悪な欲望だった。「恨み」は敵意と残忍さを伴う人類の「悪」を繁殖させる土壌なのだ。それに崇拝された者がどれほど神のように大きく、高く立てられても、彼が神ではなく人間であることは、崇拝者はいかに自己欺瞞しようとしても知っているはずだった。文化大革命開始から一年経ち、毛沢東崇拝は形として変わらないが、内実が変わっていった。毛沢東は神として崇拝されながら人間として裏切られ、彼の言葉は「最高指示《ズイグオジシ》」として執行されながら十億の民の欲望の都合によって歪曲されていた。そのようにして、既成の体制や文化の弊害へと挑戦するような文化大革命は、対立と闘争による既成の倫理道徳に抑圧された欲望を煽ることになったが、その欲望を正しい方向に導く力はどこにもなかった。「精神原子弾《ジンシエンイウアンズダン》」といわれた毛沢東思想は、決して既成の倫理道徳を超える力を持つものではない。それに膨張する欲望はいったん噴出する道を得ると、すでに言葉によって拘束できる物ではなくなる。

紅衛兵を接見した八月十八日、毛沢東は女性紅衛兵である宋彬彬《ソンビンビン》に、「名前はなんというのか」と尋ね、彼女が答えると、毛は「文質彬彬《ウンチビンビン》〔上品で雅やかなる姿〕の彬《ビン》かね？」と聞いた。「はい、そうです」という答えを聞いて、毛沢東は、「要武嘛《ヨウマ》〔武のほうがいいんじゃない〕」と言った。翌日の『人民日報』に宋彬彬が「宋要武」に改名した記事が載った。

毛沢東の言葉に本人がどれほどの意味を持たせていたか分からないが、彼の肉声としてのこの一語は、「一句頂一万句《イジゥディンイワンジゥ》〔一文は一万文と等しい〕」という「最高指示」として民たちに受けとめられ、一つの「武」は、「武闘、武装、武器、武力、武……」といろいろ意味づけられ、後の武闘のタネになった。その後、以前から流布していた『毛主席語録』の「革命は、お客さんを呼んでご飯を食べることでもなく、文章を書くことでもなく、絵を描き花を刺繍することでもなく、優雅な、のんびりした、優しいことではない。革命は、暴動であり、一つの階級が一つの階級を引っ繰り返す暴力的な行動である」という言葉がここへ来て大流行した。そして文化大革命に特徴をつけた「造反《ズオファン》」という言葉は幾度かの屈折を経て、ついに「暴力」へと置き変わった。

闘争へと煽り立てられた若者たち。彼らのエネルギーは、ひたすら無抵抗な「黒五類」へと向かうだけでは、とても発散できなかった。それはとうとう、全国規模の「造反派《ズオファンパイ》」の組織の間の「正」と「誤」をめぐる派閥の武闘へと高まっていった。特に毛沢東の夫人江青《ジァンチン》が造反派の組織を接見するときに「文攻武衛《ウングォンウウェイ》〔文で攻撃し、武で防衛する〕」というスローガンを出してから、全国各地に「文攻武衛指揮部」、「武衛《ウウェイ》戦闘隊」などの名をつけられた組織ができ、各派がそれぞれ武装した結果、武力衝突が続発し、各組織が「武衛〔武力に対する防衛〕」という口実で武闘へと歩を進めた。

最初は「語録戦」という舌戦だった。すなわち、毛沢東の語録に当てはめて、相手の行動の誤り、自身の正しさを証明するものだ。「最高指示」は舌戦にあたって、自分自身を優位に保つ道具になった。そして、武器は棒と石やレンガから、矛と刀へ、また銃、鉄砲にまでエスカレートしていった。解放軍の武器は造反派に奪われる。解放軍が抵抗することは禁止されていたため、見る間に銃など奪われていった。戦闘に参加したのは、学生だけではなく、労働者、幹部、警察、医者、店員等々。毛沢東は「文化大革命是共産党和国民党的闘争《ウェンホアダグアミンシグオンチアンダンホエグオミンダンダドチエン》〔文化大革命は国民党と共産党の闘争である〕」、「你死我活《ニスウォホア》〔相手が死ななければ自分が活きられない〕というような闘争だ」と言った。それゆえ、各派は、互いに相手のことを「国民党」とみなし、恨みを持って死を恐れず戦った。たくさんの死者が出た。戦死者は所属組織から「革命烈士」と言われ、墓が作られた。相手の組織からは「死有余辜《スユイウグ》〔死ねばなお罪が残る〕」という最悪の敵と称され、死体までも乱暴にされた。みんな「死を誓い、毛主席を守ろう」と叫びながら死んでいくが、結局のところ両方の戦死者は共に武闘の罪人とみなされた。

全面内戦の戦火が中国大地で燃え上がった。毛沢東さえ抑えきれない。パンドラの箱が開けられてしまった。

一九六七年の夏、長春の天気は例年より暑かった。雨も降らず、木々たちはいらいらしているようで、乾燥した空気は燃えそうだった。人間世界にはいっそうカンカン照りつけて暑かった。

各組織ごとにそれぞれ派閥ができ、その対立が激しくなり、さかんに武闘が行なわれた。赤旗、赤いスローガンが町にあふれていて、宣伝カーが町を走り回り、銃声、スローガンを叫ぶマイクの声が、夜も昼も響いていた。長春の造反派は、大きく二つの派に分かれた。一つは「紅色革命委員会《ホンスエグアミンウェイイウアンホイ》」、略称「紅革会《ホングアホイ》」、もう一つは「長春コミューン」、略称「長春公社《チャンチウングオンシア》」だった。「コミューン」とは、「パリコミューン」にちなんだもので、中国語で「公社《グオンシア》」に当たる。当時の中国の大多数の人は中国が世界の革命の根拠地で、文化大革命が「パリコミューン」と同じ意味を持っていると信じていた。

造反派組織も「××公社」と名付けられたほうが多かった。

年初めから始まった造反派の間の闘争がますます激しくなり、建物は派別によって占領された。一階と二階の窓口はレンガやセメントの袋で塞がれ、頑丈な防備工事を施し、食糧、飲料水、医薬品、さらに武器もそれぞれたっぷり備蓄していた。

長春の武闘が銃や鉄砲へとエスカレートした時だった。私の家の隣の家に銃弾が一発撃ち込まれ、掛けた洋服に一つ穴を開けたようだった。また私と妹とが町を歩いていた時、急に激しい銃声が起こったこともあった。逃げ場も分からずに、やみくもに走っているうち、ある老人が家のドアを開けて、私たち二人を家に入れてくれた。私たちは銃声が過ぎるまで二時間ほど窓の下でじっと座っていた。

そのころ、どの家も、弾よけに綿布団を窓にかけて、部屋の中でも腰をかがめて行動していた。

ある日、夕方五時ごろ帰るはずの兄が、なかなか帰らなかった。父は、造反派に審査され、帰ってこられない。看護婦の母は、宿直だった。私と妹と弟が家にいた。

すでに八時になった。私たち三人は、スチームの前に座っていた（流弾が入っても撃たれないように）。部屋の中は静かだった。時計の「カチ、カチ」という音しか聞こえない。外の闇をつんざく銃声に、私は心が震えていた。二、三日前に、兄が学校から帰ってきて、学校の食堂の調理師の娘が流弾にあたって殺された話をしたからだ。

兄のことを心配して、ますます落ち着けなくなった私は、とうとうがまんできずに、「ちょっと外を見て来るわ」と言い、家から出ていった。オレンジ色の街灯の弱々しい光が後ろからさしてきて、私の長い影を作った。私は自分の影を踏みながら小路の口のところまで来て、塀にすがり、兄の帰る方向を見渡した。まだ八時だったが、町は人影がほとんどない。遠くから近づいてくる人影があると、じっと目を凝らして確認し、兄ではなかったら、また次の人影を捜す。

三十分ぐらいたったころ、遠くから走ってくる人影が見えた。それが兄と分かると、ほっとして私は飛びついていった。

「お兄ちゃん!?」

兄は私を見ると、びっくりして、その腕でぎゅっと私を抱きしめ、「どうしてここにいるの？ 危ないよ」と、言いながら、いつ発射されるか分からない銃弾から私を守るように、体で私をおおうように走りつづけた。

走りながら、兄が言った。

「もう少しのところで会えなくなってしまうところだったよ」。兄の心臓がドキドキしているのが感じられた。

家に入ると、兄は危険をくぐりぬけてきたことを打ち明けた。

当時、長春の学校や職場の造反派は、大体、「紅革会」か「長春公社」かのどちらかに所属しながら自分の独立した組織を持っていた。兄の学校は、「革命造反大軍《グァミンズオファンダジュン》」という造反派組織に管理され、「紅革会」に属している。兄も「造反大軍」に参加した。「紅五類《ホンウーレイ》」でない者は、造反派の組織の中で、重要な役割を担うことができないが、兄は字が上手だったので、「大字報《ダーズーボー》」を写す任務を与えられた。学校では、武闘がますますひどくなり、対立している派が攻めてくるのを防ぐため、二階以下の窓口は、全部レンガで埋められた。

兄は武闘が嫌いだが、革命に参加しなければならないと思い、毎日学校に通っていた。しかし、家のことも心配して、ほかの者のように学校に泊まらなかった。

その日、家に帰ろうとしている時、「造反司令部《ズオファンスリンブ》」から知らせが来て、「全員戦闘の準備に入り、外出してはいけない」と言われた。「長春公社」派の人々が、「紅革会」の銃弾に倒された「戦友」の復讐をするために「敢死隊《ガンスデウイ》〔決死隊〕」を組織して、攻めてこようとしているからというのだった。

兄は武闘に参加したくないので、むりやりに学校から逃げ出したのだ。

外に出て、はじめて状況の大変さが分かった。各通路は、すべて造反派に封鎖されていて、各派はそれぞれ自分の縄張りを決め、所々に関所を設けて通行人を調べていた。スターリン大通りにそって「自由大路《ズユーダル》」までは、「紅革会」の所属領地で兄の所属と同じだから、なんとか通れたが、その後は、封鎖している造反派が、どの組織だか分からなくなった。それは大変危険なことだった。捕まって対立組織の「俘虜《フル》」になると、スパイされたり、復讐のいけにえにされたりして、死んだものも少なくなかった。当時流行した「俘虜」に使う酷刑は、いろいろあった。名前は平和的な言葉だが内実は身の毛がよだつ残酷な暴行だった。例えば、

「夾道歓迎《ジャドオホアンイン》〔道を挟んで歓迎する〕」――俘虜を目隠しさせ、二列に並んだ武闘隊員の間を歩かせ、両側から殴ったり蹴ったりする。

「経風雨《ジンファンイウ》，見事面《ジアンシメン》〔毛沢東語録。風雨を経て、視野を広げる〕」――拷問されて気を失った俘虜に水をぶちまけて目を覚まさせる。

「個別談話《グブェタンホァ》〔当時の政治術語。個別に話し合う〕」——腕力の強い武闘隊員が「俘虜」を一人一人引っぱり出してぶん殴る。

兄は回り道を選んで歩いたが、やはり、地質《ディチ》広場のところで、長い矢を持って立っている造反派に遮られ、「どの派ですか」と聞かれた。「俘虜」を捕えようとしている造反派は、身分が分からないように、わざと腕章を裏返しにしていた。兄は、

『長春公社』です」と答えた。

もし、「紅革会」だと答えるなら、相手が「長春公社」の派であれば、すぐ捕えられて復讐の対象にされるはずだ。「長春公社」と答えるならば、相手が「長春公社」であればちょうどいいし、たとえ「紅革会」であって、捕まえられても、もともと自分の所属組織だから、なんとかする方法があるだろうと、とっさの間に、兄は判断してそう答えた。相手はすぐには信じずに、「学校は？」と聞いた。

「付属中学校です」

当時、東北師範大学付属中学校の大多数は、「長春公社」に所属していた。

相手は幸い「長春公社」派だったから、「気をつけろよ」と言いながら兄を通らせた。

しかし、その先に封鎖の関口はまだまだあり、兄は、ときどき飛んでくる銃弾におびえながら、塀に登ったり、柵をもぐったりしてやっと帰ってきたという。話を聞きながら見ると、兄の顔や手にはすり傷がいっぱいで、ズボンや服もところどころ破れていた。

二、三日後、地質宮《ディジグオン》の前の広場〔「長春公社」派の臨時墓地〕に、新しい墓ができた。そして「紅革会」

は「長春公社」に殺された「烈士」の遺体と花輪を乗せた「紅革会」のトラック数台に町を回らせ、車のマイクから悲壮な音楽を流しながら、「為犠牲的戦友報讐《ウェイシシェンダヂァンユボチォ》〔犠牲になった戦友のために復讐せよ！〕」というスローガンを叫ぶ声が聞こえた。続いて銃声があちこちから鳴り響いてきた。

その日、両派が互いに相手の組織の者を捕えて復讐したそうだ。それを聞くと、あの時、兄はほんとうに生死の境をくぐりぬけてきたのだということを実感した。

そのような造反派組織の間の闘争は社会に大きな混乱をもたらし、毛沢東をも大変怒らせたようだった。一九六八年七月二十八日、紅衛兵のリーダーに接見したとき、毛沢東は、「君たちにはがっかりした。（……）早く武闘を終わらせ、混乱を中止し、これ以上行動しないように」と厳しく命令して、武闘のことを「国民党《グオミンダン》」、「土匪《トゥフィ》」と罵った。

武闘はその後もいろいろな形で長く続いた。ただ、紅衛兵組織がすでに毛沢東の寵愛を得られなくなって、間もなく解散させられ、紅衛兵は中国の歴史の舞台から姿を消していった。

毛沢東の指示によって、「工人毛沢東思想宣伝隊《グオンレンマオヅォドンスシャンシゥアンチゥアンデゥイ》〔労働者毛沢東思想宣伝隊〕」が全国の大学、高校、中学校、さらに政府機関、病院などに派遣された。以来、そのすべてのところは「労働者毛沢東思想宣伝隊」の管理下におかれた。

「特嫌《トエシアン》」——日本のスパイの嫌疑

一九六七年の年初から、全国各地で「三結合《サンジュホア》〔群衆、軍隊、幹部の結合〕」の「革命委員会《グァミンウェイイウァンホイ》」が臨時権力機構として成立し始め、一九六八年九月、チベット自治区と新疆ウイグル自治区を最後に、全国レベルの革命委員会の設立が完了した。長春でも年初に革命委員会が成立した。住宅区内の高級幹部たちは、これまでにほとんど「批闘」されたが、今になって「三結合」に入った者もいるし、敵ではないと判断され、次々と解放された者もいる。それに対して、私の家庭は暗黒の闇に転落しつつあった。造反派間の派閥闘争の後、それを継承したのはもっとも残酷な「清理階級隊伍《チンリジェジディウウ》〔不純なものをつかみ出して純正な労働者階級としての組織を整える〕」という運動だった。

一九六七年十一月六日、『人民日報』、『解放軍報』と『紅旗』という党の機関雑誌に「沿着蘇联十月《ヤンチェスレンシイウ》社会主義革命開辟的道路前進《シアホイヂウイグァミンカイピダドオルチアンジン》〔ソ連の十月社会主義革命の切り開いた道に沿って前進しよう〕」という文章が載り、毛沢東の「プロレタリア独裁下の持続革命論」を展開して、「プロレタリア階級はブルジョア階級に対して全面的な独裁を実行する」という「全面独裁論」を初めて提起した。その後、江青《ジァンチン》によって「清理階級隊伍」の言葉が提出された。各地の新聞も階級敵人の存在を証明する記事を載せるのに精一杯だった。一九六八年四月二十五日『人民日報』の第一版の目立つところに、「同階級敵人闘争的英雄《トンジュジディレンドヂュンダエインシオン》〔『階級敵人』と戦う英雄〕」というタイトルで次の記事を掲載した。もとの国民党軍官、右派李世保《リシボ》が爆薬を大橋の下に置き、橋を爆破しようとしたが、それを解放軍の劉学保《リュシウエボ》が発見し、爆薬を取り出そうとして劉が負傷したというものだ。『解放軍報』には「千万不要忘記階級闘争〔階級闘争を忘れるな〕」という評論も載った。しかし、事実は劉学保が、李世保を殺害して、その爆薬で自分も怪我をしたのだった。

そのようにして、毛沢東の「プロレタリア独裁下の持続革命」の理論の正しさを証明するのに、でっち上げの「事実」が必要になった。そのために、全国各地で「階級敵人」を掘り出す運動が始まった。「鹿」を「馬」にすることは神話でしかできない。けれども中国民衆はそれを実現するように強いられた。たとえその実現に無数の人間の死が必要だとしても。血に塗られればこそ、毛沢東の「階級闘争」の理論の紅光が輝きを増すからだろう。

一九六七年冬。暖かな日が続き、なかなか冬らしくならなかった。家の庭の海棠《かいどう》の木に花が咲いた。いつも春に咲くのは白色だったが、この季節はずれの海棠の花は、ピンク色だった。いままで聞いたこともなかったことで珍しく、不思議な気持ちでそのピンク色の花を眺めた。大人たちも生まれて初めてのことだと言い、議論紛々だった。

ある日、初雪が降った。粉のような雪が空から舞い降りて、その白色の粒が空間を満たす。玉の屑のような細かい雪が風に吹かれて斜めにさーっと大地に飛び込んできては、あっという間に褐色の泥土に飲み込まれてしまう。

葉っぱは枯れても海棠の木の花は、傲然と風雪に挑戦するようにしきりに降ってきた雪の粒を振り落とし、濡れた花弁のピンク色はさらに艶やかさを放っていた。

心を打つ妖しい美しさ。

まもなく訪れた寒さは大変なものだった。海棠の花は厳寒の中で色がさめ、褐色に枯れた。神話では、季節に逆らって花をつける現象を「倒開花《ダオカイホア》」と言い、いい兆ではないのだ――。

一九六八年、文化大革命の最も暗黒・残酷の時期を迎えた。一年以上の人間闘争の中で、既成の倫理や道徳や良心などはさらにつぶされ、人間迫害の術も熟練し、磨かれた。毛沢東の「労働者宣伝隊は長期間学校にとどまり、学校におけるすべての闘争・批判・改革の任務に参加し、かつ永遠に学校を指導すべきである」という指示によって、一九六八年八月末から、「工人宣伝隊《グオンレンシュアンチュアンデゥイ》〔労働者宣伝隊〕」が各学校に入ったのを契機にして、大人が文化大革命の主役になった。混乱がいくらか収まり、ある程度の秩序が作られ、これまでのような若者の熱狂や妄動は少なくなった。しかし、残酷さの面では変わらぬばかりか、大人の参加によって、さらに陰険さと悪辣さも加わった。

不純なものを摑みだすことは、「純正な」労働者階級の隊伍を整えるために、どの職場でも経なければならない過程だった。そこで、各職場での「労働者宣伝隊」や造反派のリーダーたちは、争ってできるだけ多くの隠された「階級敵人」、「叛徒」や「特務」や「反革命分子」などを摘発し、「先進の職場」の栄誉を得ようとした。

まず武闘の罪を清算することになった。出身の「良い」者が武闘の中で人を殺したことについては、罪を問われなかった。しかし、派閥闘争の必要性から、「黒五類」も武闘へ加わることを許された。「黒五類」の青年たちは革命に参加できるチャンスとして受けとめて命を掛けた。彼らは「清理階級隊伍」の中で『階級敵人』の階級報復」といわれ、ひどく罪を問われることになった。同級生の蘭《ラン》の兄は、その一人だった。「黒五類」の出身の彼は、自分の「革命」的な行動によって出身の「悪さ」を補おうとして、犠牲を辞さずに武闘に参加した。銃戦の中で相手の派の人を殺した。たくさんの人が彼といっしょに銃を乱射して人を殺したが、彼だけが「黒五類」だったのでその罪は彼だけに帰された。それだけではまだ足りず、「階級敵人」らしさを強調するために、どこかで発見された反革命のスローガンをも、彼が書いたとこじつけられた。最初、彼はそれを否定したが、労働者宣伝隊も参加した拷問はひどかった。酷刑に耐えられず、彼は自白書に手印を押して監獄に送られた。かつて同じ組織だった人の中に誰一人彼をかばう人はいなかった。それればかりか、もとの仲間たちはみんな積極的に彼の罪を摘発した。

「私的な」敵を「階級敵人」という「公的な」敵にして、迫害することは大人の知恵の一つだった。各領域でのスペシャリストでトップの人々は、みんなの嫉妬を一身に集めていたから、そのような「公」の敵になりやすかった。特に技術や腕がものをいう文化界、科学界ではそうだった。拷問して自白させられることに我慢できず自殺した者も多かった。

有名な黄梅劇女優の厳鳳英《エンフォンイオン》や中国の卓球の三傑と言われた容国団《ユングオタウアン》、傅其芳《フチファン》、姜永寧《ジアンイオンニン》らは、みんなその運動の中で拷問を受け、ひどい汚辱や暴力を受けて自白を強要された後自殺した。

厳鳳英は十三個の帽子〔一つの帽子が一つの罪を表わす〕を被らされて、「批闘《ピド》」された後、たくさんの睡眠薬を飲んだ。彼女の夫はそのことを発見しても、敢えて病院に運ぶことをせず、造反派のリーダーに報告した。怒った造反派のリーダーはすぐ厳鳳英を引っぱり出して再び「批闘」した。気を失うまで「批闘」された厳鳳英は病院に運ばれたが、病院はこのような病人の受け入れを断固断った。転々としたあげく、ようやく一つの病院に収容されたが、彼女を救うか救わないかは造反派の許可を待たなければならなかった。その許可がなかなか得られずに、とうとう厳鳳英は死んだ。造反派はそれでも彼女を許さず、体内に発信器があるかどうか確認するという名目で、その場で服を脱がせて解剖した。

姜永寧。造反派が彼の家を捜索した時、少年時代の写真の服に、日本の国旗がついているのを見つけた。彼は日本のスパイだと言われ、拷問され自白させられた。それに我慢できず、彼は自殺した。

容国団。彼は世界卓球選手権の中国最初の優勝者で、迫害を受け、首吊り自殺をした。遺書のなかに、「私はスパイではありません。疑わないでください。皆さんには申し訳ないが、私は命より名誉を大事にします」という言葉が残された。

私自身がプロレタリア独裁の酷さを身をもって知ったのもそのころだった。

その時、父は、「三K人物《サケレンウ》」と言われていた。すなわち、日本人の支配下でも「OK」、国民党の時代でも「OK」、共産党の時代でも「OK」、どの時代でもうまくやるということだ。そういう「三K人物」の存在そのものが、劉少奇を代表とする、もとの共産党の修正主義路線の罪の一つだった。その中でも日本人の支配下の「OK」、すなわち旧満洲時代、日本人とともに仕事をしたことが、「日本特嫌《リベントエシアン》〔日本のスパイの嫌疑〕」の証拠になり、父はそのために糾弾された。

革命委員会の管理下で、中小学校の授業が再開した時期だった。学校では、少年の組織である「中国少年先鋒隊《チォングオシャオネンシアンフェンディ》」は階級による革命と非革命の区別が不明確という理由で廃止された。そのかわりに、出身を基準とする「紅小兵《ホンショビン》」組織が作られた。もちろん私は参加する資格はなかった。

ある日、学校から帰ってきて、家の小路に入った時、私は目の前の情景に愕然とした。大勢の人々が私の家の外に集まっている。首を長く伸ばし、柵を越えて中を眺めている者、がやがや騒いでいる者、声をひそめてひそひそ話している者……。その人垣の間を腕章をつけた「造反派」たちが出たり、入ったりしているのが見えた。

私は恐怖にとらわれ、人の群をかきわけて家に駆け込んだ。

家の床に父が倒れていて、その側に妹がしゃがんで泣いていた。見知らぬ三十代の男が眉をつりあげて怒鳴っている。色あせた黄色い軍服を着て、軍服に「第二病院造反司令部」という腕章をつけている。その横に、もう一人同じ腕章をつけた「足の不自由な男」が、杖を突いて立っている。「軍服」が、床に倒れている父を見下ろし、「死んだふりをするな。『批闘』から逃げようたって、逃がしはせんぞ。起きろ！」と言いながら、足をあげて父をけった。その側で、罵りつづけていた「足の不自由な男」が、父の頭めがけていきなり杖をふりあげた。

「お父さん！」私は声をふりしぼって、父におおいかぶさった。背負った鞄が落ちて、本や筆箱が鞄から出て、ボールペンや鉛筆、消しゴムなどが床に散らばった。父は目をつぶったまま、唇をふるわせて、うわ言をつぶやいているようだった。

こういう場合に「造反派」の意向にそむくと、どんなひどい結果になるか。それは、今までこの目でなんども見てきたことから分かっていた。私は溺れる者が何かを摑もうとするように、周りを見回した。ふりあげた杖のやり場のなくなった「足の不自由な男」は、いらだって、杖で床をたたいている。「軍服」は、両手を腰にあて、上から様子を見ている。

どうしようもない私は、救いを求める目を、冷たく光る二人の男の目の間に、さまよわせながら、うったえた。

「行きます。父さんはきっと行きますから……。ちょっと待ってください。どうか……」。「足の不自由な男」は、私の視線を避けながら、「早く、起きろ。早く起きろ」と、杖でドンドンと床をついた。

私はすがるような目で、「軍服」の顔を見上げた。目が合った瞬間に、その男の太い眉がかすかにふるえ、まばたきをしてうつむいた。

その時、外から、

「まだ起きないか。早くつれていけ」と言う声が聞こえた。

私は恐くなり、必死で、

「お父さん起きて。起きてください。お願い……」と言いつづけた。それでも父が動こうとしないので、父の大きな体をゆさぶったが、私の力では父を助け起こすことはできない。ちょうどその時、兄が帰ってきた。彼は部屋に入ると、少しも迷わずに、父の側に近寄った。

「お父さん、これは民衆運動ですよ。抵抗してはいけないのです。行きましょう」と大きな声で言いながら、力を尽して父を起こそうとした。私も、その勢いにおされて、父の体の下に入って、兄といっしょに父を支えて外に出た。「見物」の人垣が、一筋の道をあけてくれた。両側の人垣にさざなみのようにひろがる同情と非難の眼差しはまだがまんできたが、私たちを劣等人種のように見下す優越感を帯びた眼差しにぶつかると、息がつまりそうだった。

父は足もとが定まらず、魂の抜けた体はふらふらして、支えがなければすぐに倒れてしまいそうな様子だった。兄は右側から、私は左側から、父を支えながら道を歩いていった。

私たちは、車が往来する通りを渡り、でこぼこの石の鋪道を歩き、石炭の灰の飛んでいる煙突の側を通り過ぎ、第二病院の後庭の門を入った。五百メートルの道を歩き通すのに、まるで万里の長征をした思いだった。

第二病院の構内で、「走資派《ツォズパイ》」を「批闘」する大会が開かれていた。大きな台の上に、六、七人ほどの「批闘」される者が首に大きなプラカードをかけて、腰を屈めて立たされている。私と兄は父を両脇からかばうようにしながら、台のところに進んだ。すぐ、「造反派」に取り囲まれ、父も台の上に立たされて、大きなプラカードを首にかけられた。そのプラカードには「資本主義反動学術権威《ズベンヂゥイファンドンシゥエシゥチゥアンウェイ》」「日本特嫌」などの文字が黒々と大きく乱暴な字で書かれている。私と兄が、下からじっと台の上の父を見上げていると、突然、父が倒れてきた。みんなが「わーっ」とどよめいた瞬間、父の姿が視野から消えた。混乱している人の群を潜ってみると、父が病院の建物の中に駆け込むのが見えた。私と兄は急いで後を追いかけたが、父は自分の主任室に入り、鍵をかけてしまった。私たちがいくら「ドンドン」とドアをたたいても、開けなかった。そこへ追いかけてきた「造反派」たちがドアを壊した。私の目に入ったのは、机の上におかれた大きな睡眠薬の瓶。ぼんやりとみんなを見ている父……。

父は救急室に運ばれた。

一人の看護婦が、私に、「ちょっと来て」と声をかけた。「お父さんは大量の睡眠薬を飲みました。すぐ水をたくさん飲ませれば助けられるのだけれど、お父さんはどうしても飲もうとしないのよ。あなたが側へ行って、『お父さん』と呼んでみたら――」

私は彼女の話を最後まで聞かずに救急室に駆け込んだ。

父はベッドに静かに横になって、目をつぶっている。側で、医者が水を飲むように説得し、看護婦が水の入った瓶を持って待っていた。父は彼らに目もくれなかった。すでにこの世の苦楽哀怨《クルアアイユエン》と決別した放心した表情だった。

私は父に飛びかかり、「お父さん！　お父さん！　お父さん……」と夢中で呼びかけた。

父の顔の筋肉がふるえた。苦痛の中から、父は目を重く開けて、私を見た。その眼差しには、苦悩がにじんでいた。私は涙でかすんだ目で父の目を見ながら、

「お父さん、お父さん……」と重ねて呼びかけた。父は、水の入った瓶に力ない目を注いだ。看護婦がそれを父の口に当てると、父は諦めたように一口飲んだ……。

自殺は文革の時、「畏罪自殺《ウェズウイズシア》，自絶於党《ズジゥエイウェダン》，自絶於人民《ズジゥエイウレンミン》〔罪を恐れて自殺し、自ずから党と人民に絶縁する〕」と言われた。「階級敵人」にされなかった者でも、自殺すれば、敵と見なされた。そのような時期、「階級敵人」の命と身体を粗末にすることが、「正義」であった時代に、あれほど精一杯に父の命を救おうとした医者や看護婦に、私は今でも深い感謝の気持を抱いている。それは、本当に稀な出来事だったが、「氷天雪地《ビンテンシュエディ》〔氷雪の世界〕」のような私の文革の記憶を一筋の暖かい流れが貫いている。

その日の夕方、隣の高級幹部汪《ワン》が、思いがけなく私の家を訪ねてきた。その頃、住宅区内の人々はもともとつきあいのあった者も、往き来しなくなっていた。それぞれ大変さを抱え、つきあう心の余

裕がなかったし、それに、つきあうことによって煩わしいことをもたらす可能性もあったから。そういう状況下で、汪の来訪は文字通り「敢えて来た」といえる。ベッドに横たわっている父に、彼はけっして近づこうとはしなかった。何の慰めの言葉もなかった。彼は机のそばに座り、向こう側の母に話した。

「僕は『批闘』の現場から今帰ってきたばかりです。三十時間腰を曲げたまま、僕は我慢してきました。今ようやく帰れたが、いつまた引っぱられていくか分かりません。僕は我慢していくつもりです」。その時、自分は椎間板ヘルニアを抱えていると、その我慢のつらさも語った。そして父に丁寧に挨拶して出ていった。

そのころ、私と私の家族は、すでに「黒《ヘイ》」の淵をさまよっていた。「黒五類《ヘイウーレイ》」の頭上に打ち下ろされる「革命」の鞭は、ちょっと輪を広げると、私たちの身を鞭打ってくるのだ。目の前にその鞭を見ながら、こわごわ毎日を過ごしていた。父が自殺をはかった。これから私たちは疑いなく、完全に「黒」の輪に入るはずだ。私にとって、「未来」のイメージは、「血盆大口《シュエペンダカオ》（血の色をして、盆のように大きく開いている野獣の口）」のようなものだった。

そして「批闘」されるといっても、「走資派」として「批闘」される高級幹部は、父のような「資本主義の反動学術権威」、「日本の特嫌」などとは格段に違っていた。「走資派」はいかに「批闘」されても、根を「紅」の土壌に下ろしていて、劉少奇のような権力闘争の中で排除されなければならない対立派以外の者は、やはり「革命」の側に身を置き、当時すでに徐々に解放されていたところだった。彼らは、「黒」の土壌に根を下ろしている資本階級にされた私たちとは、越えられない溝で隔てられていた。もし、プロレタリア独裁を「磐石」と喩えるならば、彼らは磐石そのものの構成部分だが、「黒」である私たちはその下に押し潰される側だ。また喩えて言うと、継子と腹を痛めた子が同時に母の鞭に打たれるのと似ている。体に落ちた鞭の重さが違うだろう。たとえ重さが同じでも、気持ちが違うはずだ。継子は肉体の痛みを感じるほかに、精神の恐怖と孤独もあるだろう。その感覚を私はその日に父とともに味わった。その日の汪の来訪は、まるで実の子がともに殴られた継子のそばに近づいて、自分の傷を見させ、「僕は君と同じだよ。僕も痛いんだよ」と言ってくるようだった。

その「時代外れ」の行動は、私に不思議な感動を残した。

旧満洲時代の写真を焼き捨てる

その夜、私はどうしても眠ることができなかった。となりの部屋の父と母の様子が気がかりで、壁を見つめながら、息を潜めていた。父の苦しげな息づかいが壁を通して感じられ、母の押し殺したような声も聞こえた。

「子供たちのことを考えてください。あの子たちは、まだ巣の中で餌を待っている子燕のようでしょう。あの子たちのために、生きてください。ね、お願い。あの子たちさえいなければ、私もいっしょに死にたい……」

それに答える父の声は聞き取れず、ただため息まじりの呼吸が聞こえてくるばかりだった。

次の日の夜、母は家の書類の中から旧満洲時代の日本と関係のあるものを捜しだし、みんな焼き捨てた。いつ、造反派が「日本の特務《タァーウ》」の証拠を捜しに来るかもしれないから。母はボイラー室にとじこもって、一枚一枚の写真を確かめながら焼いている。私はドアの外に立って、警戒の「任務」をしている。煙の匂いがしてくると、母に言い、しばらくやめる。遠くから造反派らしい人が来ると、すぐに母に知らせる。次第に灰になっていく写真を目のあたりにして思う。「日本《リベン》」という言葉に対する反感と恐怖に加えて、もともと、どろどろとしていた日本のイメージはさらに憎しみも帯びてきた。子供の時に伯母に語られた美しい扶桑の国日本は、「日本」とさらに遠ざかった。

写真を焼くのにはずいぶん長い時間がかかった。焼き終って部屋に入ってきた母の手に、一枚の写真が残っている。それは、母が「満映」に勤めていた時、小園という若い日本人女性といっしょに撮った写真だった。二人ともチャイナドレスを着ている。日本人と関係があるように見えないだろうと、母はこの親友の写真を惜しんで残したのだろう。

「批闘」の後、父は、医者の職を奪われ、「黒幇隊《ヘイバンダウイ》〔黒組チーム〕」に編入された。「黒幇隊」は、「清理階級隊伍」運動の中で掘り出した「階級敵人」を一つのチームにしたもので、「造反派」の監督下におかれ、朝晩、毛沢東の像の前で、自分の罪を告白させられた。昼間は、造反派になった労働者たちのかわりに、トイレの掃除、庭の清掃管理、建築材料の運搬などの肉体労働をした。着せられた罪の証拠を認めさせられたり、〝共犯者〟や関係者を告発させたりする目的の「隔離審査《グァリシンツァ》」のため、夜も家に帰れない。「反動」的言行があれば批闘される。「黒幇隊」そのものが、毛沢東の「プロレタリア独裁下の持続革命」の理論の正しさを証明し、「階級敵人」の存在を「形」にするものだった。功を取るために、それらしい行動を見つけ、「批闘会」を開く口実を作ることに血眼になったのは、「黒幇隊」を監督する造反派たちだった。

父たちの「黒幇隊」を監督したのは、あの日父を引っぱりに来た「足の不自由な男」、秦《チン》という人だった。彼は革命戦争のために片方の足が不自由になった。専門知識もない彼は、文革以前は労働者の身分だったが、文化大革命のおかげで、大活躍することになった。その不自由な足は、「革命的な経歴」の〝象徴〟になり、とりわけ彼の自慢のものになった。ささいな理由で彼は「黒幇隊」の人たちを殴ったり、怒鳴ったりした。手に持った杖は、そのまま便利な「武器」になった。父の体に、その杖で殴られた傷跡が毎日増えていたことは、毎晩、壁を通して隣の部屋から聞こえてくる母の涙声で分かったことだった。

父は黒幇隊にいた間に三回、「反革命」的な言行で「批闘」された。一度目は、父に新聞を買いに行かせた秦が、新聞を持って帰ってきた父に、「何が載っていたか」と聞いた。「別に何もない」と父は漠然と答えた。毎日、新聞の一面は毛沢東語録ばかり、変わったことは何も載っていないから。父が言い終わるや否や、秦の顔色がさっと変わり、父の鼻を指さし、「反革命の奴だ。こんなにたくさん重要な最高指示が載っているのに、何もないなんて。日本のスパイめ、骨の髄まで東条英機のニュースが待ち遠しいのだろう」。

二回目は、午前の労働が終わり、昼食の時間、「黒幇隊」の者たちがお弁当を開けて、食べようとした時、父の友人である方が、父に、「お弁当のおかずは何ですか」と聞いた。父は「じゃがいもの酢炒め」と言い、また、「硬挺《インティン》」と、ユーモラスに一語を加えた。

翌日父は『黒幇隊』の労働改造に対する不満を覚え、それを強いて我慢すると言った」、と言われ、「批闘」され、罪を犯したことを反省する書類を書かされた。「硬挺」という言葉には、二重の意味が含まれている。一つは、酢で炒めたじゃがいもは、固くてしまった感じになる。もう一つは、つらい状況を我慢する気持ち。方は父の話のじゃがいもについての部分を除いて、造反派に告発したのだった。夜、「批闘」されたり殴られたりして帰宅した父に、母は、「ひどい目にあっている時に、なぜまた冗談なんか言って、こんな禍いを招くの？」と聞いた。

なぜか？　人間はひどい状況にいる時こそ、少しでも心を和らげる話をせめて信用できる仲間に聞いてもらいたいのではないか。しかし、それほど信用していた仲間が父を裏切った。第三回目の「批闘」も、その方の告発のせいだった。

十年の後、下放を経て、農村から第二病院の職場に戻った父に、方は謝った。父は、「あの時、あなたに告発されたのは、どう考えても納得できないところがある」と、十年も抱いた謎の答えを彼に求めた。「あなたにすまないとの気持ちはずっとあったが、そのとき、人を告発する任務が強制されて、他人を告発しなければ、僕が『知情不報《ヂチェンブボ》〔事情を知りながら報告しない〕』という罪で「批闘」されると警告されたんだ。他の無実な人を告発すると、あとあとまで、恨まれたり、報復されたりすることになるから、その心配のないあなたを告発するほかなかったのだ」。

その話を聞いた母は、「ひどすぎるよ。ゆるせない」と言ったが、父は、「まあ、いいや。彼もいろいろと大変だったから」とため息をしながら言った。

鶏さんの卵、「赤いトマト」と「緑のピーマン」

「黒幇隊」に入ってから、父は給料も減らされ、一家の生活は急に苦しくなった。母は知恵を絞って節約をした。その時、母はすでに第二病院から区立病院に転職していた。仕事の関係で、母は食堂の管理人と仲良くなり、毎日、食堂のあまったクズ野菜をもらって帰ってきた。お金を節約するために、病院から家までバスに乗らないで、三十分の道のりを歩いて帰ってくる。両手で大きな野菜の袋を抱えているので、家に入ってくる時の母の顔はいつも汗ばんでまっ赤だった。私はときどき、母を迎えに行った。重い荷物を持って歩いてくる母は、私を見ると救われたような顔になった。私は、母の荷物の半分を持って、いっしょに帰った。

そのころ、家で二羽の雌鶏を飼っていた。母が農村の患者さんから、もらってきたものだ。この二羽の鶏の産む卵は、父の食事の大事な蛋白源になっていた。

家政婦を使うことは、文革の初期には「搾取」行為として禁止された。母は毎日出勤するので、家事は、私と妹がやらなければならない。私と妹がご飯の当番になった。鶏に餌をやることも、私たちの仕事だった。一日に三回、鶏の餌にする野菜をきざむ。そして、鶏が卵を産んだ鳴き声を聞きつけると、すぐに、とりに行く。

ある日、鶏の「カッーカッーカッー」という声を聞いて、小屋の前に走りよった。どうしたことか、鶏は自分の産んだ卵を壊して、むさぼっている。それを見て、ふいに私の中に怒りがこみあげてきた。「くいしんぼう！　泥棒！」と私は鶏を罵った。そして、そばの木の枝を拾って柵の間から、鶏の頭をたたいた。おどろいた鶏は、鳴いたり飛んだり大騒ぎして、羽毛やほこりをかき立てた。かわいそうだと思って私はたたくのをやめた。卵はもともと鶏のものなのに……。私は玄関の石段に座り、晩ご飯に、卵を食べられなくなった父のことを思うと、泣きそうになった。

長時間にわたる武闘で、経済はほとんど麻痺状態に陥った。物資の供給はかんばしくなかった。主食は言うまでもないが、ほかにもいろんなものが配給制になった。煙草の券、お酒の券、石鹸の券、マッチの券、きくらげの券、砂糖の券など、二十種類ぐらいあった。野菜売り場に行っても、毎日一時間で売れ切れてしまう量しかなかった。人々は早くから列を作って待っているが、野菜が来ると列は、あっという間にくずれてみな我先に買おうとした。

わが家には、もはや毎日野菜を食べるほどのお金はなかった。大変な労働を強いられる父のために、節約したわずかなお金で毎日のお弁当のおかずを買うのが精一杯だった。妹は野菜を買う当番だった。体の小さい彼女は混雑した人の群れの中を潜ったり、大人の足の間を縫うようにして、ちゃんとその日その日の分をうまく買ってきた。出かける時、柳のようにきちんと束ねていた妹の髪が、家に帰り着いた時にはばらばらに乱れていたり、羊の角のように空に向っていたりした。

ある日の朝、母は出勤する前に、一元のお金を私に渡し、「ごめんね、今日は、こまかいお金がないのよ。これは、家の最後のお金だから、なくさないようにするのよ」と言って、あわてて出かけていった。

私は、同じことを、野菜を買いに行く妹に言った。妹はいつものように野菜籠を持って、市場へ出かけた。

妹の帰りがあまりにおそいので、私が迎えに出ると、向こうから帰ってきた妹は、私の姿を見るや、「わーっ」と声を出して泣き出した。野菜籠には何も入っていない。「どうしたの?」と、聞くと、妹は、泣きながら事情を話した。彼女がいつものようにお金を渡したら、店員はその一元札を見て、それに相当するたくさんの野菜を彼女の籠に入れようとした。妹があわてて、そんなにたくさんいらないと言ったら、店員は不愛想に、その野菜を他の人の籠に入れた。見る間に野菜はなくなり、妹は店員にお金を返してもらおうとしたが、店員はそのことを覚えておらず、相手にしてくれなかったという。それを聞いて、私は怒って妹を連れてその店員を捜しに行ったが、もう見つからなかった。

家に戻ると、急に悔しさと怒りがこみあげてきて、私はそれを妹にぶつけた。「どうして気をつけなかったの！　あれは家の最後のお金なのよ。最後のよ！」と、妹の肩をゆすりながら、怒鳴った。妹はただ泣くばかりだった。怒りのやり場のなくなった私は裏庭へ視線を投げた。窓の下のベランダに、母の二足の皮靴が干してあった。皮靴はまるで四匹の獣が私を嘲笑しているように見えた。私はどんどんとそれに近づき、その〝四匹〟を、一つ一つ腹だちまぎれに裏庭の中に投げた。

裏庭は、毎年トウモロコシを植えて、父がきちんと手入れをしていたが、今年は手入れもされず、トウモロコシの苗と雑草とがいっしょに生えていた。その中に投げ込まれた靴は、すぐ見えなくなった。その靴を履く主である母のことを思い出し、私はやはり、窓から裏庭にとび下りて、靴を探しに行くほかなかった。投げるのは簡単だが、探すのは難しかった。私が草むらに潜って探していると、「鳳《フォン》ちゃん、何をしているの」という声が聞こえた。隣の洋《ヤン》さんだった。彼女の家の裏庭と私の家の裏庭とは、一つの柵で隔てられているだけだ。彼女は柵の間から潜ってきて、いっしょに母の靴を探してくれたあと、私の家に入った。洋さんは泣いている妹を見て、「どうしたの――」と聞いた。私はうっぷんをはらすように、なにもかも一部終始を話した。

それを聞いていた洋さんは何も言わないで出ていった。しばらくして、戻ってきた洋さんの手には、一つのトマトと一つのピーマンがあった。「お父さんの弁当のおかずは、これで足りますか」と言った。私はびっくりして洋さんの顔を眺めた。

洋さんの家は、私たちより大変だった。父が高級幹部であった彼女は、「血統論」の初期、「紅」だった。その時、彼女は私を仲間にしなくなった。しかしまもなく、中学校の校長であった彼女の母は、「批闘」された後、自殺した。彼女の父は「走資派」で、劉少奇と関係があると言われてひどい目にあった。今は監禁されて夜も家に帰れない。「造反派」は、食事の面倒はみてくれないから、十三歳の洋さんとその姉は、毎日順番で弁当を父親に届けていた。共通の運命のせいか、私たちの友情はあらためて強く結びつけられた。

そういう彼女の家の事情を知っていたので、「いただくわけにいかないわ。持ち帰ってください」と言いたかったが、私の心の言葉は行動に裏切られた。私は両手で洋さんの手からトマトとピーマンをひったくるようにして受け取った。しかし、洋ちゃんの眼差しにぶつかったとたんに、何かが急に込み上げてきた。「洋ちゃん……」と、私は彼女に背を向けて泣き出した。両腕で顔をおおって、床にしゃがんで声をあげて。洋さんと妹は、びっくりして、「どうしたの？　泣かないで……」と慰めようとしたが、そのうちに、二人とも私といっしょになって泣き出した。この小さな三人だけの空間の中で、私たちはいっしょに泣き放題に泣いた。私の両手には、まだしっかりと、赤いトマトと緑のピーマンが握りしめられていた。

粉砕された「ガラスの花瓶」

文化大革命は続いていた。日常生活はますます革命的「紅《ホン》」一色に単一化し、生活の空間と時間は強制的に「紅」によって埋められ、毛沢東崇拝もますます形式が重んじられるようになった。

「紅海原《ホンハイユアン》」——目につくところを『毛首席語録』と毛沢東崇拝の言葉を書いた赤い紙や看板で埋めつくす。

「語録歌《イウルグエ》」——毛沢東の言葉や文章の一節に曲をつけたもの。小学生が習う最初の歌は、「指導我們《ヂドオウオマエン》事業的核心力量是中国共産党《シエダホエシンリリヤンシヂオングオンチアンダン》〔我らの事業を指導する中核の力は中国共産党〕」という語録歌だった。

「語録牌《イウルパイ》」——毛沢東の言葉を書いた札。様々な大きさ、様々な材料で作った「語録牌」が公の場や職場や住民の家にかけられる。

「早請示《ズオチンシ》〔朝の請訓〕，晩彙報《ワンホイボ》〔晩の報告〕」——朝、毛沢東像の前で『毛主席語録』を読み、その日の指示を受ける。晩、毛沢東像の前で語録を読み、一日の行動を報告する〔朝は毛主席の指示を仰ぎ、夕方は毛主席へ報告する〕。

「向陽院《シャンヤンユエン》」——「居民委員会《ジウミンウエイイアンホイ》〔町内会〕」を単位とする「紅」組織。毛沢東を太陽に喩え、町民の心が太陽に向かうという意味で名づけられた。住民たちは組織され、「早請示，晩彙報」、「語録歌」、「忠字舞《チオンズウ》」、「批闘会」など革命行動を共にする。

「忠字舞」——その頃流行した「心中的紅太陽《シンヂオンダホンダイヤン》〔心の中の赤い太陽〕」、「万寿無疆《ワンシオウジアン》」、「万歳《ワンスイ》、万々歳」など毛沢東をたたえる歌に振りつけした集団踊り。その踊り方も規定され、勝手に改めてはいけないとされていた。一九六八年から二年間はやった。

……

二年前、文化大革命があっという間に発動され、広がったのは、その「造反」の呼びかけが、既成の文化や体制の中で抑圧を感じ、特権階級との間の差別に対して、不満や敵対感情を抱えていた中国人、とりわけ底辺の階級に属する民衆の心からの響応を呼び起こしたからだというならば、二年を経た現在、その「造反」がもたらしたのは、自由でもなく、平等でもなく、それはいかなる文化や体制よりも独裁的抑圧的なものだったと言わざるを得ない。いわゆる文化大革命の目的の一つである「破四旧《ポスジュ》，立四新《リスシン》〔四つの古いものを破壊し、四つの新しいものを樹立する〕」の「四旧〔古い文化、古い思想、古い風俗、古い習慣〕」はたしかに破壊されたが、立てられた新しいものは何なのか。人間闘争ばかりを主張する毛沢東思想以外に何もないのではないか。それを実感した中国人の失望は意識される以上に深刻だった。しかし、恐るべき政治的圧力の下では、失望を表わすことが許されない。人々の中に、内在する本当の欲求と、表面の行動と言葉の間に大きなずれが生じた。それを埋めるために、中国人の心身はいっそう自己欺瞞と他者欺瞞に歪められて、変形していった。

もし、素直に真実を問おうとすれば、どういうことになるか、中国で周知の張志新《チャンチィシン》事件はその一例だった。張志新は四十五歳の女性で、遼寧省のありふれた国家公務員だったが、一九六八年から、文革への疑問を表明し始めた。「文革は毛主席の路線を守るというが、幹部がすべて打倒された今、毛主席の路線に誰がいるのか」、「これほど多くの幹部が打倒されているが、彼らが敵人という証拠はどこにあるのか」、「語録の歌や革命様板戯《グァミンヤンバンシ》〔革命的な手本劇〕ばかりで、このままでは、祖国の文芸が枯れてしまうのではないか」、「林彪《リンピョ》の頂点論〔毛沢東思想はマルクス主義の頂点である〕は反マルクスではないか」……。彼女の問いかけは、真実を突いていたが、だからこそ、当時のタブーを犯した。それがどれほどひどい目に遭うことか十分に自覚しながら、張志新は夫に二人の小さい子供の世話を頼み、真実を言い続けていった。一九六九年、張志新は「現行反革命分子《シャンシンファングァミンフンズ》」として逮捕された。苛酷な獄中でなおその姿勢を曲げなかった張志新は死刑を宣告された。処刑の日、彼女が真実を言うことが恐れられたので、その気管が切断された。処刑の時間まで生かすために、金属の管を入れた。処刑されたとき、張志新は見ている民衆に真実を言おうとしたが、口から流れ出てきたのは言葉ではなく、赤い血だった。しかし、その張志新もまだ「毛主席を守るため」という枠を超えていなかった。それほどの覚悟をした者さえ、あえて当時の根本的なタブーを犯すことはできなかった。それ以上の真実は誰が言えるだろうか。

人々は真実に目をつぶった。こんな例もあった。北京で有名な医学者たちが、毛沢東の身体検査を行なった。結果、毛沢東の体は健康で、百五十歳まで生きられると言うことを、自信を持って公表した。それを「すばらしいニュース」として壁新聞に書き出した者は、みんなに口々に言った。「毛主席万歳、万々歳。毛主席の不死をみんな願っているのに、どうして百五十歳までしか生きられないというのだ」!?……

ちょうど「忠字舞《チオンズウ》」が流行った初期のころで、学校でも工場でも、街頭でも店の中でも、駅のホームでも病院の中でも、体を動かせるものはすべからく、『小紅書』をふりふり踊る時期だった。

ある日のこと。夕食の後、住宅区の「向陽院」の「忠字舞」の時間だった。踊る住民たちのチームが、住宅区の小路にあふれていた。夕日は空の際を一面赤く染め、また夕映えを小路いっぱい撒きちらしていた。両側の低い階段のところで、毎年この時期花を咲かせる黄色の「月下美人」は、「資産階級の閑情逸致」として除かれ、そのかわりに赤い「語録札」が立たれられた。各家の紺色の柵に貼られたスローガンが人々を見張っている。踊りの群れは決められた通りの仕草で動いている――。『小紅書』を振り上げ、チベット族式に長袖をふって「ハタ」という布を捧げるように両手を胸から上へと挙げて、毛沢東への心からの熱愛を表わす仕草。腕をいまいましそうに上げ、足で蹴って、「造反」を現わす仕草。両手を腰に当てて胸を張り、英雄の気概を現わす仕草……。

高級幹部、纏足した婆さん、小さい子供……。みんないっしょうけんめいに踊っている。それを見て何か滑稽な感じをして噴き出しそうになった時、私の眼は、この中の父の姿にふいに吸い寄せられ、気持ちは凍りついた。

「黒幇隊」で労働して家に帰ろうとした父は、この「忠字舞」のチームに遮られて、通り抜けることができず、踊りの列に入った。父の帰りはいつも普通の退勤時間より一時間半か二時間ほど遅い。父が毎日何をさせられていたのか分からないが、家に帰った時には疲れきった様子で、話す力さえなくなっているようだった。それなのに――。「忠字舞」は重要な政治的な任務とされ、すべての人が必ず踊らなければならなかった。踊らなければ毛沢東に対する不忠誠ということになる。それは父のような身分の者にとってなおさら避けることのできないものだった。

父の顔は暗くて灰色だった。「解放鞋《ジエファンシエ》〔黄色の廉価の運動靴〕」、膝につなぎのある灰色のズボン、埃だらけの上着。精一杯に他人を真似る父の動作は固くて醜い。「黒幇隊」といわれた父の今の身分そのまま。上品で雅やかな医者の姿はみじんもない。

それは父なのか……。

血が滴りそうな赤い夕日が、沈みつつ――。


それからまもなくのことだった。ある日、私が住宅区の小路を通り、家に帰ろうとすると、住宅区内の二人の男の子にさえぎられた。「通行禁止」。二人の六年生の男の子は、私の前に立ちはだかって、「造反派」の様子をまねて言う。私は黙って二人をさけ、通ろうとしたが、二人は、両手を広げて、私を通さない。「通行許可があるかい」。「なんで通行許可がいるの。通らせてちょうだい」。私は嫌な顔をして言い返した。

「私のお父さんは日本のスパイですと言うなら、通らせるよ」。「私のお父さんは日本のスパイではありません」。私は二人を睨んで言い返した。「おまえのお父さんは日本のスパイだよ。ちゃんと漫画に書いてあるよ。それに、お父さんは、破鞋《ポシェ》〔破れた靴。不倫のことの喩え〕だよ。パーマの女と寝たんだよ。病院で……」。「うそ！　うそ！　うそよ」。私は激怒した。「うそじゃないよ。ね」。二人は互いに目くばせをして、「ちゃんと病院に貼り出された漫画に書いてあるよ。見に行ってみろよ」とあざけるように笑った。私はむりやりに二人を押し退けて、通り抜けた。

「張一凡《チャンイファン》、日本のスパイ、張一凡、破鞋……」。

父が「批闘」された日に、そのプラカードには、「日本のスパイ」、「資本主義反動学術権威《ズベンヂゥイダファンドンシゥエシゥチゥアンウェイ》」のほかに、「破鞋」とも書かれたのだった。それを思いだし、その漫画のことが、ますます気にかかり、日に日に心が重く乱れてきた。

ある日、第二病院の玄関のところを通りかかった私は、ついに、その中に入り、「大字報」の貼ってあるところへと向かっていった。病院の廊下の壁には、「大字報」がいっぱい貼られていて、もとの壁が見えなくなっている。天井からも垂れ下がっている「大字報」が、歩くと頭上でカサカサとゆれる。私は「大字報」の中をあちこち探し回った。二階へ上る階段の左側の壁に、ベタベタと斜めに十枚ぐらいの漫画が貼ってある。その中に父のことを描いたのが二枚あった。一枚は、父が日本人の前にひざまずいているもので、もう一枚は、パーマの女と……。

小さい小さい時から、私は心の中で一つのガラスの花瓶を作ってきた。私の心、私の血、私の夢。それはあまりにもきれいだが、もろい。いつからか何者かがこの花瓶を奪おうと狙い始めた。私は必死で、方々から伸びてきた強盗の手からこの花瓶を守ろうとしてきた。しかし、今日、この漫画を見ているうちに、私の中の花瓶が、粉々に砕け散った。

私はぐるりと身をひるがえすと、砕けたガラスの破片を心の中に抱えたまま、その場を逃れるのに急いだ。「張一凡の娘だ。張一凡の娘だ」という言葉が後ろから追いかけてくるようで、私はますます足取りを速め、とうとう走り出した。

一気に家まで走って帰ったが、家には誰もいなかった。私は裏庭に向いた窓から、庭にとび下りて、窓の下の壁にもたれ、力無く地面に座り込んだ。家の北側にある裏庭は、午後、まるっきり家の影の中にあった。私はぼんやりと、目の前に生えている雑草と、その中にまじって生えているトウモロコシの茎を眺めつづけた。父の自殺未遂の時から、張りつめていた心のどこかが壊れ、穴が開いてしまったようだった。

その日から、私は意欲的に何かをしようという気持ちがなくなった。毎日同じように父のために食事を作るが、それはただ習慣にしたがっているだけだった。生きている現在と、これから生きていく未来が、空洞のようなものに吸い込まれてしまった。裏庭の壁の下に座り、ぼんやりしていることが私の習慣になった。目の前の雑草、トウモロコシ、その上をゆるやかに飛んでいる蜻蜓《とんぼ》……。すべてが終わってしまった夢のようだった。

長春よ、さようなら

一九六八年十月、『人民日報』に毛沢東の「広大な領域の幹部が下放して労働することは、幹部にとって新たな学習のよい機会である。老弱者、病人や身障者以外はみんな、そうすべきである。在職幹部も時期を分けて、下放労働すべきである」という指示が発表された後、幹部の下放が始まった。全国各地で、「五《ウ》・七幹校《チガンシヨ》〔下放幹部を収容する大きな農場〕」がつくられ、幹部下放はブームになった。区内の高級幹部の家族も、いくつか農村に行った。当時下放された幹部の大多数は、「五・七幹校」に集中されて労働させられるが、東北地方は、「插隊落戸《チアデウイロオホウ》」という形が主であった。すなわち、幹部が家族を連れて農村に入り、村の一員として農民たちと同じように労働、生活する。住宅は、国が負担して、給料もそれまでどおり国からもらう。

一九六九年、文化大革命は、三年目に入った。解放軍の介入と「労働者毛沢東思想宣伝隊」が権力を取ったことで、秩序が整い始めた。文革以来、造反で学校にとどまった中学生・高校生は、一九六八年には全部で一千万人以上になった。「造反」の使命〔既成の秩序を破壊する使命〕を終えた彼らは、就職もできず、社会に混乱をもたらす要素になり、町の中でのやっかいな存在になった。

一九六八年十二月二十二日、『人民日報』は「知識青年は農村に行き、貧農・下中農の再教育を受けることが必要だ」との毛沢東の指示を発表した。これ以後、全国で知識青年の「上山下郷《シアンシアンシャシャン》〔山に上り、村に下りる〕」運動が起こった。全部で約一千六百万人の知識青年が農村に行った。住宅区内の高校生、中学生は、ほとんど「知識青年《ヂシチンネン》」として農村に行き、兄も、前郭尓羅斯《チエングオルロス》という少数民族の地域に行った。

父は一九六八年六月ごろから、「黒幇隊」を出て、造反派の監督下で医療活動に取り組むようになり、給料も回復した。しかし「日本のスパイの嫌疑」は晴れておらず、その証拠を見つけるために造反派の裏面の活動が続いていた。父のような人の「罪」を証明するために作られた資料は、文革の後は「黒材料《ヘイツァイリョ》」と言われ、全部処分するように要求された。父の「黒材料」は文革の後、父の目の前で造反派の手によって焼かれた。造反派たちの「心血」を凝結させた数百枚の資料はあっという間に、黒い蝶のように空に舞っていった。

九月十四日、『人民日報』は、「徒赤脚医生的成長看医学教育革命的方向《ツォンチジアオイシエンダチエンチアンカンイシウエジオイウグオミンダファンシャン》〔『はだしの医者』の成長から医学教育革命の方向を見る〕」という文章を掲載して、毛沢東の一九六五年六月二十六日の「将医療衛《ジアンイリョウエイ》生工作的重点放在農村《シエングオンツオダヂオンデンファンザイノンソン》〔医療衛生の仕事の重点を農村におく〕」という呼びかけを強調した。それは、「六《リュ》・二六《アルリュ》指示《ジシ》」と言われる。

一九六九年年末から、全国規模で「六・二六」の道を歩もうとする運動が起こり、医者や看護婦など医療関係者が「六・二六医生」として農村に行くことになった。最初、志願を呼びかけたが、誰も行きたがらず、志願者はなかったので、その後は半強制的に行なわれた。

志願の呼びかけが出たばかりの時、父は家族全体の反対をおしきって、進んで第二病院の党の組織に農村に行く申請を出した。私の家族は、吉林省の大安県「四合人民公社《スボア》」に行くことになった。父がこのように強い意志を表わすのは、初めてのことだった。そのことで、父の共産党員としての党籍も回復された。

妹は家では、父への抗議として、一週間、父に声をかけなかった。母は数十年も生活してきた長春から離れることになって、毎日ため息ばかりついていた。私は、「大字報」の漫画の件以来、心が暗い雲に覆われた日々を送っていた。家族が農村に行くことを初めて聞いた時、私は納得できなかったが、いったん決められると、どうせ長春にいてもいいことはないし、農村での生活が何か新しい希望をもたらすかもしれないとかすかに期待して、引越しの準備を手伝った。

農村に行っていた兄も呼び戻された。兄は、農村の生活をそんなにつらいとは思わなかったようだ。「苦しい中にも楽しみがある」と兄は言い、平気で私たちの家族が農村に行くことを認めて、引越しの準備に精を出していた。

その年の暮れのある日の夕方、私たち家族を農村に送るバスが来た。バスの中には絹のリボンで作った大きな赤い花を胸に飾った父。バスの外には、熱烈な送別に来た第二病院の人々、天までもひびく銅鑼《どら》や太鼓の音……。

私たち家族六人が乗ったバスが、出発した。バスが住宅区の小路を出るところで、私は一度振り返って、少女時代を送った私の家を見た。雪のかかっている小松と枯れていた海棠の木――。洋さんが小さな点になるまで私たちのバスを見送っていた。

バスは、長白《チャンバイ》〔長春―白城子《バイチャンズ》〕公路を走っている。風雪の中で、長春の町の灯はだんだん闇に飲み込まれた……。

「長春、さようなら」。私は心の中でつぶやいた。

下放

住居獲得闘争

私たちが引越してきたのは大安県の県庁所在地から四十五キロ離れた四合人民公社という大きな人民公社だった。都市からここに移ってきた人は大体「知識青年」か、「五・七幹部」か、「六・二六医生《リュアルリュイシェン》」かのいずれかだった。

町から来た「知識青年」の場合、高校生・中学生十人ぐらいが一組になり、一つの家で共同生活をする。そうした家は「集体戸《ジティホウ》」と呼ばれ、国が建て、食糧も国から配給になる。「五・七幹部《ウチガンブ》」というのは下放された幹部のことだ。「六・二六医生」は、下放された医者で、全員、人民公社衛生院の医者になり、家は国によって作られ、給料も以前通りに国からもらう。

父は、「六・二六医生」として四合人民公社衛生院に勤めるようになった。小さい人民公社衛生院は、急に六人もの「六・二六医生」とその家族をかかえることになったので、そこには物心両面で我々を迎え入れる準備はなかった。私たち家族が臨時に割り当てられた住まいは、三部屋ある平家の半分で、私たちが使えるのは十五平方メートルの部屋と、その半分位の広さの玄関だった。残りの半分にはすでに現地の農民が住んでいた。両家は同じ階下のドアから入り、共通の玄関を通って、自分の「家」に入る。

たくさんの荷物は家の中に入りきらず、間に合わせで作った小屋に入れたが、その大部分は知らないうちに盗まれてしまった。ぎっしりと本がつまったダンボールが部屋の北側の壁面にびっしり積み重なって、天井まで届いていた。その前にまたたくさんの家具などが積み重ねられ、それをカーテンで隠した。南窓の下は、部屋の三分の一を占めるオンドルで、残された場所にストーブと小さい机と椅子を二脚、それに食器棚を置くと、もう何かを入れる余地はなかった。鍋などは地べたに並べるほかない。文字通り足の踏み場もないというありさまだった。洗濯物もすべて頭上に引いた紐に無造作にかけられていた。家族六人が一つのオンドルに眠るのは、農民の生活では当たり前だが、私たちにとっては、生まれて初めてのことだった。

このような空間に閉じ込められて、これからどんなふうに生活を始めよう……。翌朝、何をどこから始めたらいいかも分からず、六人ともなかなか起きられなかった。そのとき意外にも父の口から、一つの詩が飛び出した。

「便桶和飯鍋並肩站立《ベントンホアファングオビンジアンヂアンリ》，短傾輿口罩比翼斉飛《ドアンクイウクオヂオビイチフィ》（便器と鍋は肩を並べて立ち、パンツとマスクは共にたなびく）」

いつもは無口な父の口から出たこのおかしな詩文は、すっぱい思いのなかにもみんなの笑い声を引き出した。

私にとって最もつらかったのは、朝のトイレだった。氷点下三十三度の寒さも耐えがたいが、途中に思いがけない「お客さん」が訪ねてくるのだ。豚だった。糞が豚の好物のようだった。豚は「オンオン」と唸りながら私の前に立ち、ずうずうしく私の顔を見ている。このように目近かに豚と顔を合わせるのは初めてのことだった。あの小さい目、尖った口、揺れ動いている大きな耳……。手で追いはらおうとするが、彼は全然平気。動こうともしない。たぶん私が豚に挨拶しているとでも思ったのだろう。人なつっこく、にこにこして私にお辞儀をした。そこまではまだよかったが、豚はますます厚かましく、なおも私に近づいてきた。とうとう私の後ろに回って、口を伸ばしてくるのだった。そうなったら、私は逃げるしかなかった。それからは、大きな棒を持って行くことになり、トイレの度に豚を相手の戦いをした。その時何よりも懐かしく思ったのは、長春の家の水洗トイレだった。

家も古すぎて、いまにも倒れそうだった。家のそばを通る現地の人々は、「この家は危ない」と口をそろえて言っていた。

引越した後、兄は元の前郭尔羅斯《チエングオルロス》の「集体戸」に戻った。当時、学校は毛沢東の「学制要縮短〔学制は短縮しなければならない〕」という教育革命についての指示によって、小学校が五年制、中学校、高校が二年制になった。私は農村の中学校に入った。

当地に来てから一年半たって、ようやく人民公社の中心地に「六・二六医生」のための家が完成した。しかし、資金不足で、六軒必要なところを四軒しか建てられなかった。二軒分足りないが、当時の割り当ての基準──等級──と当時住んでいた家の具合からすれば、父は当然最優先されるはずだった。

新しい家に引越すのが待ち遠しかった。兄も引越しのために戻ってきた。ところが結果として、父には割り当てられないことになった。病院の書記は父に、「あなたは共産党員ですから、共産党員は自分が困難を引き受け、利益を他人に譲りましょう」と言った。その話を父の口から聞いたとき、家中が煮えた油の鍋に水を注いだように、ぱっと飛び上がった。

「そんな馬鹿な話があるの？『共産党員』なんて、よくこんなときに言ってくれるわね」。過去に党員に利益が与えられる時、父は「ブルジョア」の知識人と言われ、「党員」の権利は皆目無かったが、犠牲が必要な今となれば、「共産党員」ということがことさらに拡大される。家族たちは怒り、自分の正当な権利を主張するように父に迫ったが、父は無言のまま瞬きばかりしていた。

翌日、父が出勤した後、家族五人で協議した。ほかの人は院長書記に賄賂を渡したから優先されたに違いない。それにお父さんは気が弱いから、家が配当されなくても、抗議しない、不平も言わないことを見すかして、書記は、お父さんを犠牲者として選んだのだと兄と母は分析した。「ここは理を言うところじゃない、行動しよう」。怒った兄は言った。兄は農民から馬車を借りてきて、私たちの協力の下で、引越しを断行した。そして、家を奪回されるかもしれないと予想して、「武器」として鍬をもち、家の前に立った。弟と妹は棒を、母や私もそれぞれなにがしかの「武器」をもって兄と共に応戦する姿勢をととのえた。

兄がこういう闘争性を見せたのは初めてのことだった。私は不思議な気持ちで兄を眺めて、箒を「武器」として持ち、兄のそばに立って、「よし、今度は私たちも造反しよう」と決意した。「造反」の時期の造反派の気持ちが少し分かったように思えた。

小さい町だから、何かあればあっという間に知れ渡ってしまう。そのうちに父が慌ててとんできた。病院の書記に脅かされたようで、「お前たちは何をしてるんだ。お前たちは何をしてるんだ」としきりに言い、眉をひそめ、手を擦りながら私たちの前を行ったり、来たりしていた。兄はにこにこして父を見るだけだった。父はどうしようもなく、ため息をつきながら座り込んだ。兄は私と妹の耳のそばでこっそりと、次のような知恵を授けた。

私と妹は、それに従ってさっそく院長に会いに行った。

「私たちは張一凡《チャンイファン》の娘です」。姉として私がまず口を開いた。しかし、その時の主役は妹だった。彼女は表情と仕種で、兄に教えられた台詞を完璧に表現した。要点は三つあった。第一にわが家の住宅の困難な状況を伝える（哀れっぽく）。第二に、父にこの家を得る正当性があることを主張する（強く）。第三に、父が現在大安県の県長の病気治療にあたっていることを、院長に分からせる（さりげなく）。

その後は何も問題は起こらなかった。兄の分析によれば、一番役に立ったと思われるのは最後の話だった。当時県長は、「県」という王国において、「県太皇《シャンタイホァン》」と言われ、絶対の権威をもっていた。その裁きは、県民を破滅させ、その寵愛は県民の地位を高める支配的な存在なのだった。

新しい家は、二部屋ある一軒家だった。台所もある。九平方メートルの小さい部屋は私と妹、弟は十三平方メートルの大きな部屋の中のかぎの手になったところに、カーテンを掛けて自分の小さい空間を作った。北の二十平方メートルくらいの庭には、ちゃんとした物置きやトイレがあった。私の豚との「戦い」も終わった。庭の空いたところは、後に、豚やあひるやがちょうなどを飼う場になった。

南の窓の下にも大きな庭が作られ、トマトや胡瓜、葡萄などを植えた。朝、起きて、南の窓から飛び降り、白い露がかかっていたトマトや、黄色の花を戴く胡瓜を美味しく食べた記憶は、忘れがたい。

生活が安定して、私は気分的にもおちついて農村高校に入った。混乱していた都市の高校に比べると、この農村高校はきちんとしていた。管理者も先生たちも良心的な人たちが多く、授業のレベルは相当高かった。

国語の先生は、本が好きな人で、大量の内外の名作を収蔵していた。私はその本にすっかり心が魅かれ、一冊また一冊と借りてきて読んだ。弟も私も「農忙假《ノンマンジャ》〔農業の仕事が忙しい時期の農村の学校の休み〕」がある。春の種蒔き、夏の耕し、秋の収穫という農繁期のまとまった休暇で、その時は、私たちが本を読む絶好の時間になった。二年間、私と弟とは、数多くの中国の古典名作と外国の名作を読み耽った。

ランプを囲んでの家族の雑談

冬の夜、夕食のあとの時間帯に、停電になることが多かった。そんなときは家族六人がオンドルの上に置かれた机を囲み、向日葵の種を食べながら世間話をした。一本のろうそくがテーブルの真ん中に置かれ、松明形の焔が揺れ、オレンジ色の光が、みんなの顔に揺らめいていた。六人の影がまるで部屋全体の壁を覆いつくすように大きく周りの壁に映っていた。

話題は、「天南海北《テンナンハイベイ》」、「古今中外《グジンヂオンワイ》」をかけ巡り、妹は、農民の中から拾ってきた笑い話を身ぶり手ぶりで語り、みんなを笑わせる。私が涙も出るほどころげまわって笑うことは、その時だけだった。

両親が留守の時は、いつも兄を中心とした。兄は父と似ている。整った目鼻立ちも父にそっくりだ。ただ、父は柔らかいふんわりした輪郭だったが、兄のほうはくっきりとしていた。小さい時結核にかかって、痩せて小柄な体になったが、欠かさず続けているトレーニングで、ひきしまった体をしていた。

長春にいた時、兄は「いい子」として有名だった。学校でも住宅区内でも喧嘩したことは一度もなかった。勉強もできるし、礼儀正しかった。しかし、兄のようなタイプは、「文革」の時代に「修正主《シェヂエンジゥ》義的馴服綿羊《イダシュンフミエンヤン》〔修正主義の順従な綿羊〕」として否定された。当時、ほとんどの若者が変容し、「紅《ホン》」と「黒《ヘイ》」と両極端に別れた。「紅」にされた「革命派《グァミンパイ》」は、毛主席から得た権力を十分に享受していた。「礼儀」など封建的なものだ。「愛」なんか、小ブルジョアの「閑情逸致《シァンチンイヂ》」にすぎない。彼らは「造反派《ツォファンパイ》」ぶって、カンカンと話し、荒々しい動作をしていた。ひどい者は暴力を振るう。気に入らないものは足に触れただけで勝手に蹴り、目に触れただけでベルトを振るう。「階級敵人《ジェジーディーレン》」や「四旧《スジュ》」に対してだけではなく、猫にも犬にも、草花に対してまでも……。

それに対して、「黒」にされた非革命者は、くたびれた苗のように頭を垂れてこわごわと、卑屈すぎる身ぶりをしていた。

兄はどちらにもならなかった。人格を変形された時代に、兄は不思議に自分の人格の一貫性を貫いた。以前通り、おとなしく、優しい兄だった。母の話をよく聞き、「造反派」に乱暴に扱われ、挫折感を抱いた父にたいして、以前より尊敬する態度で接した。当時、学校に行かず、運動から離れる者を「逍遙派《ショヨパイ》」と呼んだ。「出身不好《チゥシェンブホ》〔黒にされた者〕」の人、あるいは闘争などに対して興味のない人は、「逍遙派」になるのが少なくなかった。兄は、闘争などに反感をもちながらも、運動から離れなかった。積極的に批判闘争はしなかったが字がうまくて、「大字報」を写す重要な役割を担った。「武闘」がひどくなると、もう兄も学校に行かなくなり、家のボイラー室に閉じこもって、月琴《イウチン》〔琵琶と似ているが、より小さく、胴も琵琶と異なって円形で扁平。四弦八柱の弦楽器〕の練習をするのが毎日の習慣になった。最初は耳障りな騒音だったが、だんだん美しいメロディーになった。農村に行く前にはすでに弾きながら歌うことができるようになった。

兄はその大変な時期に母の心配を分かちもって、弟妹たちに目を配り、私たちをいろんな危険から遠ざけるように精一杯、努力した。また芯が抜かれたようになっていつも倒れそうになっていた父を力を尽くして支えていた。

兄弟姉妹四人が父母について議論したこともあった。

「母さんは勝ち気で負けず嫌いだ。でも、母さんの強さがなければ、父さんは何回死んだか分からないよ。あんなにいつも険しい状況におかれているんだもの。ぼくたちだって母さんがいなければ生き抜いて来られなかったはずさ。母さんはこの家族のために茨の道を開き、ぼくたちを連れて生きてきたんだ」と兄は感慨深く母のことを話した。

「お父さんは？　善良すぎるよね」。私は言った。

「善良すぎると言うより……。さあ、どう言ったらいいかな——、闘争性が全然なくて、骨がないようだ。男らしくない」。兄は父の性格を基本的に否定する評価をした。

その時から、私は父の極端なほどの無闘争性を改めて意識した。父は人とつきあうとき、自分を卑下しすぎる。患者に対しても、普通の医者のように人を見下す態度を見せないばかりか、かえってへりくだったような姿勢をとった。

父は無能な人物だと見られがちだった。馬鹿にされたり、軽蔑されたりしたことが、しばしばあった。私たち子供から見ても耐えられず、父に不平不満を漏らすこともしばしばあった。だが、父は、「どんな態度をとるかは相手の自由で、こちらには何の影響もないじゃないか。どうして気にする必要があるんだい」とにこにこして言う。理由もなく他人に権利を侵害されても、敢えて争わない。それに対して私たちの方が憤って、父のかわりに争おうとすると、父は「冤家益解不益結《イウアンジャイジェブグイジュ》〔敵対関係は解くべし。作るべからず〕」という中国の格言を聞かせ、私たちに「許す」ことを勧めた。

ふり返ってみれば、その言葉は、実は父がしばしば口にした言葉だった。父の中の「闘争性」を点数で言えば、「零点」だ。父の中には、魔法の達磨のように無限の敵意を飲み込む余地があるようだった。相手が、その敵意の矢を全部放し尽くすまで、父は鵜のようにそれを飲み込んだ。世の中で父に対決の相手とされたものは一人もいなかった。

しかし私たち子供は四人とも、誰も父に教えられたようにできない。言うのは簡単だが、人間だから怒りや恨みが出るのは当然のことだろう。それは一体どういうふうに父の中で消化されたのか？私たちには百回千回考えても分からないことだった。父の心には「恨む」という場は用意されていなかったようだ。

「父さんのような人間にはなれないが、なろうとも思わない。そんなふうになったらこれから世の中で生きていけないから」。それは私たちの共通の結論だった。

このおしゃべりの時間に、父と恋人英《イエン》との関係も母の口からいくつか明らかになった。

父と幼なじみの恋人英との関係は、大学時代まで続いた。しかし、婚約しようとしたとき、曾祖母の激しい反対にあってできなかった。理由は、英が色黒だからということだった。英はその後、抗日戦争のゲリラに参加していた。その後、一九三八年の冬、日本軍の「三江《サンジアン》〔黒龍江、嫩江、松花江〕大討伐《ダトオファ》」の中で、所属していたゲリラ三十人とともに戦死したという噂だった。しかし、英は死んでいなかった。一度父に会いに長春に来たが、母と腕を組んでいる父の姿を見て、英は密かに長春を去った。その後延安に行き、革命活動を続け、新中国が成立する際に、共産党の高級幹部として斉斉哈尓《ハルピン》に戻り、そこで自分の家庭を作ったという。

それを聞いて、私が九歳の時のことを思い出した。具体的なことは、「文革」のあとで分かったのだが、父と英とは、一九五八年北京で三十年ぶりに再会した。その後、二人の「重温旧夢《チォンジュマン》〔過去に体験した夢のような出来事を改めて体験する〕」の現場で、二人は党の組織に捕まったそうだ。当時私には何も分からなかった。ただ、その時の父の真っ青な顔と母の泣き声を覚えている。

ある朝、学校に行く私と妹を、父は後ろから追いかけてきた。父の勤め先の第二病院と私たちの小学校との分れ道に来た時、

「鳳《フォン》ちゃん、ちょっと父さんの部屋によってくれる？　ノートをあげるから——」。何かあるように感じて、私は迷いながらも父に付いていった。傍にいた妹は、私の手を引っぱり、「私もいっしょに行

く。私もノートがほしい」と言った。父は妹の手を私の手からふり解いて、「早く学校に行きなさい。きみのは、後で」と言った。あまりに無愛想な態度は、普段の優しい父とはまるで別人のようだった。妹は涙ぐんで私たちを見ながら学校へ向かった。

主任室に入ると、父は引き出しから一冊のノートを出して私に渡した。何か言おうとしたようだったが、

「じゃ、学校に行きなさい。これをあげる。遅刻しないように」と言った。急に、早く私をこの部屋から出したい気持ちになったかのように。

私は当惑して父の顔を見た。父の表情は、私の心を震わせた。私は心を残しながらドアのほうへ足を運んだ。ドアの取っ手に手が触れたところで、

「これから、よくお母さんの言うことを聞いてね。……万が一、父さんがいなくなったら……」と言う父の声が追いかけてきた。私は足がすくみ、ドアに向かったまま泣いた。気のすむまで泣いてから、ドアを開けて、

「万が一、お父さんがいなくなったら、私は死ぬわ」という一言を投げ残して、部屋を出た。

後で考えてみれば、この私の言葉は残酷すぎた。それは父から死の自由を奪ったのだ。頑固な私は何かやろうと決めたら、必ず実行するはずだ。それを父はよく分っていた。

しかし、生きることは、実に死ぬことより辛いのだ。後で調べて分かったことだが、当時父は「道徳敗壊《ダオディバイホイ》〔不倫〕」としてひどく批判されていた。父は何度もみんなの前で反省させられた。長期間自己反省の書類を書いたが、なかなか許されず、半年もの間、父の部屋の明かりはいつも朝までともっ

ていたようだった。

しかし、さらに辛いのは、人々の父に対する態度がすっかり変わったことだった。父が「人間の手本」の座から転落して、「破鞋《ポシエ》〔不倫の暗喩〕」になったと知るや、人々が父に注いだ眼差しは、軽蔑と嫌悪、さらに優越感をもたたえていた。家のなかで、一番変わったのは、中学生の兄だった。彼はまるで息子ではなくて、犯人を裁く司法官のように父に対していた。その頃、兄は出かける時いつも大きなマスクをかけていた。家に入ってくると、そのマスクを外して、いまいましそうに父の前に投げて「おかげさまで」と言いながら父を睨んだ。

私は、訳も分からずに、父がこのすべての侮辱を忍ばなければならないのは、何か私に原因があるのだと思い込み、父が侮辱されるのをを見る度に、自分の心に傷を重ねていった……。

その後、文化大革命を経て、心が滅茶苦茶に蚕食され、空っぽになると、かえって傷なんか気にならなくなった。

その件では父は死ぬまで兄から許されなかった。そういう兄のこだわりは無形の咎めとなって、日々父の人生に重荷を負わせつつあった。ところが、父の突然の死によって、兄の咎めの矢は兄自身に返ることになり、兄の心に大きな傷を残した。去年、帰省して、父の墓参りに行った時、父の骨壺のそばにあった英が捧げた小さい花輪がなくなっていることに気がついた。花輪は兄に捨てられたと分かった。その花輪がなくなった空間を見つめて、私は、背徳者への憎しみと父親に対する愛情にさいなまれた兄の歪んだ顔が見えたように思えた。

農村に生活していた一九七二年九月、中国と日本の国交正常化が実現された。以来、第二病院を訪ねて来る日本人学者なども増えた。そのたびに父は通訳として第二病院に呼び戻される。父の達者な日本語は初めて脚光を浴び、「日本通」としてみんなから羨望の眼差しを浴びた。いままで隠蔽された過去の日本人との関係も日の目を見る権利を得て、私たちに語られた。親たちと岩田とのつきあい、母と小園との友情、父の日本留学の夢……。

その時、私は父になぜそれほど日本に留学したかったのかと聞いた。父は「世界最古の『黄帝内経』が日本の京都の仁和寺に預けられていると、大学時代に日本人の先生から聞いて、それを読みたかったからさ——」とこともなげに言った。私は内心少しがっかりした。あれほど夢見て、あれほど自らを苦しませる因子になった日本留学。もっと、もっともらしい理由があるはずなのに。

父は私たちに日本語を教えようと提案したが、最初、喜んで応じたのは妹だけだった。私と弟は読書に夢中だったから。ところが父が妹に一年教えているうちに私たちも仮名や簡単な対話などを覚えていった。結局妹は大学に入ってから英語の勉強に集中して、その時の日本語を活かすことはなかったが、私と弟はそのほんの少しの日本語の勉強を基礎として以後独学で仕事の中で使うようになっている。父の日本語の発音は正確だった。しかし、私は父について発音の練習をまじめにしなかった。家から離れた時、私は父にテキストを読んでもらい、テープに入れた。今も時に自分の日本語の発音のまずさに困って、そのテープを聞くことがあるが、そのたびに日本人とほとんど異ならない父の正確な日本語の発音に感心してやまない。

その時から、日本と日本人のイメージがはじめて血肉を伴ったものとして、暖かい人間の匂いを立てて来た。小さい時伯母が語ってくれた美しい扶桑の国のイメージは、その後さんざん泥まみれにされたが、泥をつけたまま、再び新しい魅力を持って私の心を引くようになった。

父の変化

四合《スホエ》人民公社に来た「六《リュ》・二六医生《アルリュイシアン》」の中には、もともと第二病院で活躍した腕の良い学術権威者がいて、彼らはすぐさま医療の主力になり、人民公社衛生院の大きな存在になった。しかし、父は違った。父は、県の中での最高級の知識人で、最高の給料をもらっていたが、現代設備になじんだ父は、この偏狭で小さい人民公社衛生院では、仕事らしい仕事はほとんどできなかった。毎日、父は形式的に出勤して、大部分の時間は、家で過ごしていた。父は、庭で野菜を作ったり、家族のために料理を作る方に熱心だった。

しかし、ある出来事をきっかけにして父はすっかり変わった。農村に来た翌年の春のことだった。父は、新しい料理のメニュー――「米粉肉《ミフェンロ》」を作るために、一所懸命に餅米を砕いていた。その時、庭に馬車の音がして、いきなり二人の五十代の農民夫婦が家に飛び込んできた。父を見ると、二人ともひざまずいて、「張先生、息子の命を救ってください、お願いです」と言いながらしきりに叩頭《こうとう》した。涙と鼻汁だらけの顔だった。父はただ目の前の情景に呆然とし、驚きの目で農民夫婦を見つめているだけだった。二人の話によると、この夫婦の一人息子は、三十代の農民で、三人の子供と妻と両親とともに生活している。その彼が尿毒症にかかった。公社衛生院では治療できず、五十キロの道を馬車に乗って県立病院にいったが、「不治の病」と言われ帰された。ほかの「六・二六医生」の口から、父が尿毒症の治療の権威だと聞き、そのまま私の家に来たというのだ。それを聞いた父は、仰天した。確かに父は尿毒症の病人を何人も治癒させたことがある。しかし、それは、第二病院の最新の設備を利用してできたことだった。本当のことを言えば、父は農村に来てから、積極的に治療活動に身を投じようとする姿勢がなくなっていた。むしろ「解甲帰田《シェジャグィテァン》〔武装を外し、田園に帰る〕」の気持ちでいるようだった。

父は、「申し訳ないができません、できないのですよ。命を救うなんて、今の私にはできないのですよ」と、恐縮するばかりだった。農民夫婦は執拗に地面にひざまずき、「この子が死ぬなら、私たち一家も生きられなくなります。私たち家族は彼に頼るしか生きてゆけないのです」と言いながら、しきりに叩頭をした。

長い時間懇願し続けたあげく、農民夫婦は諦めるしかないと悟り、大声で泣きながら息子が乗った馬車を引いて帰っていった。

部屋に残された父は、「米粉肉」など作る気持ちもなくして、オンドルに横になって、天井を見つめ続けていた。

この時の父が身を持って感じた矛盾は、期せずして毛沢東の「六・二六指示」に言いあてられていた。一九六五年六月、毛沢東の衛生工作についての指示「六・二六指示」が発表された。その中で、「現在の医療工作は、全人口の一五パーセントの者に対しての仕事しかしていない。（……）大多数の農民は治療を得られず、医も薬もない。（……）医学教育は改革しなければならない。（……）現在の医療は民衆から離れ、大量な人力、物資を高〔レベルの高い〕、深〔研究の深い〕、難〔難病〕に投入している。もっと普通の病気、多発病、普遍性をもつ病気の治療を重視しなければならない。現在の病院の医者は少数の必要な者を残して、ほかは全て農村に行くべきである」と述べた。

父は長い間、現代設備のもとで難病治療の研究を深め、確かに成果をあげたが、農民たちの日常の病気の治療など、どれほど念頭におかれていただろうか。小さい時、曾祖父から教えを受けた土俗的な漢方医学の治療方法など、もはや記憶の奥底に埋まってしまっていただろう。

その農民夫婦の来訪が父にもたらした変化はいったい何なのか。今でもこうだと言いきることはできない。だが、父が確かに変わった、と私は実感した。その日から、父の猛勉強が始まった。毎日電気や医学の本、漢方医学の本などと取り組んで、夜遅くまで小さい机に向かって、考え続けていた。夜中に目を覚ましてみると、四本のろうそくに向かっている父の背中が見えた。

半年も経たないうちに、一つのポケット型の「水蒸熱電気治療器《シゥイヂェンラェデンチヂリョチ》」が作り上げられた。父はそれを使って、不思議な治療効果を上げた。農民たちの多発病――喘息、腰痛、婦人病にはとりわけ効果があり、尿毒症をはじめ、中風、子宮不正出血、小児麻痺などの難病にも効果が見られた。父は急に忙しくなり、父の治療を待つ人々が列を作った。県政府の幹部が車で迎えに来ることも、農民が馬車で出迎えに来ることもあった。父は誰の依頼も断らず治療に出かけていった。夏は麦わら帽子、冬は犬の皮の帽子をかぶって、果てのない畑の中の細い道を歩いている父の姿を見ると、妙な感動を覚えた。

まるであの「大字報」の漫画の前で粉粋されたガラスの花瓶が再び修復されたかのようだ。泥だらけで、もう美しくない。しかし丈夫だ。投げられても壊れない。黒い大地の土に包まれたから――。

父の「気」

農村に移って来た時、長春から運んできた家具は家の中に納まりきらず、ほとんど外に放置されていたため、風雨にさらされ傷んでしまった。本はダンボールの中に入ったまま積まれて、簡単に取り出して読めなくなった。それでも、父の漢方医学の本だけは手の届くところにあった。退屈しのぎに、私はその本を読み始めた。その中に『黄帝内経』もあった。分からないながら何か不思議なものに心が魅かれて読み続けて、いつしか身に付けたこともあった。

それをきっかけにして、私は父の「気」の話の興味深い聞き手になった。――この世で、父の「気」についての唯一人の聞き手だった。

『黄帝内経』は、漢方医学の理論の源になる本で、完璧なまでに、人間の身体の特別なシステム――「経絡」体系を構成している。人類史上最も偉大な「奇書」の一つと言われるこの本は、宇宙、人生、人間と自然、人間の生命構造、生命規律、元気と病気の弁証関係などについて、独特な見解を著わしている。父は、その一番の要は、「気〔陰陽二気の融和統一体〕」を中心とする「融和」と「統一」なのだと言った。

ある仲秋の午前。于家《イウジャ》人民公社の山に霊芝《イウン》があると聞いて、父といっしょに出かけた。朗らかな秋の天気だった。高い空に「馬尾雲《マウェイイウン》」と言われた雲が本当に馬の尾のようにたなびいている。私と父は、トウモロコシの畑の中の細い道を潜り、また果てもない黄色の粟の「海」を渡り、于家の山地に着いた。

于家は、東北平野の中でめったにない半山区だった。東北の山野は、色づくのが早い。木々たちはすでに完全な秋の装いをしていた。深い緑色になった松、まっ赤な色の葉の楓、茶色になっている楡、淡い黄色に淡い赤色が混じった装いの杏の木や桃の木。柔らかい枝をわずかに揺らしている柳……。

山野の景色が子供の時曾祖父といっしょに薬草を取ったことを思い出させたのだろう。父は曾祖父から聞いた話を私に語ってくれた。

昔々、父の先祖は南陽《ナンヤン》郡〔今の河南省南陽市〕付近の「張家湾《チャンジャワン》」という村に住んでいた。その村には代々伝えられている医術があった。しかし、その医者の後継者となる者は、家族の後代ではなく、村の中の優秀な者が選ばれる。後漢末期（一四三－二一〇年ごろ）に、医者に選ばれた張伯祖《チャンボズウ》は医術の奥妙を得て、治療効果が意外に良く、長沙、洛陽あたりで有名な医者になった。その弟子はさらに天啓〔お告げ〕を得て、神秘的な医者になった。それがすなわち中国の漢方医学の宗師張仲景《チャンチオンジェン》だった。

張仲景は「天の気」に加えて医術と知恵に恵まれた人だと言われる。ある日、張仲景が桐柏山《トンバイシァン》で薬草を採集していると、一人の病人が診療を求めてきた。脈を診て、「人間の脈ではない」と、驚いた張仲景は相手の顔を眺めた。なんと病人は年老いた猿だった。長らく病気に悩んでいたと苦しい心中を述べた。張仲景が猿の「気」の塞いだところを通らせて持ってきた丸薬を与えてやると、一服で治った。猿は感謝の気持ちで、人間がとどかぬ険しい岩に登り、一本の「霊芝」をとってきて謝礼として張仲景に贈った。得がたい薬草に喜び、張仲景はそれを使って「不死の薬」を作ったそうだ。

「張家湾」には二百人以上もの人が住んでいたが、建安初年（一九六年ごろ）から十年足らずの間に、三分の二が死んだ。その原因は七割が傷寒病《チフス》だった。人々を救うために、張仲景は『黄帝内経』など古来の医学の本を研究して独自の治療方法をまとめた。それが、すなわち漢方医学の金科玉条と言われる『傷寒論』だ。

父は大地に生えている薬草のことを教えてくれた。馬の歯の形をしている「馬歯草《マチツォ》〔スベリヒユ〕」は、下痢にきく。馬の舌の形に似て、野菜として食べられる「馬舌菜《マシエツァイ》」は、糖尿を治すものだ。草の蔓が線状に伸びている形をした「菟絲子《トウスズ》〔ネナシカズラ〕」は、兎たちが骨の怪我を治すのに食べるところから、こう名付けられた。

生気があふれている大自然の風貌は、父から「気」の話を誘い出した。いつものように父はまた難しい『黄帝内経』の言葉を出して、自分なりに解釈をした。

山川草木にも「気」がある、と父は言った。「木々たちは、それぞれ「気」を持っているのだよ。人間がそれと「気」と交換するならば、病気が治せる」

「胃腸の冷え性は？」と聞くと、

「それなら、棗《なつめ》の木が一番いいかな」と父は答えた。周りを見回しても残念なことは棗の木は近くになかった。

父は「きみは咳をしているだろう。あの杏の木と『気』を交換してみよう」。父に教えられたようにしたら、気管のところに塞いでいる何かが吸い込まれたように、本当に「気」の通じ合いが感じられ

た。ふと気づいて、「でも、お父さん、これで私の病気が杏の木に移って、彼女が病気になったらかわいそう」と言うと、

父は笑った。

「木々たちは人間より『天』の『気』に随順しているから、きみの持っているぐらいの病気は、木たちの害にならないのだよ」と言った。

杏の木は、肝臓、腎臓、胃、膵臓の病気を治せる「気」を持っている。特に胃と腎臓に役に立つ。桃の木なら、精神を静めるのに効果がある。松の木は、解毒、血を清める、眼をきれいにするのに効く。などの話が印象深かった。また、松の木の「気」は、頭痛や難聴、膿腫などが治せる。楡なら、便秘や胃腸の熱などが治せる。父は、木の幹に出てきた油のようなものを、「木の涙」と言い、それには抗癌作用があるとも言った。

その日、父は文革時代の一つの出来事を思い出した。

一九六六年秋のある日。体中が紫色になった青年が病院に運ばれてきた。ある中学校の五人の女性紅衛兵が、退屈な時間をもて余して、「黒五類」出身のこの青年を部屋に呼んできて、ベルトを鞭にして打ち始めたということだった。蹴られたり、鞭打たれたりしたあげく、気を失ってから路傍に捨てられた。それを、同僚が見つけ、父の病院に運んで来た。当時、自分の革命性を鮮明に表すために、「黒五類」の人たちの治療を断わる医者も少なくなかった。父は、敢えて、この青年を患者として引き受けたが、全く手の施しようがなかった。彼の身体は重い病いや重傷という域を超えて、人間の手に

よって破壊されつくしていたから。

でも、なぜ？　私は不思議に思って父を眺めた。そのことが、「天の気」の話と、どこにつながっているのだろうか。

「その人はどうなったの？」という私の問いに、

「腎臓破裂で死んだ……」と父は答えた。

そして「なぜそこまでやることができるのだろうか。人間は人間を殴る時、痛みを感じるはずなのに――」。父は掘り出した薬草の根の泥をふり落としながら言った。

「何？」私は父を見た。

一瞬、頬を歪め、父は口を閉じた……。


その日、霊芝は見つからなかったが、父が長い間探していた「蘭草《ランツォ》」が見つかり、父はうれしそうだった。それは糖尿の治療に有効な薬草だそうだ。糖尿は、父が攻め落とすことができそうな病気の一つだった。父は漢方医学と電気治療器との結合に、糖尿に有効な方法を見つけたようだった。残念ながら、父の突然の死によって、それは、整理されずに、父といっしょに旅立って去ってしまった。

ある春の日。家に配られた「自留地《ズリュディ》〔自分で利用できる土地〕」にじゃがいもを植えるために、私と父は朝から、じゃがいもを持って畑に行った。

うねを作ったり、肥料をやったり、種芋を埋めて、全部の仕事が終わった時、すでに夕日が地平線に落ちているところだった。

臙脂色〔洋紅《カルミン》〕の大きな太陽がはっきりした輪郭を描いて沈んでいて、その優しい光を大地に撒いて、大地や家々や新緑の林などに薄い透明な赤いシャツを着せていた。

耕されたばかりの黒い土から泥土の匂いが漂っている。遠くどこからか「布谷鳥《プグニョ》〔郭公〕」の「布ー谷ー《プーグー》、布ー谷ー《プーグー》〔種を蒔けの意〕」という鳴き声が聞こえてきて、付近の小さい林からは「ギーギー」と「喜鵲《シチウエ》〔鵲《かささぎ》〕」が喜びを伝え楽しく笑うような声も聞こえる。春の夕靄の中で、父の治療についての話を聞いた。

実は、電気治療器とか放射線治療器とかを、人間の体に当ててはいけないと父は考えるようになっていた。人間の体には「丹田」を中心とする「磁場」のような「気の場」がある。それは「天の気」を感知して、「天の気」と同じリズムをとって運動する機能を持っている。電気治療器の電流が入ると、その「気の場」の自然の働きの邪魔にもなる。人間の体の潜在力は、はるかに電気治療器という人工的なものを超えるのだ。父は晩年になればなるほど、畢生の心血を注いだ電気治療器の限界が分かった。しかし、現代人の身体は、拘束服のようなものを身につけていて、気の場と天の気との通路が塞がれている。電気治療器はその通路を通らせるのに役に立つと父は言った。「だからね……」。父はまた言い添えた。「電気治療器を使うと同時に医者の気が働かなければ、病気治療にならない。医者そのものが『薬』だ」。

父は現代人の身体に応じて、漢方医学の理論に独自の解釈を与えた。人間の「身体」は人によって邪気の入る場が異なり、身体の経絡の塞がれた場所はそれぞれだ。同じ病気でも異なる。例えば一口に「糖尿」といえども、人によって、一概に言えないほど種類が多い。「陰虚」は糖尿の基本的な原因だと考えられる。父は、糖尿を肺臓、胃臓、腎臓という三臓の気の閉塞としてまとめた。父は曾祖父から「密伝」してきた「ツボ」を活かして、治療された者との気の交流を実感しながら、電気治療器を使い独自の治療効果をもたらした。

薬草を取った時、「天の気」の話の間に紅衛兵に殴られて大怪我をした青年について話した父の話を思い出し、その時、父の顔を掠めた陰を思い出した。人間は人間を殴る時、人間の身体がぶつかりあう時、自分の痛みと他者の痛みを同時に感じるはずだ。なぜなら、人間の最も深いところに痛みを共有する感覚を備えているから。それはもともと人間が持っていた感受性なのだ。しかし、対立と闘争を主張しそれをくり返す人類文明史の中で、その感受性が抹殺されてきた。特にそれを極端にまで強調する文化大革命の中で。そのことを父は身をもって思い知った。父の体にも造反派に殴られた傷がたくさん残された。その傷の痛みは父のなかに深く深く浸透したが恨みに反転することはなかった。父はその痛みのしみ込んだ体をもって、世間からの全ての敵意と対立を飲むように生きていた。しかし、いくら飲み込もうとしても飲み切れない。体の痛みはいつも父に語っていただろう。それなのに、人間の身体の奥深くの、大いなる天の気の通路と通じ合っている、そのところに、人間と人間、人間と木々、小さい身体と大いなる天の気との隔たりのない世界が存在している、そこに対立と闘争を融合と和解に転じる道がある、それを父は執拗に信じていたようだった。それは『黄帝内経』のなかにちゃんと書き残されたことだが、父は自分自身の治療活動の中においても実感していたことだろう。その通路をたどり、みんなと共にその隔たりのない世界へ行くことが父の夢なのか。言葉にならなかった、父のもっとも深層的な夢——。

「集体戸」生活・林彪事件

一九七〇年下旬、四年間も中止された大学の入学者募集が始まった。従来の試験制度が廃止され、工場、農村、軍隊から入学者を推薦することになった。農村でよく働き農民に好感をもたれていた兄は、最初の入学生として医科大学に推薦された。しかし、「政治審査」で不合格になって入学できなかった。当時のいわゆる「政治審査」は本人の政治的な行動、経歴を審査するのではなく、単にどの出身に属しているかだけ問題にするものだった。兄が不合格になったことが、母に与えた打撃はまた大きかった。日々目に見えるほどしわが増えていった母の顔を見て、ある時私に神の力が与えられたら何より最初に、兄を大学に入学させたいと思った。

一九七一年九月十三日の「林彪《リンビョ》事件」をきっかけとして、文化大革命の第二期といえる五年間に入った。

「毛沢東的親密戦友《マォツォドンダチンミヂャンユ》〔毛沢東の親密な戦友〕」、毛沢東崇拝の発起人、その潮流を導いた林彪が、クーデターを起こし、毛沢東の謀殺と別の中央の設立をもくろんだが、失敗。飛行機でソ連へ逃亡しようとしてモンゴル領内で墜落死した。林彪の毛沢東暗殺クーデター宣言——「『五七一工程《ウチイグォチュン》』紀要《ジヨ》」のなかでは、「毛沢東らの社会主義は実質的にファシズムであり、彼らは中国の党と国家を殺しあいとパージの挽肉機に変えた。党と国家の政治生活を、封建的専制独裁の家長制の生活に変えてしまった彼は、真のマルクス・レーニン主義者ではなく、秦の始皇帝のやり方を執行する中国史上最大の封建暴君である」と述べた。

毛沢東によって引き起こされた文化大革命は、最初から解決不能の矛盾を孕んでいた。毛沢東は早くに人類文明の行方の錯誤を直感したようだった。今の視点で見れば、毛沢東には現代社会の弊害を見通したところがある。例えば学校教育、現代医療、社会体制などについての指摘は、その弊害が顕在化している今日では、三十年前の毛沢東の考えが、ずばり的を得ているところが多々あると認めなければならない。毛沢東はより理想的な社会を彼の人民、さらに世界の人民のために築こうとして文化大革命を引き起こしただろう。文化大革命とは、文字通り、今までの人類文化に挑戦する革命なのだ。しかし、残念ながら、生ま身の人間としての毛沢東は、彼が置かれた時代と自身の限界を超えることができなかった。

「不破不立〔とりあえず破壊する。古いものを破壊しなければ新しいものが樹立できない〕」というスローガンのもとに、既成のものはいきなり破壊されたが、樹立しようとするものはとうとう樹立されなかった。毛沢東の既成の社会の行方についての洞察が鋭く、古いものに対する破壊は有力だったといえども、彼の未来に対する展望は無力で貧弱だった。彼が言葉で描いた理想社会は幼かった。それは農民的な発想に、毛沢東自身のマルクス主義に対する硬直的な理解を加えたものに過ぎなかった。そのようにして、毛沢東の垣間見た理想を文化大革命によって実現しようとする初志は、自身と時代の限界によってねじ曲げられて、幾重にも屈折した形で表出された。それは野心家や陰謀家に利用されることによって、また、民衆の理解力の限界によってもさらに歪曲された。林彪といういびつな人間の産出は、そのような矛盾した現実の具象化ではないか。

生ま身の人間である毛沢東を神にした「指鹿為馬《チルウェイマ》（鹿を指してこれは馬だと言う）」という神話は、その神話の製造者林彪自身によってそれが嘘であることを言明された。しかし、五年来、毛沢東崇拝の中で「嘘が嘘だ」と言うだけで、どんなにたくさんの人が迫害され、死ぬことを余儀なくされたことか。張志新《チャンチシン》のような普通の党員幹部はもちろん、新中国の政権の成立に大きな功を立てた彭徳懐《ポンデホイ》、羅瑞卿《ルオレチエン》、賀龍《ホエロン》など毛沢東と肩を並べた人々さえ迫害の運命から逃れることができなかった。毛沢東崇拝の中で陶酔していた毛沢東は、毛沢東崇拝の反対者を邪魔者として見、彼らを排除しようとしてその全ての迫害を黙認した。しかし林彪事件が起きて、毛沢東崇拝を熱狂的に押し上げた林彪の真相が曝露されたことに従い、毛沢東自身も陶酔の熱波の頂点から転落してしまったのだろう。それからいままで林彪に迫害されていた者に対しての見方に逆転が生じてきた。

一九七二年一月六日、元国務院副総理・外交部長陳毅《チュンイ》元帥が病没した。文革の始まった一九六六年九月、陳毅は「反右派闘争の時、四十万人がやられ、世世代代の怨讐が結ばれた。こんなことをして何の意味があるのか。文化大革命はこのままでいったら、八十万人以上の人々が難をこうむるだろう。大変なことだ」と文革に対して異議を唱えた。そう言った陳毅は長い間林彪一味の迫害を受け、とうとう癌でなくなった。その追悼会が一月十日、北京の八宝山革命公墓礼堂で行なわれた時、毛沢東は突然、寝間着姿のままそこに現れた（新聞に写真を掲載するにあたっては、オーバーの下から寝間着がはみだしている部分をカットされた）。その時陳毅の妻に毛沢東は再三、「陳毅は良い同志だ、良い人だ」と言った。そしてその場に居合わせた周恩来《チォエンライ》、葉剣英《イエジャンイイエン》らを指して次のように言った。「もし林彪の陰謀が成功していたら、ここにいる我々老人たちはみんなやられていたはずだ」
あれほど文革に批判的であった陳毅に対する毛沢東の態度の変化は、五年来絶対に不動のものと定められた文革の観念に大きな動揺をもたらした。「党内第二号走資派《ダンネイディアルホズパイ》」と名指された鄧小平に対する毛の態度もかわり、「鄧は人民内部の矛盾である」と言った。十億の中国人の運命を逆転させた鄧小平《デンショピン》の復活がそこから始まった。

個人崇拝の裏に隠された嘘が「林彪事件」によって暴露され、毛沢東崇拝のブームのなかで盲従した人民も目が覚め始めた。毛沢東自身が受けたショックは大きかった。見せたくない自身の闇の一面、いままで誰も言えなかったこと、それが、林彪の『五七一工程』紀要」によって鋭く指摘された。林彪、この「親身な戦友」があれほど毛沢東を誉めたのは、彼を理解したからではなく、陰謀を実現するための偽装に過ぎなかったのだ。結局、自己の醜い欲望の一面が見ぬかれて、利用されたが、掲げた文化大革命の理想を実現しようとする面は誰一人理解した者はいなかった。理解しようとした者さえいなかったようだ。垣間見た理想は美しくて、魅力的のようだが、それを現実の中で実現する時、なぜこれほど惨めな形になったのか。毛沢東の内なる苦痛・困惑は深刻だっただろう。理想が破滅したことと、それが破滅した後の厳しい現実を直視できないことによる矛盾にさいなまされた毛沢東は、とうとうバランスが取れなくなって崩れてしまった。

一九七一年初冬。毛沢東は急に病気で倒れた。超人的な知恵とパワーを内蔵した巨大な体は、魂が抜けたように無力になって横たわった。専属のカメラマンの思い出によれば、毛沢東のイメージはそこからすっかり変わったという。病気の前とその後では、レンズに写る毛沢東はまるで別人のようだった。明るい輝きのある顔、強健な体、生き生きと談笑する毛沢東は、さめた顔色、うつろな眼差し、緩慢な動作、沈黙無言の毛沢東へと変身した。それからの毛沢東はいつもソファの中に無言のまま身を埋めていた。その大きな苦痛をこらえている表情に、身辺の人々の心はすくんだ。

既成の文化を根底からつぶし、新たな文化を生み出そうとする毛沢東の意志によって逆巻く怒濤のように発動された文化大革命は、五年を経て、何の方向も見えないまま流産されそうになった。ねじれの中で生み出されたものは奇形のものに過ぎなかった。しかし、この奇形のものを見捨てることは、文革の錯誤を認めると等しい。それは毛沢東の自尊心が許さない。さらに求めた理想を否定することもしたがらなかった。文革の正しさを証明する有力な証拠を現実に見出せないまま、毛沢東は「文革は正しい」と、主張し続けた。その後は、「文革は錯誤である」としてそれを是正しようとする周恩来、鄧小平たちの努力と、個人的文革を利用し自分の都合によって動かそうとする「四人組」との闘争が続いていた。文革の是正を、文革の正しさを主張する毛沢東の許可を得なければならない周恩来と鄧小平の努力は困難極まった。

以後周恩来が掲げた「批判極左思想《ピパンジィツォスチアオ》〔極左思潮の批判〕」というスローガンのもとで、失脚していた幹部が次々に職に復帰し、経済も復興し始めた。大学の入学者の募集のほかに、工場や企業にも労働力が必要になり、下放された知識青年に引き上げ〔都市に戻る〕のチャンスも出てきた。こうした就職や入学に際して、下放されていた知識青年たちは、厳しい競争に直面し、再び出身の差別が顕在化することになった。さらに、たくさんの応募者の中から誰を選ぶかは、特定の一人の権力者が決めるから、出身よりもコネのほうが重要だった。大学入学に関することは、ほとんど省や市の権力者によって決定されたから、この時、大学入学は、復権されたもとの高級幹部の子供たちの特権とも言えるほどになった。わずかに残された入学の定員は、県の幹部にとられ、さらに残ったのがあれば、人民公社の幹部にとられた。大学入学をあきらめた大多数の知識青年は、工場への就職に集中した。採用について人民公社の幹部や生産大隊の幹部が決定権をもっていたので、当時それらの幹部を買収することは公然の秘密になった。

一九七三年九月、ちょうど私が高校を卒業する時期のことだった。町から下放された「知識青年」たちはすでに次々に町の工場などへ引き上げている。新しく来た者も働きながら町に戻るチャンスを待っていた。しかし、「六・二六医生」の子供は、当地の者として扱われ、町に戻る可能性は知識青年に比べてとても低かった。私の未来を考えて、両親は、裏のルートで私を「知識青年」として「集体戸」に入れることにした。

そうして、私は家から十五キロぐらい離れた于家《イウジャ》人民公社大岡《ダグアン》生産大隊、第一生産小隊の「知識青年」の「集体戸」に入った。集体戸の家は、村の一番南にあった。北は生産隊の事務室だった。東には小さいポプラの林があった。朝、太陽が林の向こうから登る。網の目のような木の枝を通して見た朝日は、ベールをかけた恥ずかしがりやの女性の顔のようだった。南は「場院《チアンウィアン》」といって、収穫した食糧を乾かすための広い場所だった。西は、地平線まで無限に広がる草原だった。

この地域は、吉林省の西北部にあり、半農半牧の生産形式だった。すなわち、収入の半分は農業から、もう半分は牧畜から得る。生産隊には二十数頭の馬と六十数頭の牛、百頭ぐらいの羊がいた。

そこで私は初めて農民の生活を体験した。私が入った中国の北方の農村は、中国の農村でも貧しいほうだった。収入は年によって違うが、その年は、いいほうで、一日平均七角《ジョ》〔今の日本円の十円〕だった。一年三百六十五日、休まずに働いても、二百五十五・五元《ユアン》、父の一ヵ月の収入よりやや多い程度だ。普通の人は一年を通してズボンを二本しか持っていない。寒い時は綿入れズボン、春になると、一枚布のズボンをはく。靴下はない。食生活には油も砂糖もない。正月に一頭の豚を殺して、その肉を売り、手元に残ったラードを一年間大事に保存するが、特別な場合しか食べられない。それに対して、労働の量は大変なものだ。年に三回の耕作は一番大変な労働だった。農民たちは太陽とともに働く。昼が一番長い六月は、ちょうど耕作期にあたり、一日中大地に向かって鋤で耕す。初めて農民と共に一日の労働を終えた日、帰り道は、足が重くて一歩一歩運ぶのが精一杯で、体は泥のようだった。その肉体労働の中で過ごした一年は、自分自身の肉体的な存在がもっとも実感された時期だった。

一年は大変だったが、楽しいこともあった。この地域は長春周辺の農村より、土地のゆとりがあるようで、村の近くの土地は限定されていたが、遠い山には自由開墾の土地もあった。その山の中の畑を耕しにいく時、山野の素朴な景色に心が和んだ。秋、トウモロコシが成熟した時が第三回の耕作時期だ。その頃には、昼ご飯を持たずに出かけ、たくさんの木の枝を拾ってきて火を付け、燃え盛った火が静まった時、トウモロコシを皮のまま入れる。皮の最後の一重が残された時が、ちょうど食べころとなる。その美味しさはいまでも懐かしい。

ある春の朝、「雨だよ」と隣に寝ていた仲間が、私が目覚めたのを知って、声をかけてきた。そうか、今日は働かなくてもいいのだ。雨の日は私たちにとってありがたい休日だった。また頭を枕にぐっとつけて眠ろうとしたら、「ミエーミエーミエー」という声が聞こえる。耳をすますと、羊の声のようだが、どこか子供の泣き声のような哀れさが感じられた。私はとうとう眠れなくなって起きあがった。外に出ると清新な春の雨の匂いが身体一杯に入ってきて、心身ともに潤されるようだった。いつも地平線が見える西の草原のほうは、もうろうとした煙のような雨に覆われていた。

声がする羊厩に行ってみると、倒れた雌羊の傍に一匹の小さい小羊がいた。その小さい頭は一所懸命に雌羊の乳にくいついて乳を求めようとしていた。しかしまたがっかりしたように頭を空に挙げて「ミエーミエーミエー」と哀れな声を出した。

羊飼が私を見て声をかけてきた。「いっぺんに二匹だめにしてしまう。十二元の損だ」。「何のこと?」不思議に思って、尋ねたらこういうことだった。一匹の羊が生まれると、生産隊全体の収入は人民幣にして六元分増える勘定だが、今母羊が、「産後風《チアンホフェン》（出産のあとの感染症）」で死んでしまった。生まれたばかりの仔羊も乳が飲めなくては間もなく死ぬはずだ。だから十二元の損だという。

「重湯など飲ませたら生かせるかしら」。私は農民の子供に、乳のない時重湯を飲ませることを思い出して、聞いた。羊飼いは首を横にふって、「重湯が足りない」と言った。「粉ミルクは?」と、私が聞くと、羊飼いは噴き出した。「この村の人に順番で聞いてみてごらん、誰かミルクを飲んだものがいるかって。人間でも飲めない贅沢品なのに――」。「じゃ、この小羊を私がもらっていっていいですか」と聞くと、「いいよ。どうせ捨てるものだから」と言った。

私は雨に濡れた小羊を「集体戸」に抱いて帰った。仲間に手伝ってもらい、ミルクを飲ませた。まだ立てない小羊は、おとなしくそれを飲んだ。わずか一日で、小羊は走れるようになった。翌日スキあらば逃げようとして、もう私の思うようにならなくなった。羊飼いに聞いたら、「もう大丈夫だ」と言われた。私は小羊を彼に帰した。

半年後のある日、農民たちとともに畑から帰る途中、羊の群が後ろから追い越していく。背中に赤い夕日を映して、ぶつかったり、すれあったりして走る羊の群れを楽しく眺めているうち、羊飼いが一匹の羊を引っ張って私の前に来た。「これだよ。あなたが救ってくれた奴だ」。びっくりして目の前の大きな羊を見た。逞しく曲がった角、ふさふさした毛……。半年前に私に抱かれた小羊だとはとても信じられなかった。

この村に郭《グオ》という貧しい農家があった。五人の小さい子供と、七十歳ぐらいのお爺さんと、三十代の郭さん夫婦の八人家族だった。郭さん一家は精一杯働いていたが、一年の労働所得は、いつもマイナスだった。豚を売ったお金も借金を返すのに使う。普段使うお金はなかった。家族全員がそれぞれのズボンを持っているはずもない。ズボンのないものが出かける時には、家族の誰かのを借りてはいていく。

郭さんの家族は、みんな朗らかで善良な顔をしている。私に対して特別な好意を表わしてくれた。当時、農民たちはみんな手作りの布靴を履いていたが、私は、町で買ったビニールの底の靴しか持っていなかった。炎熱の夏、その靴で畑を踏むと、足が焼けるようだった。ある日、郭さんの奥さんが私に一足の布靴を持ってきてくれた。ごく普通の紺色の靴だったが、郭さんの家族にとって、この一足の靴を作る布も大変貴重なものだということが、私にはよく分かった。その靴は、とても履き心地がいいものだった。その農民式の布靴を履いた自分の足を見て、私は初めて自分が農民たちと同じ地平に立っていると実感した。それに彼らにとってこの靴の材料の大切さを思うと、自分が心の中で抱いていた農民たちに対する偏見が恥ずかしく思えてきた。

ある日、郭さん夫婦は、急病の子供を抱いて、十元のお金を借してくれと私に頼んできた。子供が急に高熱を出したので、公社衛生院へ連れていったら、肺炎だから、県立病院に行くようにと勧められたと言うのだ。「十元しばらく借してください。後で豚を売って必ず返すから」と誓うように言った。紫色になりそうな子供の顔を見て、私は迷わずに十元のお金を貸した。

しかし、まだ郭さんの家の豚が大きくならないうちに、私はその村を離れることになった。郭さんは私に「あなたがここを出るまでに必ずお金を返します。借金してもお返しします」と丁寧に言った。とうとう私がその村を離れる日になった。私は馬車に乗り、村の人々は、杖を突いた老人もお母さんに抱かれた子供も誰もが馬車の後について見送ってくれた。しかし、その中に郭さん一家の姿はなかった。私は、郭さんが来ることを期待していた。一年間の労働、酷暑厳寒に耐えて、ようやく百四十元の人民幣の収入を得た。それは、父の一ヵ月の給料にもならないが、私にとっては初めての労働所得で大切なお金だった。

しかし、郭さんは来なかった。二十年経った今でもこのことは小さなしこりとなって、私の心に尾を引いている。多分、借金だらけの郭さんは、誰からもお金を借りることができなかったのだろう。あるいは、始めから返すつもりはなかったのだろうか……。ただ、あの暑い夏の日に作ってもらった布靴の履き心地の良さも忘れずに、残されている。

送別の小さな人の群れはまだ馬車の後をついて動いていた。風雨にさらされたあれた肌の顔、黒くぼろぼろの服、靴下もない裸の足首……。

貧しくて無知無力の農民たち。

毛沢東は彼らに私を「再教育」する権利を与えた。しかし彼らは私を「教育」するどころか、執拗に私を「優秀人種」として見て、私が彼らのためにしたすべてを一種の恩恵としてとらえ、深い感謝の情で返そうとした。毛沢東は「農民は、手は泥だらけで足には牛糞が染み着いているが、知識人に比べたらはるかに清潔だ」と言った――。毛沢東が知識人に対して嫌悪と憎しみをもっていたのは確かだったが、中国の歴史をふり返った時、毛沢東のほかに誰が一国の最高支配者として農民たちをこれほど暖かい眼で見たことがあるだろうか。この農村に来なければ、私も父も生涯一度だって彼らに目を向けることはなかっただろう。私は小さい時から高級幹部の住宅区で育てられ、いつも高級幹部の子供たちとの差別に心を傷つけられてきたが、私とこの農民たちとを比べれば、百倍も千倍もの差別があるのではないか。しかし、彼らはそれを当たり前と思い、比べようともしない……。

やがて馬車が速度を増し、見送りの人々も村の家々や木々とともに、次第に遠退いていき、小さい黒い点になり、見えなくなった……。

彼らが幸せになってほしい――。

農村教師

「知識青年《チシチンネン》」から農村教師へ

「集体戸《ジティホウ》」に入っても、なかなか長春に戻ることはできなかった。そのうちに、「知識青年」の町への引き上げはまもなく凍結するとか、「六・二六医生」の子供は当地の青年と同じく当地で採用するなどといういろいろな噂が流れてきた。「集体戸」に残された青年たちも前途を悲観的に語っていた。私が家に帰っていたある日、家族たちは知識青年の引き上げのことを話題にした。町の工場に入った者や、大学に入った者を話題にしながら、未来はどうなるかと、みんな不安をつのらせた。特に農村の戸籍になっていた私は、生涯農民として生きていくことになるかも知れないというみんなの話に、思わず涙ぐんだ。そしてついに、コネや裏取り引きにはまったく無能で、こんなとき何の力にもなってくれない父に対して、恨みがましい気持ちが生じてきた。父はそれを見逃さなかったようだった。

それから、一ヵ月程過ぎた。十二月のある日の夕方。私が「集体戸」の仲間とランプの下でおしゃべりをしていると、ドアをノックする音がした。ドアを開けた私は目の前の情景に絶句した。父だった。顔の周りにはりついた犬の毛皮の帽子の毛は霜で白く凍っていた。強い風に吹かれたのか、目の下に一すじの涙が伝っていた。父は口を開こうとしたが凍りついたように、なかなかはっきりとした言葉にならなかった。

父が言うには、今度大安県に、中・高等学校の教師の短期育成コースが設けられ、農村にいる高校卒業生を対象として入学者を募集しているという。三ヵ月の学習期間を経て、中・高等学校の教師になり、国の公務員の資格が取れる。その情報を聞いた父は、人民公社の社長に頼んで、私のために一つの定員をもらったという。そのための書類を急いで書いて提出しなければならないというので、父は、この氷点下三十度の中、集体戸まで十五キロの夜道を歩いて私を呼びに来たのだった。

三ヵ月の学習を終えて、私は農村中・高等学校の正式な教師として採用されることになった。場所は、私の「集体戸」にある于家《イウジャ》人民公社中・高等学校を選んだ。

出発の日、荷物の整理をしていると、手伝ってくれていた妹が、憂鬱そうな顔をして私の顔をのぞきながら、「お姉さん、これでもう長春に戻ることはできなくなるよ」と言った。たしかに妹のいう通りだ。これで私は知識青年として町へ帰る切符――引き上げの資格を失うことになった。中国では、農村部の公務員が都市部の公務員に転じることは「人口倒流《レンクォダオリュ》〔都市への人口の逆流〕」と言われ、厳しく禁止されているのだ。しかし、「集体戸」にいても必ずしも長春に戻れるわけではない。とりあえず、これで生涯農民になる心配はなくなった。「ほんとうに一生農村の教師でいていいのかしら」。妹は心配そうに言い、ため息をもらした。「分からないわ」。妹のつぶやきは、私が直視したくない現実に直面することを強いた。私は心に浮かんでくる暗雲を無理に払いのけ、わざと明るい顔をして、「そう心配することはないかも知れない。いつか何かチャンスが来るでしょう。今、目の前に一つの道があるから歩いてみるのよ」と半分妹を、半分自分を慰めるように言った。

一九七五年二月、私は于家人民公社中・高等学校に到着した。

于家人民公社中・高等学校は、人民公社の中心区の一隅にあったが、校門はなかった。安広鎮《アングアンチェン》への大通りから下りて、百メートルぐらい土の舗道を歩いて校庭に入る。校庭を真ん中にして、三面に四つの平家建ての校舎があった。北の校舎は教室だった。中学、高校とも二学年、各学年一クラスで、全部合わせても四クラスしかなかった。南には、教師の研究室と事務室、校長室があり、両端に、教師用の二つの宿室があった。東は生徒の寮と、それにつながって、南に向かう二部屋の建物、教師の食堂があった。西の方は、大通りを隔てて、奥深い山林があった。教師の研究室の南は裏庭だが、塀はなく、遠く広がる防風林とつながっていた。

国語の教師は私のほかに三人いた。女性教師は、私を入れて五人だった。人民公社の中・高等学校は、周囲百平方キロぐらいの広さで、人口二万人以上の人民公社内では、最高学府と言われ、教師は農民たちに神様のように見られていた。しかし、それだけに、女性教師の結婚相手の問題は困難な課題になった。女性教師は、みんな独身だった。ほかに教職員数二十人ぐらいの学校だった。

私は中学校二年の国語の授業を担当することになった。十九歳で、教師になるための正式の勉強も訓練も経なかった私が、教壇に立つことになった。初めのころ五十人程の生徒の前に立って、自分が面接されているようだった。教案の内容は全部暗唱したが、四十五分の内容を十五分で吐き出して、残った時間は、ただ立ったまま、放課のベルが鳴るのを待つというありさまだった。

しかし生徒たちがずっと待ってくれるはずはない。教室の中でいつも混乱が起こった。失敗の連続で、失敗の悩みの中で日々を送った。失敗の苦悩を抱えながら、それを乗り越えるために私は我を忘れて勉強を始めた。まず知識を充実させるために大学本科国語教材を借りてきて勉強した。また、ほかの国語教師の授業を順番に聞いて参考にするように努めた。

国語の授業のほかに数学、物理、化学、音楽などの授業なども聞き、各先生の教育方法を学んだ。私はまた仲良しの女教師に授業の聞き手になってもらって、彼女の感想を聞いた。飢渇したように勉強しようとした私に、教師たちも喜んで授業の経験や教育の方法などを教えてくれた。

そのようにして、私の失敗の穴は、各先生の長所をとりいれることによって徐々に補われた。半年たらずで、私は失敗の連続の混乱期を越えて、その上に自分独自の授業の世界を作り始めた。そのうちに高校一年の授業を担当していた国語教師が教育主任の機嫌を損ない、彼と喧嘩した後、公社の中・高等学校より下の生産大隊の中学校に左遷された。私はそのかわりに、高校一年の授業を担当することになった。

当時、高校の授業とは特に大学進学を目標とするものではなく、教師の裁量にまかされており、教師は比較的自由に授業ができた。教材は毛沢東の文章と詩、魯迅の作品、漢詩、古文などだった。私は授業の中で主体的な創造性を発揮する楽しみを得た。農村の生徒は、年齢もさまざまだし、知識のレベルの差も大きい。その特徴に応じて、私は教材を数段階に分けて、レベルの違う質問を作った。授業は易しいところから入り、だんだんと難しいところに進む。問題が難しくなるにしたがって、答える生徒も高いレベルに上がっていく。教師と生徒がともに授業をクライマックスへとおしあげ、最後の難題を解決するまでに進み、充実した授業を終える。農村教師として生きていた一年間に、私は教師として敬愛される気持をたっぷり味わった。

今、日本の大学の教壇に立ち、豊かさになじんでいる日本の大学生の可愛い顔に直面すると、二十五年前、中国北方の農村中・高等学校の講壇に立った時直面した情景が、しばしば浮かんでくる。ぼろぼろのふるっぽい机と椅子、薪の煙を立てていた大きなストーブ、霜焼けの手で一生懸命にノートを取っていた農民の子たちと、彼らが背負っている貧困と人生の重荷……。

惨めな「初恋」

四十代の男性で、徐克《シゥカエ》という音楽の教師がいた。彼は北京師範大学の教育学科の出身で、大学を卒業した時点で、ソ連留学生に選ばれ、留学してから中国社会科学院に配属されることになっていた。残念なことに、ちょうど「反右派闘争」にあって、彼は、「学生右派」にされた。留学は取り消され、配属も変わり、徐克はこの農村人民公社で三年の労働改造を経て中・高等学校の教師になった。彼と同じように留学生に選ばれた妻は、ソ連に留学して帰国した後、有名な大学のロシア研究所に配属された。彼ら夫婦は別居していて、徐克は一年に一度北京へ帰省していた。当時中国では夫婦の間の一方に政治問題があると、もう一方が離婚を申し出るのが一般的だった。しかし、徐克の妻は、社会的地位が彼とは天と地ほどの差があるにもかかわらず、依然として夫婦関係を保っていた。このような女性が中国にほんとうにいるのか、とびっくりした。彼らには二人の男の子があり、上の子は十歳で、亮《リャン》といい、奥さんが北京で世話していた。小さい子は六歳、星《シィン》といい、徐克が連れてきていた。

徐克は歴史、哲学、英語、ロシア語などの知識が豊富で、音楽の領域でも、多才だった。歌も並みのうまさではなく、ヴァイオリンもピアノも上手だった。

私は、徐克にヴァイオリンを学んだ。しかし、なかなかきれいな音が出てこなかった。音感が悪くて、弦上で正しい音を選ぶことができないのだと言われ、あきらめた。がっかりした私に、徐克はオルガンを教えてくれた。これもあまりうまく行かなかった。徐克はそばでリズムを取りながら、辛抱強く教え続けてくれた。

徐克はまたロシア語を勉強するように私に勧めた。彼はロシア語の教材をたくさん持っていて、発音も正確だった。当時、私が父について勉強していた日本語ははかどらず、まだ平仮名の段階だった。時々教材を広げて、先に進もうとしたが、日本語の発音は覚える時の基準がないし、参考資料もほかになく、うまく行かなかった。外国語として学ぶなら、むしろロシア語のほうが学びやすいだろうと思い、ロシア語の勉強を始めた。しかし、ロシア語の教科書を出そうと引き出しを開けて、そばにある日本語の教材に目が触れると、ついそれを先に出して、読み始め、やめられなくなってしまう。結局いつも日本語に時間を費やしている。いつもいつもそうだったから、私は気がついた。この父の夢と苦難、両親の過去と深くつながっている日本語は、それを切り捨てようとしても、自分の血肉のどこかにつながっていて、実は切り捨てることができないものだと初めて分かった。そこでロシア語の勉強をやめて、困難な作業ではあったが、日本語の勉強を続けることにした。

中国の歴史上、春秋戦国時代に、儒家と法家の思想闘争があった。孔子、孟子を代表とした儒家は、「仁義《レンギ》」、「忠恕《ヂオンシウ》」、「中庸《ヂオンイホン》」を主張したのに対し、商鞅、韓非などを代表とする法家は、「君主独裁《ジュンヂウドウツアス》」と「厳法《イアンフア》」を主張した。林彪が孔子と孟子の言葉を賞賛したことがタネになって、林彪批判の中に孔子を批判する内容が加えられた。文革派は、既成の文化に定められた「尊法反儒《ソンファファンル》」に対して「尊儒反法《ソンルファンファ》」を主張した。その真意は、法家の変革思想を強調することによって、人々に「文革」の理論を認めさせることにあった。その運動は、極端なまでに発展し、江青に、「儒家はすべて売国者で、法家はすべて愛国者だ」とまで言わしめたという。一九七四年一月から始まった「批林批孔《ピリンピコン》〔林彪を批判し、孔子を批判する〕」運動は、運動の中で歴史上の人物を「儒」と「法」に分類した。たとえば、法家――商鞅、始皇帝、劉邦、呂後、曹操、李世民、武則天、王安石、章太炎など。儒家――孔子、孟子、呂不韋、劉備、司馬光、李鴻章、陳独秀、劉少奇など。全国の学校や職場で「法家人物紹介」は政治学習として行なわれた。一人一人の歴史上の法家の人物の物語を紹介するものである。

私が教師になった時、全国的にはすでに「批林批孔」運動は下火になっていたが、私の学校では、「法家人物紹介」が続いていた。歴史の知識が豊富であった徐克がそれを受け持って生き生きと教師たちに語り続けた。

徐克の息子、星はとてもかわいそうにと思った。わずか六歳で母から離れ、父と他郷で困苦に満ちた単調な生活をしている。私の子供時代は、少なくとも絵本があった。星の場合、子供たちは、「紅」一色の革命教育、絵本も与えられず、開かれるはずの多彩な世界が奪われていた。私は暇な時、星を誘っていっしょに遊んだ。自分が読んだ絵本の物語を彼に語り、蟻の引越しをいっしょにながめ、また私の子供のころの遊び方を彼に教えた。夏になると、教員研究室の南の庭には「万年紅《ワンネンホン》〔サルビア〕」が、窓のすぐ下には、一列の「夜来香《イェライシァン》〔待宵草〕」が植えられていた。夕方、星といっしょに赤く咲き乱れた「万年紅」のラッパの形の花を採り、筒の下から蜜を吸い込んだり、また「夜来香」のその花が目の前で咲くのをその甘い香りのなかで見ていると、慌しく過ぎた自分の子供時代が呼び戻されたようだった。

ある日の夕方、私はいつものように星といっしょに庭で万年紅のラッパを採り、蜜を吸っていた。落日の夕映えは西の山林を橙色に染めた。その時、ピアノの音色とともに、おっとりした潤いのある歌声が耳に入ってきた。徐克の歌声だった。歌は当時許された革命歌の一つ、「唱支山歌給党聴《チアンチシアングアゲダンティン》〔一首の山歌を歌い、党に聞いてもらう〕」だった。

唱支山歌給党聴《チアンチシアングアゲダンティン》　一首の山歌を歌い、党に聞いてもらう
我把党来比母親《ウオバダンライビムチン》　私は党と母とを比べる
母親只生我的身《ムチチシエンウオダシエン》　母親はただ私の身を生むが
党的光輝照我身《ダンダグアンホイチオウオシン》　党の光は私の身を輝き照らす
旧社会、鞭子抽我身《ジエシエホイ　ベンズチオウオシン》　旧社会で、私の身が鞭打たれる時
母親只会涙淋淋《ムチンチホイレリンリン》　母親はただ涙を流すほかはない
共産党号召我鬧革命《グオンチアンダンホチオウオナオグアミン》　共産党は私に革命をと呼びかけて
奪過鞭子抽敵人《ドアグオベンズチユディーレン》　私は鞭を奪い、それを持って敵人を打つ

とても革命的なせりふだが、徐克の肉声によって歌われると、まるで訴え、泣くようなせつせつとしたものになった。この中年の男が背負っている人生の不運と悲しみを訴え、誰かに分かってほしいという淋しい心情も流れ出てくるようだった。彼への一筋の哀れが心の奥底から生まれ出て、涙も誘われた。それは、メロディーとともに私の肉体の隅々にまで浸透していくうち、背骨から生じた灼熱へと変わり、私を捉えた……。

私は恋の網に陥った。しかし、私がおかれた現実は、それを許さない。過酷な闘争、厳しい肉体労働のせいか、今まで性のことは麻痺していたようだが、暮らしやすさと自然の美しさと知的な雰囲気を合わせ持ったこの山村の学校でそれが急激に目覚めた。

それから、常に徐克の歌声が聞きたくなっている自分を意識した。音楽の授業で何の感動もおぼえなかった革命的な歌も、徐克が歌っているのが耳に入ると特別な味わいを感じた。毎日、出勤の時間になると、私は音楽教員室のドアが気になる。閉まっている。鍵がかかっている。徐克がいないと思うと、私は落ちつけずに何度も廊下に出てそのドアをたしかめた。ドアに隙間があると、部屋に彼がいるのだと気持ちが安らいだ。

私の中から鬼が生じてきた。彼は私の心の平静を奪った。私は必死にその平静を取り戻そうとした。しかし、それはまさしく沼の中に落ちてそこからぬけでようとするのと同じで、もがけばもがくほど、深く沈んでいく。そして、その鬼の存在を絶対に相手に分からせてはいけないと、私の理性が戒めている。気づかれてしまえば私は退く道を失うことになる。

身体の中で青春の火がぼうぼうと燃えているが、過酷な環境の中で磨かれた頑強な理性は負けずにちゃんと仮面を被っている。肉体は火に焼かれる灼熱に耐えながら、外に向かう目は無邪気さをよそおいつづけた。彼は私の目の中から何かを捕まえようとしたが、そのたびに私が彼に答えとして返したのは、何でもない眼差しだった。

しかし、隠しつづけることは不可能だろう。特に恋に落ちた相手の目から。

私の中で理性と情熱の格闘は、ますます激しくなった。夕方、みんなが退勤して、学校の中が静かになると、ことさら切ない思いに耐えられなかった。音楽の教員室を見て彼がいると分かると、その中に入ろうとする衝動にかられた。

「いけない！　いけないよ！」理性の泣くような声がいつも私を制止した。

ある晩秋の午後。国語の教員室には、私一人だけだった。万年紅の蜜を採っていた蜂が、間違って窓から入ってきて、また慌てて飛んでいった。蜂を追って、目を外に向けると、澄み渡った秋の空は水で洗われたように透明な青だった。涼風が窓から吹き込んで、心身ともにすがすがしくなった。

その時、誰かがドアをノックした。「はい」と答えると、入ってきたのは徐克だった。二人の眼差しがぶつかる瞬間に、体の奥から一つの熱い波がわっと込み上げてきて、いきなり私の目から噴出した。抑圧された欲情は、理性がおろそかになった瞬間を盗んで、堤を突き破り、現出した。何かを期待していた徐克は、その目で思いがけず襲来したものを受けとめた。だがその瞬間、彼の顔はまっかになり、自分の内部から燃え上がる火に焼け焦げたように、彼の身体は無力にそばの椅子に沈んだ。

あふれ出た思い。それを受け止めた熱い眼差し。一瞬の甘美。だが、その次に出てきたのは、後悔と怒りだった。「だめだよ！　だめだよ！　絶対にいけないよ！」という心の苦しい悲鳴を聞き、私は机につっ伏して、二度と顔を上げなかった。徐克は出ていった。

一歩踏み出せばどれほど危険な火に触れることか、私ははっきり分かっていた。私は守らなければならない処女の身である私。右派であり妻子のある相手。私の定められない未来。また他人の不倫を噂にして自分の清白を証明し、それによって自分の性欲の欠如を満たす当時の社会風潮……。

その日から、私は徐克との一切のつきあいを止めた。学んでいたオルガンも、星との遊びも。彼も何も言わずに二人はそのまま疎遠になった。

しかし、体の中の欲情は落ちついてはいなかった。苦悩の時、誰ともいっしょにいたくなくて、一人で山林の中を歩き回った。ある日の夕方、一人で山林の中を巡っているうち、いつしか奥へ奥へと進んでいた。足元は、永年の落ち葉が重なり、ふんわりしていた。どこからか松の木の匂いがしてくる。雲雀《ひばり》が空高くさえずり、一面のたんぽぽや紫苑が今を盛りと黄や紫の花を咲かせている。柳の枝では、二羽の高麗鶯が恋をしているように顔を見合わせてささやきあっている。うらやましい。鳥たちはめったにない人の気配に驚き、騒がしくなった。私はひたすら歩いていた。ふと、近づいてくる足音に我に返り、次の瞬間、腹の底まで恐怖の寒気に吸い込まれた。

黒っぽい服を着た雲つくばかりの大男が私に飛びかかってきた。豹のよう目がぴかぴかしていた。映画などで小動物が猛獣に襲われると動けなくなるのを見て不思議に思っていたが、その時、それを自分の身で体験した。大男は拳をふり上げて私を打ってきた。私の体は根のない木のように何の抵抗もなく倒れた。

「起きて、戦おう、逃げよう」と私の理性は迷わずに主張したが、役に立たなかった。こんなに頑張ってきた私なのに……。今まで「負けない」と思ったら、決して負けなかった私は、この山林の中で一人の粗野な山民の前でなす術もなく死を待つことになってしまった。私の肉体は、肝心なところで、私の早熟した理性から脱皮して自ずから未熟な本来の弱さを見せた。

ところが、その後は何も起こらなかった。大男は私に背を向けて去っていった。しばらくして立ち上がった私は、信じられない思いで自分の体を確かめた。たしかに何も変わっていない。もとの私のままだった。私は雲を踏んだようにふらふらしながら、学校に戻り宿舎のオンドルの上に体を投げた。恐怖のあまり、形相がひどく変わっていただろうか。部屋にいた女教師は、びっくりして私を見つめて、「どうしたの？　どうしたの？」と問い続けた。

私は冷静だったら、そのことを彼女に言わなかったはずだ。彼女は不倫の噂があったので、他人に何かあって自分のかわりに噂の種になるのは望むところだった。しかし、私は極度の恐怖を発散しようとするかのように、すべてを彼女に話した。

翌日、あっという間に、学校の隅々まで私が事件に会ったことが広がった。議論紛々だった。

「世間知らずだよ。そんなところへそもそも女一人で入って行くもんじゃない」

「何もなくて、幸いだった」

「……」

そのことのおかげで、体の中に燃えていた火が消えた。私の惨めな「初恋？」はこのようにして無惨につぶされた。しかし、意外な力によって内部の鬼が征服されたと同時に、今度は外の鬼が招かれてやってきた。

何もなかったことを周りの人々は信じなかった。当地の人の目から見ると、一度犯された女の体は、「蒼蝿不抱没縫的蛋《ツァンインブボメフォンダダン》〔割れた卵のように、蝿に抱かれて蛆を生むもの〕」、隙ができてつけ込みやすいものだ。それまで、私を女として見なかった男性教師たちの態度が変わり、一人でいる時、うるさいことがときどきあった。

告別

于家人民公社中・高等学校はすでに私が安住できる場ではなくなった。私の状況が分かって、両親の心配は深まっていた。当時は、電話をかけることも容易なことではない。人民公社の事務室の人に頼まなければできないことだった。それでも、母は一週間に二、三度電話をかけてきた。受話器をおくと、妹に「お姉さんが大変だ、声で分かるわ」と言いながらあれこれ思い巡らして心配した。

どうしたらいいか。家の所在地にある四合《スホエ》人民公社に転勤することは一つの案だが、それは目の前のトラブルを解決することになっても、長春に戻るという最終目標から見ると、相変わらず道は遠い。長春に転勤することは、農村部の人口が都市部に逆流することとして厳しく禁止されていた。私が長春に戻る唯一の切符は、長春の人と結婚することだった。しかし、農村部の戸籍を都市部に転ずることを厳しく禁止していた状況下で、町の人は誰もそういう面倒な結婚を望まなかった。何人もの人に頼んだが、希望は見えなかった。私の結婚相手を見つけるために、母は自ら、長春に出かけ奔走した。

ついに母は、私の結婚相手を見つけ出してきた。昔からつきあいのある宋《ソン》という家の息子で、工場の技術者、「工農兵大学生《グォンノンビンダシウエシエン》」だった。

「工農兵大学生」は、文革時代、「工農兵学員《グォンノンビンシゥエイゥアン》」と言った。一九七〇年六月二七日、中共中央が批准した「北京大学・清華大学の学制募集（試行）に関する請訓」が発表され、大学は四年間の募集停止の後、再開した。入学試験制度は廃止されて、「大衆の推薦、指導者の許可、大学の審査を合わせた方法」で「労働者、農民、兵士」を募集した。教育における彼らの任務は「大学に行き、大学を管理し、毛沢東の思想により大学を改革する」ことにあった。これ以後、文革が終わる七六年まで「工農兵学員」の募集が続けられた。

その年の十月、最初の「工農兵学員」が入学、『北京週報』に「数億工農兵的願望実現了《シゥイグォンノンビンダユアンワンシシャンラ》——歓呼工《ホアンホウグオン》農兵進入社会主義新型大学《ノンビンジィンルシアホイヂウイシンシンダシュエ》〔何億という労農兵の願いが実現した——労農兵の新しい型の社会主義大学への入学に歓呼を送る〕」という新聞記事が載った。その中で「把顛倒的歴史再顛倒過来《バデアンドオダリシザイデアンダオグオライ》。我們的願望終於実現了《ウオシアンダユアンワンヂオンイウシシャンラ》〔転倒された歴史がもう一度転倒された。我々の願いがとうとう実現した〕」という言葉があった。文化と専門知識の試験を受けずに「政治標準〔事実上は出身と「後門」、コネ〕」によって採用される「工農兵学員」だったが、大学に入っても、彼らに応じた教育方法は全くなかった。教師たちは既成の教育方法に従うほかない。したがって、「工農兵学員」は、必要な知識を獲得する訓練を受けられなかった。その原因の一つは、当時の政治的環境で、もう一つは、学生のレベルが、文盲同然の者から、高校卒業生まで「參差不斉《ツェンツブチ》〔高低があってそろわない〕」だったから教えようがなかったのである。三年間在学すると、卒業試験も受けずに、誰でも「工農兵大学生」の卒業証明書を手に入れることができた。このことから文革の後大学入学制度が回復されると、「工農兵大学生」は一転して軽蔑され、進級、昇進などでも差別されるようになった。中国では大学に入り直すことはできないから、「工農兵学員」で、本当に才能と学問のある人は、大学院に入るか、大学の本科の卒業に相当する学力の試験を受けるかして初めて普通の大学卒と平等の扱いを受けるようになった。

宋の家は、私の家庭環境と似ていた。父は医科大学の教授で、母は小学校の教師だった。夫になる人は、兄と同じ年齢で、子供の時、「お兄ちゃん」と呼んだ仲だった。母はこれほど心底分かりあえる適当な結婚相手はほかにはないと言った。相手も私のことが気に入ったようだった。それにその結婚は何よりも、私を町に戻すことのできる切符でもあった。

このチャンスを逃したら、あと五年十年、いやもっと長い間この于家人民公社中・高等学校にいることになるかも知れない。その間に何が起こるか予想もできない。たとえ何もなくても、今農村人民公社中・高等学校にいて、独身のまま年を取って行く女性教師たちが、私の将来の見本のように思えた。それに、宋の家庭を見ると、両親も知的で優しいし、本人も兄のような感じだった。小さい時から、両親と兄に大事にされた私がこの家庭に入ればわが家と同じ生活を送れるものと、単純に思い込んだ。

私の結婚のことはそのように決まった。手続きも急いで進められた。

于家人民公社中・高等学校を離れることを決めた後、ある日、ずっと私と疎遠になっていた徐克が声をかけてきた。その年、彼がこの学校で音楽を教えて十五年になるのを記念して、自分の音楽教育の成果を発表し、それを当地の人々にプレゼントするつもりで、コンサートを催すことを計画したのだという。合唱の際に徐克自身が指揮者になるので、伴奏の役割を私に頼みたいと言った。

私は仰天した。「私に伴奏なんか——」。「これまで勉強した程度でいい。あと一ヵ月精いっぱい練習するならできると思います」と徐克は執拗に言った。彼の熱心さに、できるだけのことをしようという気持ちになって引き受けた。

学校は冬休みに入り、コンサートに参加する者だけが徐克の指揮の下で校内で活動していた。私はオルガンを宿舎に運んできて、昼も夜も練習にふけった。そのために于家人民公社中・高等学校から離れる期日をぎりぎりまで延ばした。

コンサートは人民公社の大講堂で行われた。会場は観客でいっぱいになった。

合唱は私が「伴奏」したが、下手すぎてその役割を果たしたとは言えなかった。せいぜい拍子を付ける程度だったが、幸い革命的な歌のメロディーも簡単だし、聞き手の要求が高くなかったので、なんとか間に合わせた。徐克は、この音楽的水準がまだまだ低い山村生徒たちの歌の調和と統一をなんとか保ちながら、自ずから造詣のある指揮芸術の美を見せた。彼は政治的迫害によって彼に本来保証されるはずの美の創造の場を失っていたが、これほど貧しい土地にあっても、なおさら執拗に美の花を咲かせようとしていた。私には、社会に強いられた「右派」の身分から無理矢理に抜け出したもう一人の徐克が見えたようだった。

コンサートの中で歌われた歌の名は、すべて革命的なもの——「想念毛主席《シャンネンマオヂウシ》〔毛主席を懐かしく思う〕」、「紅衛兵熱烈愛毛主席《ホンウェイビンリエアイマオヂウシ》〔紅衛兵は毛主席を愛する〕」、「解放軍戦士想念毛主席《ジエファンジュンヂアンシシャンネンマオヂウシ》〔解放軍戦士毛主席に会いたい〕」、「毛沢東思想頌歌《マオヅオドンスシアンソングァ》〔毛沢東思想の頌歌〕」、「擡頭望見北斗星《タイトワンジャンベドシン》〔頭をもたげて、北斗星を見た時〕」、

「壮錦献給毛主席《ヂウアンジンシアンゲイマオヂウシ》（壮錦（チワン族の錦。中国少数民族の一つ。広東、広西などに居住する）を毛主席に捧げよう」」などだが、徐克が構成したこの音声の世界では、革命的なせりふの底にもう一重のうねりが流れている。

……奔流する洪水の音、ひそやかなささやき声、鮮明な対比を合わせるメロディの交錯、壮言を誓うような勇壮な響き、徐々に訴えるような哀切さを帯び、さらに流水が急激に寒さに凍結するような嗚咽に転じる……。

その日の夕方、雪が降った。雪は旋回している風に吹かれ、紛々と舞っていた。乱れた灰色の雲は低く押し迫り、遠い地平線へと広がっていく。私は、于家人民公社から泗河の家への道を歩いていた。六年を過ごした農村生活も終りを告げた。

文革が終わった後、徐克は名誉を回復され、北京の文学研究所に勤め、『人文科学』という雑誌の編集長になった。一九八六年、私は北京で学んだ時、徐克の家を訪ねた。彼は老けてはいたが、豊かな知識の持ち主としての魅力は衰えていなかった。白くて滑らかな皮膚をした北京青年らしく成長し、息子の星も、背丈が百八十センチにもなっていた。星は料理が得意で、特に私のためにおいしい北京料理を作ってくれた。星のそばに座って、星が作った料理を食べながら、十一年前にいっしょに「万年紅」の蜜を吸ったことを思い出し、移り変わる時代と人生の不思議に感慨を覚えた。

一九八九年天安門事件の時、テレビに、学生のデモの前列に立っていた徐克の姿を発見した。学生たちと同じようにスローガンの書かれた看板を胸にかけ、頭にもスローガンを書いた鉢巻を巻いていた。あれほど政治にもてあそばれ、人生の辛酸を嘗めてきたのに、なおかつ犠牲を辞さずに運動に参加するこの中国知識人の姿を見て、苦渋の混じった感動を覚えた。

工場での鄧小平批判

一九九七年二月二十日、新聞を開くと、鄧小平死去のニュースが、大きく報道されていた。

「スターリンは死んでしまった。しかし、彼はもはや逝かねばならない。もはやソ連人民は彼を乗り越えて進まなければならないときにきているのだ」という言葉が脳裏に浮かんでくる。青年時代に読んだアンナ・ルイス・ストロング〔アメリカ・Anna Louise Strong〕の『スターリン時代』という本の中の言葉だが、その言葉を中国の現実の出来事に対して応用するのはこれで二回目なのだ。最初は、十一年前、一九七六年九月九日、毛沢東が死んだ時だった。

少女時代の憧れ

一九七六年の年初、私は結婚を理由に長春に戻り、工場の労働者になった。

一九七五年の暮れから、全国規模の「反撃右傾翻案風《ファンジユチンファンアンフォ》〔右からの巻き返し風潮に対する反撃〕」のキャンペーンが起こった。下火になっていた「批鄧批劉《ピデェンピリュ》」運動が、鄧小平が文化大革命を否定したことで、再燃したのだ。

劉少奇と鄧小平を批判するそうした運動のため、工場の作業場の労働者だった私は、宣伝課に臨時に配属され、毎日批判の文章を書く仕事をさせられた。

このような仕事につくことは、うまくいけば宣伝課の幹部になることができ、作業場の肉体労働から抜け出すいいチャンスだった。しかし私はつらかった。当時の大多数の中国人は、裏では「四人組」を恨んでいたが、表では言われる通りにしなければならなかった。いわゆる面従腹背だ。反感を持っていても、毎日何度も繰り返されている批判の言葉にすでに慣れっこになって、無神経になっていた。私もそうだった。だから、劉少奇らを批判するのに、神経が麻痺してしまってわりと平気でやっていた。しかし、鄧小平を批判することには心にわずかな痛みを感じた。私は子供の時から密かに鄧小平に好感を持っていたから——。


小学校三年生の時だった。高級幹部の子供である友達から、鄧小平が長春に来ていると聞いた。そして「一号《イホ》〔重要な人物が長春に来るとき使われる建物だそうだ〕」の前の道で待っていればその姿を見られると教えられた。

その日の放課後、私は僥幸の気持ちを抱いてわざわざ回り道をしながら、「一号」への道を歩いていた。その道を通り過ぎて、家へ帰るはずだったが、なかなかあきらめきれずに、私は、またその道を引き戻した。それからまたもう一度……最後には、「一号」の入り口に近いところに立ち止まった。その時の季節をはっきりと覚えていないが、リラの香りが漂っていたのを覚えている。私は大きなポプラの木によりかかりながら、車の来る方向に目を凝らしていた。

その時、車が一列になって姿を現した。三台のジープが通り過ぎると、次に当時重要な人物しか乗れなかった「紅旗《ホンチ》」号〔中国製の最高級車〕が走ってきた。私は見逃すまいとして、車の中の人物をじっと見ていた。二台目の「紅旗」のなかに、鄧小平の顔が見えた。不思議な偶然だった。私のそばを通るとき、鄧小平は急に顔を私の方へ向けた。挨拶とまでは言えないが、その眼差しはちゃんと私の目に注がれていたのだ……。

私は有頂天になった。飛んで帰って、家に入ると、

「鄧小平さんが来たよ。私は鄧小平さんを見たのよ」としきりに言った。みんなおかしそうに私を見ていた。鄧小平を見たのは確かに珍しいことだが、それほど有頂天になって喜ぶようなことではなかろう、その時みんなそう思ったに違いない。

当時中国のあちこちにかかげられていた中央指導部の七人の写真のなかで、鄧小平は第六番目だった。私の憧れの対象が、なぜ第六番目の鄧小平になったのだろうか。いま考えてみれば、毛沢東は偉すぎて人間として情を注げなかったのだ。劉少奇は、善良そうだが、子供心にもあまり芯が強くなさそうに見えた。みんなが憧れていた周恩来は、美男子で、優雅だが完璧すぎる。ほかの三人はごく普通の男にすぎないという印象だったからだ。

鄧小平には私が何かしみじみと感じられるものがあるようだ。鋭さと知恵、さらに、人間的な感情を同時に深く内蔵している眼差しだった。

文革の中での期待

文化大革命のとき、鄧小平は劉少奇と共に失脚し、名前の上に大きく「X」をつけられたが、一九七一年九月、林彪事件をきっかけに、鄧小平は一度復活した。復活した鄧小平は、はっきりと脱「文革路線」を進めた。一人の国家権力者がすべての民の運命を決定づける当時の中国社会で、私も、自分の運命に転機をもたらす希望をひそかに鄧小平の身に託していた。しかし、それから間もなく、周恩来の追悼会で追悼の辞を述べたのを最後に、鄧小平は、周恩来の死と共に姿を消した。

周恩来の追悼会に毛沢東の姿は見えず、民衆の行なう追悼行事にも、「写真撮影を禁止する」、「追悼会の開催、喪章と白い造花の着用、祭壇の設置などの禁止」などさまざまな形で禁止令が出された。『人民日報』は「報道任務はない」と表明し、関連記事を掲載しなかった。毛沢東が周恩来に憎しみを持っていたことは、誰しも直感的に分かっていた。劉少奇が打倒された後の中国の文化大革命を毛沢東をバックにした「宮廷派」の四人組と、周恩来を中心とした「実務派」との権力闘争としてとらえる者は多かった。

だが、二人の矛盾はそういう図式的な解釈で片づけられないところも多かった。深い中国伝統文化の教養を身に付け、さらにフランス留学の中でヨーロッパ文化の栄養も吸収した周恩来は、文化と道徳の「美」が融合したとも言えるほど上品で高潔な人格を備えていた。そして儒教文化の道徳観を持って自らを律する周恩来は、首相として、意図的に自身の補佐的な役割を強調して、いつも人々の注目が毛沢東に集まるように配慮してきた。たぶん彼は毛から権力を奪おうとはつゆほども思わなかっただろう。しかし、彼が支持し、立てようとした毛沢東は、反道徳、反文化的な「文化大革命」を発動した。そのすべては、周恩来の価値観で見れば「錯誤」としか言いようがない。その上目的のために手段を選ばず人間を迫害する毛沢東の意志を現実に執行することは、周恩来の良心と道徳観からすればとても許しがたいことだった。それゆえ、周恩来はできるだけ毛沢東に逆らわず毛沢東の許容範囲で、あるいは毛の目を盗んで、毛の方針を錯誤として是正しつづけ、可能な限りに毛沢東に迫害された人々に救いの手を延べようとした。

ある意味で文化と道徳の美を備えた周恩来こそ、毛沢東が既成の文化に挑戦する際に直面した大きな障害だったといえよう。いかに毛沢東への支持を示そうとも、いかに文革賛成の態度を取ろうとも、周恩来の存在そのものは、刻一刻、文化への挑戦者、道徳倫理の背叛者である毛沢東の敗北の宿命を宣告していた。

しかし、毛沢東は、周恩来を劉少奇のように打倒しなかった。初めのうちは、毛沢東自身がそれを望まなかったと言える。文革の表層的な目的である権力闘争の中で、周が権力を狙う危険性はなかった。それればかりか、毛の権力を維持する力になった。しかし、後々はそうしたくてもできないということに毛沢東が気がついた。周恩来の身に備わった力は、数千年来の中国の文化に根を下ろしたものだから。それはいかなる卑小な個人的な努力と打算をはるかに超えて、しみじみと中国の民衆の心に浸透した。周恩来に対する民衆の感情は、十年にわたる文化大革命における毛沢東に対する失望と「四人組」に対する憎しみによって練り上げられ、血肉と絡み合った愛情と化した。それはすでに外在的な力で強制しても動かすことのできないものになっていた。

毛沢東自身はそのことをよく分かっていた。文化大革命の中で毛が「批林批孔」運動を起こし、盛んに孔子批判をしたのは、表向きは文化大革命の理論の正当性を証明するためだと見られているが、裏においては周恩来を標的としていることは周知のことだった。「批林《ピリン》、批孔《ピコン》、批周公《ピヂュゴン》」、「批中国的大儒《ピヂュングオダダル》〔中国の最大の儒を批判せよ〕」などの言葉に見られるように、「批林批孔」を通して周恩来の威信をつぶし、そして周恩来を儒教的なものとして、孔子のイメージと共に汚そうとする下心が潜んでいた。そこには、毛沢東の周恩来の内実に対する鋭い洞察が窺える。しかし、毛沢東によって前体制の代表、劉少奇が、つぶされたにしても、二千年の歴史を持った孔子のイメージが泥をぬられたとしても、周恩来は、その一行動一言語によって文化と道徳の教養の魅力を輝かせて、しっかりと中国の民衆の心を捕えた。あえて彼に挑戦した毛沢東は民衆の堪忍袋の緒を切らすことになった。そのことこそが、挑戦者毛沢東の最期において、彼の挑戦の決定的な失敗を導くことになった。

　人々の周恩来に対する敬愛の感情は、彼の死によっていっそう深まり、追悼の行事は自発的に全国に拡がったが、その死に対して哀悼の念を表わすことは行政命令によってことごとく禁止された。しかし、一度抑圧された民衆の感情は、抑圧されたエネルギーをもって、一九七六年四月四日、中国人の墓参りの日に当たる「清明節」をきっかけとして再び爆発した。最初に表面化したのは南京からだった。

　清明節前に南京の民衆は体制による禁止令に反して、公然と周恩来を悼む行事を行なった。三月の末から四月の初めにかけて南京市の六十万七千人あまりの人々が周恩来を哀悼するため、伝統的な革命烈士を記念する場「雨花台《イウホアタイ》」に集まり、六千以上の花輪を捧げた。そして、それを全国にアピールするために、南京から全国各地へ向かう電車の外側に、「誰反対周総理就砸碎誰的驢頭《シェファンデゥイヂュズオンリジュザスイシェダリウト》〔周総理に反対する奴は、その驢馬の頭をつぶせ！〕」、「文彙報把矛頭指向周総理罪該万死《ウェンホイボバモトヂシャンヂュズオンリズイグアイワンス》〔『文彙報（四人組が主宰した新聞）』が周総理に矛を向けることは万死の罪だ！〕」、「誓死保衛周総理《シスボウエイヂュズオンリ》〔死を誓い、周総理を守ろう！〕」などのスローガンが書かれた。電車は中国大地を走り、南京の人々のメッセージを全国の人民に伝えていった。スローガンは洗い流されないように、油性ペンキで書かれた。電車が北京に入る前に、スローガンを剥がし取るように命令が出されたが、その役を担った労働者たちはペンキを剥ぎ取ると同時に、わざと力を込めて鑿で深く彫り、かえってスローガンをしっかり車両に刻み込んだ。

北京では周恩来を追悼する大規模な活動は三月中旬から下旬にかけて高まった。政府は市民に圧力をかけてそれを禁止したが、記念活動は抑えられないばかりか、最高潮を迎えた。一九七六年四月四日前後には、千に万に上る民衆が、腕に黒い喪章を巻き、胸に白い造花をつけ、悲しみに沈んだ表情で、周恩来を悼む場になった北京天安門広場に集結してきた。老人、子供、労働者、農民、学生、党の幹部……。その数はのべ二百万人にも達した。天安門広場は、雪のような白い花、紅い旗、緑の松の葉……。周恩来に愛を表わし、毛沢東をバックにつけた四人組に対する怒りを表わすスローガンがいろんな形で掲げられた。「人民的総理人民愛《レンミンダソンリレンミンアイ》，人民的総理愛人民《レンミンダソンリアイレン》。総理和人民共苦楽《ソンリホアレンミングオンクラ》，人民和総理《レンミンホアソンリ》心連心《シンレアンシン》〔人民の総理を人民は愛し、人民の総理は人民を愛す。総理と人民は苦楽を共にし、人民と総理は心を共にす〕」、「悲悼総理《ベイドオソンリ》，怒斬妖魔《ヌヂャンヨモア》〔悲しみ、総理を悼む。憤怒で妖魔を斬る〕」、「敬愛的周総理《ジンアイダヂオソンリ》，我們誓用《ウオモアシユン》生命和鮮血保衛您《シアンミンホアシャシエボウエイニン》〔敬愛する周総理、我々は血と命をかけてあなたを守ることを誓う〕」……記念の辞や詩などが、広場の中心の人民英雄記念碑にあふれた。記念講演、スローガンの呼びかけ、四人組を討伐する声が響き、記念活動に参加した民衆を鎮圧してきた民兵や警官さえ民衆に説得され、積極的に任務を遂行する意志を失わせたようで、激しい対立感情はあまり見えなかった。全国に拡がった周恩来の追悼活動の中には、同時に、「総理偉大《ソンリウエイダ》，小平不倒《ショピンブドオ》〔総理偉大、小平倒れず〕」、「批鄧不得人心《ピデェンブダレンシン》〔鄧（小平）を批判することは人心を得ず〕」、「批鄧小平《ピデェンショピン》，天下不太平《テンシャブタイピン》〔鄧小平を打倒すれば天下は太平を得られない〕」、「擁護四個現代化《ユンホゥスグエシャンダイホ》〔四つの現代化を擁護〕」などのスローガンもあった。「第一次天安門事件」と言われるこの事件では、鎮圧する側の人心喪失をはっきり見せた。

それは中国人民の選択だった。文革から十年を経たあの日、人民は、反文化と文化のうちから文化を選び、既成と革命のうちから既成を選び、毛沢東と周恩来の中で周恩来を選んだ。

毛沢東によって育てられた敵意と対立感情は、すでに毛の敵から、毛の支持者、毛の代弁者へと向けられるようになった。中国の人々の帰依の情も、いつしか「万寿無疆《ワンシオウジアン》」と呼ばれ、「偉大領袖《ウェイダリンシュ》，偉大導《ウェイダダオ》師《シ》，偉大統帥《ウェイダトンスアイ》，偉大舵手《ウェイダドアシュ》〔偉大な指導者、偉大な導師、偉大な統帥、偉大な舵手〕」という「四つの偉大」という言葉に飾られた毛沢東本人から、彼の影として存在しようとした周恩来に移った。そのことが毛沢東に与えた打撃は致命的だった。その後、一九七六年五月二六日、パキスタン首相・ブットと会見した毛沢東は、芯が抜けたようになり、目はうつろで、看護婦によだれを拭かれるようなあり様だった。それが中国の人々が公開の場面で見た最後の毛沢東の姿だった。

毛沢東の周恩来に対する憎しみは、言葉にならないものの、深刻だった。その憎しみを、周恩来と行動を共にした鄧小平にぶつけて、その上自分の失敗を認めたくない毛沢東は、最後の権力を行使して、周恩来からも人民からも深く期待されていた鄧小平の復活を制止した。

四月七日、毛沢東の提起によって「撤消鄧小平党内外一切職務《チァショディンショピンダンネワイイチェヂウ》〔鄧小平の党内外の一切の職務を取り消す〕」決議が党中央で通った。「天安門事件」は「計画的、組織的な反革命事件だ」と断定され、黒幕は鄧小平だと新聞にも公表された。それはいわゆる鄧小平の「第三回目の失脚」だった。

それだけで、中国人民の周恩来総理に対する尽せぬ愛情と毛沢東、四人組への憎しみは、鄧小平への期待に化した。まだ復活しないうちから、鄧小平の身にはすでに数億の中国の民衆の愛と恨みのエネルギーが集約されていた。

鄧小平は三回も失脚したがその裏に三回も復活への道が用意されたところに、毛沢東のもう一つの矛盾が見える。十年も続いた文化大革命は、中国の文化・経済などをめちゃくちゃに破壊した。その廃虚の上に「文化大革命」的なものを建設する具体的なビジョンは、毛沢東自身にもなく、それを実現する後継者もどこにもいなかった。中国の行方は袋小路に陥っていた。袋小路に入った中国をなんとか導くことができるのは、鄧小平のほかにいなかった。「四人組」の本質、その無能さと陰謀家の側面を、毛沢東はすでに看破していただろう。鄧小平の路線は、はっきりと毛の文革の理想に背くものだが、鄧小平による操縦なしには中国は完全にだめになるに違いなかった。それは毛沢東が決して見たくない結末だ。鄧小平は失脚させられたが再生不能の境地にまで追いつめられなかった。ここには、既成の文化に挑戦して失敗した毛沢東の、厳しい現実に対するやむをえない妥協が窺える。

私自身も鄧小平に対して期待を深めた。記録映画を見た時、私は鄧小平の顔を詳しく観察した。彼の眼差しは私に希望を与えるものだった。また断念をしていない、生き生きとした知性の輝きのある眼だった。

「天安門事件」の後に、大規模な鎮圧が起こった。中国全土は恐怖にすっぽりと覆われた。「反撃右傾翻案風〔右からの巻き返しに反撃する〕」という鄧小平を標的した批判運動も一段と高まった。こうした時期、私は宣伝課で鄧小平批判の仕事についていた。自分の手で言葉の銃弾を鄧小平にぶつける仕事だ。当時スローガンとしての決まり文句はとても乱暴だった。「打倒反革命修正主義分子劉少奇《ダドオファングェミンシュヂュンヂウイフンズリュシオチ》，鄧《デェン》小平《ショピン》〔反革命修正主義者劉少奇、鄧小平を打倒せよ〕」、「鄧小平不投降就让他滅亡《デェンショピンブトシャンジュランタミエワン》〔鄧小平が投降しなければ、滅亡させよう〕」、「砸碎《ズァスィ》×××的狗頭《ダグオト》〔×××の犬の頭をつぶそう〕」など。本人には聞こえなくとも、私には耐えがたかった。心のバランスを取るために、私は密かに自分が書いた鄧小平批判文章のなかで、鄧小平の名前に付された「反革命」など、当時、私に最悪だと思われた言葉を抹消した。何の意味もない愚かなことのようだが、すくなくとも鄧小平を自分の言葉の銃弾の標的からずらせるような気がした。

昼間、次から次からへ批判の文章を書いて出したが、夜、工場の宿舎のベッドに横になると、自分の良心に苛まれる日々が続いた。とうとう心の痛みにたえかねて、日記に詩を書いた。「忍痛批鄧批劉《レントンピデェンピリュ》，讐恨聚我心頭《チオヘンジウウォシント》。何時得見天日《ホアシデアジアンテンリ》，何時我筆倒流《ホアシウオビドオリュ》〔痛みを忍び、鄧小平、劉少奇を批判した。いつになって日の目が見え、いつになったら私の筆が逆の流れに働けるのか〕」。幼い詩だが当時それを誰かに見つけられたなら、間違いなく「反革命」にされたにちがいない。そんな無謀なことをあえてするほど、私の我慢は限界に来ていたのだった。

一九七六年九月九日のこと。私は批判の文章を書くのに疲れていた。午後三時ごろ、三階にある宣伝課から出て、階段を下りて外に出た。すがすがしい秋の日だった。その時、工場の宣伝マイクからアナウンサーの沈んだ声が耳をとらえた。葬送曲のバックに、

「私たちの偉大な指導者、偉大な導師……毛主席は、私たちと永遠に別れてしまいました――」。

その時、例の『スターリン時代』という本のなかの言葉が、私の頭の底から浮かんできた。

「毛沢東が死んでしまった。しかし、彼はもはや逝かねばならない。もはや中国人民は彼を乗り越えて進まなければならないときにきているのだ」と。

中国が新しい未来へ向かう、自分の人生に新しい転機を迎える時代がまもなく来ると直感して、私は興奮した。しかし、毛沢東崇拝に浸透された時代では、毛沢東の死に興奮を表わすのは、最も許せないことだった。当時の険しい政治状況を意識した私は自分の高ぶった感情を発散させるために、身をひるがえし、三階の階段を飛ぶように上り、また飛ぶように下りてきた。また上り、また下りた。三回繰り返して、心を整えることができ、〝当時の情勢にふさわしい顔つき〟をして人前に出ていった。

毛沢東は数億人民の「万寿無疆」、「万歳、万万歳」の叫び声の中で八二歳の生涯を終え、彼の人民を残して逝ってしまった。国を挙げてその死を悼み、数億の人民は号泣した。

次に来たのは、延々と続く大げさな追悼行事だった。政治状況は私の予想以上に険悪だった。上から、「階級闘争の新動向に注意しろ」という指示が下された。私がもといた機械加工作業場では、精神に障害のある一人の労働者が、なぜか毛沢東の追悼時間になると笑うので、注意の対象になり、毎日、彼の行動が上に報告されるようになった。

工場全体の追悼大会は、死の翌日、工場の大講堂で行なわれた。宣伝課が追悼大会の主催者だった。

私は主催者側の一員として、いろいろ事務的な準備をしてから、参加者に向かい合って立ち、儀式に入った。大講堂の中に慟哭の嵐が沸き起こっている。しかし、私は泣かなかった。ここで泣かなければ後でどれほど不利なことになるか分かっていて、自分に「泣け」と命令したが、いかに運動神経によって泣くような顔つきをしても、自律神経に統制された涙腺は頑固に頭脳の命令を拒否した。ずっと泣かずにみんなの前に立っていた私は大変目立ったようだった。私は自分の肉体に「裏切られた」。

翌日、私は宣伝課から作業場に戻された。あの精神異常の労働者と同じように注意の対象になったのかも知れなかった。

不安を発散するために、私は友人の洋《ヤン》さんに会いに行った。彼女とは、厳しい政治の支配下でも密かに本音を語り合える友情を育んでいた。彼女は私が何のために来たか分かったように、毛沢東の死を話題にしたが、その時、彼女は涙をこぼした。「なぜ?」という私の表情に答えるように、「何があっても、彼がこの国を作ったのだから」と言った。「……?」私は困惑の瞬間を経て、なるほどと思った。新中国二十七年間〔一九四九〜一九七六〕、社会生活だけでなく、衣食住、言語行動、道徳観念など、ほとんど生のすべてが毛沢東の意志によって決定され進められてきた日々、突然その支配的な意志を失った時、どうなるのか。中国の人民は、毛の死に慟哭していた。それは多少わざとらしいところもあったがすべてが猿芝居だとは言えない。中国の人々にとって、毛沢東の死がもたらしたのは、まず巨大な空白だった。当時、その空白を埋めるには、まず「泣く」ほかなかったのである。

一九七六年十月十八日、「四人組」が逮捕された経緯が公表された。突然だったが全国の民衆は狂喜のなかに浸った。十年も続いた文革が終わった。鄧小平は徐々に国の最高権力者になった。彼は私の期待に背かずに、私と私の家族に新しい転機をもたらしてくれた。

その後まもなく大学入学試験の制度が回復され、文革の間は「永遠に大学の門に入ってはいけない」と判決された私たち兄弟姉妹四人は、そろって大学に入った。新しい人生の道がそこから開かれてきた。鄧小平に対する感謝の気持ちが胸にあふれた。

鄧小平は文革中に濡れ衣を着せられた大勢の人たちの名誉を回復した。二百九十万の人々が冤罪による汚名から解放され、五十四万人の「右派分子《ユパイフンズ》〔一九五七年反右派運動の中で定められた罪名〕」が不当な罪から逃れることができた……。

一九七八年十二月十八日、中共一一期三中全会で、階級闘争の基本的終了を宣言した。長い間「プロレタリア独裁」の下で苦しんだ中国人民は、ようやく階級闘争の重圧から解放された。人民は鄧小平への感謝と心からの敬愛の情を「小平同志你好〔小平同志、こんにちは〕」という平易な言葉に凝縮して捧げた。それは長い間、最高指導者に対して「万歳」を叫ばされた中国人民が、自分を「同志」と呼んでもいいと言った鄧小平に捧げた温もりを込めた敬愛の言葉なのだ。

「天安門事件」での困惑

しかし、人民の鄧小平に対するそのような感情は、「天安門事件」で幾分損なわれた。「天安門事件」に鄧小平は手厳しいやり方を見せ、人民の心に癒しがたい傷を残した。しかし、だからと言って、鄧小平が今までに見せていた人民への暖かい配慮が、すべて偽善家の偽装だったとは言い得ない。

そこには、人間としての鄧小平と政治家としての鄧小平の矛盾がある。一人の良心的な人間が政治家になる場合に、彼がやることがその人間性と一致することもあるが、そうしようとしてもできない場合もあるはずだ。政治家としての彼には政治的計算のもとに国と人民をよくしようとする意図があるが、その実行の途中で、彼の前にそれを妨害する人民が現れてくる。妨害する者を取り除かなければ政治的な損害をこうむる。しかし、それを実行すると、目の前の人民を犠牲にしなければならないことになる。どうしたらいいか、鄧小平は両難の選択に窮しただろう。結局、鄧小平の中で政治的な計算が優先された。

一九八九年六月三日から四日の朝にかけて、天安門広場で武力鎮圧による惨劇がくり広げられた。解放軍の正規部隊が学生や市民に発砲した。十三年前に、死を恐れずに周恩来を悼み、それと同時に鄧小平に深い期待を捧げた人民が集まった場である天安門広場で、今もなお鄧小平に深く期待を抱いている人民、彼に心からの敬愛を捧げている人民が、鄧小平の命令によってひどい目に遭った。無辜の青年たちの暖かい血が天安門広場の地を染めた。壮烈に死んだ若い人々の魂が、いつも鄧小平の心に去来するだろう。

先日の新聞に、鄧小平が天安門事件について後悔しているという遺言を残したという記事があった。彼はそうするはずだと思う。人間としての鄧小平の良心が、政治家としての彼の残酷な手段を許せるはずはないから。しかし、もし歴史を再現することができて、もう一度政治家としての鄧小平をその場に置くことができたとしたら、彼は遺言の通りに別の選択をするだろうか。そう簡単には言えないだろう。発砲を命じたのは、政治家である鄧小平だが、後悔したのは人間である鄧小平だから。政治は残酷なのだ。善良な人間が政治家になるならば、その良心を生け贄にせずにいられるだろうか。

「天安門事件」の時、私は大学の教師をしていた。政治を敬遠した私は、この運動の行方に対して理由もない心配を抱いていた。まず運動と距離を置き、安全と確信した場に身をおいた。授業の時、大学に行き教室に入ってみると、めちゃくちゃにひっくり返っている椅子と机しかなかった。学生たちはみんなデモに行った。

町を歩いていると、学生たちのデモの列が次々に通っていく。学生たちの顔つきや身ぶりは、いかにも八〇年代の青年らしかった。六〇年代の「紅衛兵《ホンウェイビン》」と違って、大まじめな態度と偉そうな表情は全然見えなかった。いたずらっぽい、ユーモラスな表情、散漫な身ぶりは、掲げられていた「打倒一党独裁《ダドォイダンドウツァイ》！」、「不要官僚民主《ブョグァンリョミンヂゥ》！」など厳粛な政治的なスローガンと鮮明な対照をなし、皮肉な雰囲気も感じられた。

家の近くの医科大学の学生の宿舎の建物の下を通ると、三階の窓口から「我們要真正的民主《ウォミンヨヂェンヂェンダミンヂゥ》，真正的自由《ヂェンヂェンダズユ》〔我々は本当の民主、本当の自由がほしい〕」というスローガンを書いている大きな白い布切れが垂れ下がっている。赤い文字は血で書かれたようだった。しかし窓から出た青年の顔を見ると、やはりいたずらっぽい笑い顔だった。それを見るといっそう私の心配は深まった。

「天安門事件」の後、大学では毎日くり返しくり返し、政治学習が続けられていた。そして新聞の社説や上の指示など耳にタコが出るほど聞かされた。また一人ももらさずに順番で態度表明の発言をさせ、その認識についてのレポートを出させていた。私は文革時代に鄧小平を批判した時と同じように、当時の定型である「反革命暴動」の言葉のなかから、「反革命」という自分に最悪だと思われた言葉を、私のすべての発言とレポートの中から抜いた。このような「偸梁換柱《トリャンホアンヂゥ》〔こっそりと中身をすり替える」のたくらみは、犠牲を辞せずに堂々と運動に参加した人々と比べると、卑怯と言わざるを得ない。しかし私が、私なりに納得できる方法はこれしかなかった。

夜になると、みんなが眠り、周りがしんと静かになった。一人で机の前に座ると、人の前で抑えられた憂鬱は、涙を伴い、思う存分に流し出された。殺された青年たちの体温も感じられるようだった。それは悲しいというより、どうしようもない空しさだった。当時、文革の時代は、「四人組」を恨み、鄧小平に期待した。今度はまた誰を恨み、誰に期待したらいいのだろうか？　天安門広場で、若い人たちは生命を脅かされた時、「毛主席よ、周総理よ、帰ってきてください」と呼びかけたと聞いた。しかし、毛沢東にしろ、周恩来にしろ、ほんとうに帰ってきたとしても彼らを救うだろうか……。

外に目を向けると、薄闇の中、ポプラの木の大きな影が視線を遮った。繁茂した木の葉が月の光を反射して瞬いているようだった……。

新聞から目をそらして青空を仰ぎ、鄧小平はもはや、北京を飛び立った飛行機から、骨灰が遺族や共産党の幹部の手で中国の海に撒かれてしまったと思う。この十二億人の運命を主宰した風雲児が九三年の人生の歴程を歩き終わった。角膜を医療事業に捧げ、死体を解剖に提供し、骨灰を大海に撒くように遺言を残した鄧小平は、畢生の精力と心血を彼の人民と祖国に捧げた。しかし人民は天安門広場の血が忘れられない。鄧小平の逆巻く怒濤のごとき人生をふり返り、彼の影響下で過ごした自分の人生の一部分をふり返り、形容しがたい寂寥と困惑を同時に味わった。

鄧小平が行ってしまった。しかし、彼はもはや逝かねばならない。もはや中国の人々は彼を乗り越えて進まなければならない時にきているのだ。

第四章　父の夢、娘の夢——日本への留学

入試の曲折

文化大革命が終わった翌年の一九七七年五月、鄧小平の全職務が回復された。そして八月十三日、全国大学入試会議が北京で開催され、統一試験方式の回復と、文革時代の入試方法の廃止が決議された。それによって、「二個估計《リャンゲアグジ》〔二つの見積り〕——十七年間〔新中国が成立した一九四九年から文化大革命が始まった一九六六年〕の教育は、ブルジョアがプロレタリアを支配した。大多数の教師と学生の世界観は基本的にブルジョア的なものだ」という毛沢東の考え方が是正され、十一年間凍らされた教育界にようやく春が訪れることになった。十月中旬ごろ、一九七七年大学受験募集要項が伝達され、大学入試統一テストが再開されることになった。

文革の期間中、大学受験の資格を失った「老三届《ロサミジエ》」と「小五届《ショウジエ》」はすべて応募資格を有することに

なった。「老三届」とは、文革が始まった一九六六〜六八年の三年間に中・高校を卒業した者たちで、彼らの教育は文革によって強制的に中断された。そして、「紅衛兵」や「造反」「武闘」などの「革命」運動時期を経て、農村に「下放」された。町に戻ってもその多くは社会の底辺で無言のままに働く工場労働者などになって、その存在は歴史から忘れ去られようとしていた。「小五届」は、「老三届」より年下で、文革の初めの時、まだ小学校にいた世代だった。彼らの大多数は文革期間に中・高等学校に入ったが、通常の系統的な教育を受けられなかった。

文革当時、大学入学者は政治審査によって定められていたが、事実上は出身と「後門《ホメン》〔コネ〕」の二つで決定されていた。

新しい入試要項の草案を制定する当初、これまで通り政治審査の条件がもりこまれた。その草案を渡された鄧小平は、「煩瑣《ファンソ》！　煩瑣！　煩瑣！」と筆をとってそれを抹消した。一切の政治審査は鄧小平の手によって取り消された。もう出身の黒とか紅とかを問われずに平等に試験を受けられるのだ。そして鄧小平は多くの要望に配慮して、受験者の年齢制限を「老三届」の中の年齢の最年長者〔一九四六年生まれの一九六六年の高校卒業生〕まで広げた。

このことで「万歳」と叫びたいほど喜んだのは「黒五類《ヘイウーレイ》」たちだった。彼らにとって、この時得られたのは単に大学入学試験が許可されるという具体的な利益だけではなかった。それは普通の人間として生きる権利の復権を意味した。この「五星紅旗《ウシンホンチ》」の下で育てられた「黒五類」たちは、生まれてから「黒」に塗られ、人間としてのごく基本的な尊厳すら踏みにじられてきた。生まれて初めて人間らしい自分の存在を実感した彼らの気持ちはどんなに言葉を尽しても理解してもらえないほどだと思う。中国大地に深く根を下ろした出身による人間差別は、この入学試験をきっかけに払拭された。

鄧小平がいなければ、「黒五類」たちはいつ「人間」に立ち返れるか分からない。私自身も大学で学ぶ夢を断念しかけたところを、鄧小平の復活に恵まれたが、そうでなければ、私は破滅した夢を抱いたままその後の人生を貫くほかなかっただろう。

「斗転星移《ドチウアンシンイ》（北斗星が週転、移動する）」。時代の変遷のなかで価値観がどんどん変わり、人間評価の基準も変わってきているようだが、何がどう変わっても私の鄧小平への感謝の気持ちは変えることができない。個人の気持ちからだけではない。（そのとき父の党籍が回復され、私たちの出身はすでに「黒」ではなかったが）この眼で見てきたプロレタリアの鉄の爪の下に踏みにじられた「黒五類」たちのためにも——。

十一年も断じられた勉学の夢に復活の希望が見えた。各家庭、工場の宿舎、農村の油の灯火の下、路傍、公園……。いたる所で若者が本に向かう姿が見られた。十一年も埃をかぶった図書館の蔵書は、あっという間に借り切られた。「失った夢を取り戻せ！」それが社会の底辺に捨てられたこの世代の人々の共通の心の声だった。

その年大学受験者は五七〇万人にものぼり、人類史上にかつてない大規模な入試となった。入試のための用紙不足は大きな問題になり、「毛沢東の著作を出版するために用意された紙の使用を認める」という中央の指示も出たほどだった。

私たち兄弟姉妹にとって、これは天にも昇るほど嬉しいことだった。

しかし、皮肉なことに、その四ヵ月前、私は結婚し、宋《ソン》という家族の嫁になっていたのだ。夫とその両親と四人暮らしを始めていて、結婚したばかりの嫁が大学に入ることなど、とても宋家が納得するはずはない。さらにどうしようもないことに、私の中には妊娠三ヵ月の赤ちゃんがいるのだった。十一年も奪われていた権利がようやく回復されたこの時、私は自らその権利を手離さなければならないのか……。今、手離せば私にとって、その権利は永遠に失われるはずだ。この後、私は子供を産み、母として、嫁として、妻として、生きるほかはない。

まわりの人々が喜んで願書を書いたり、志願について議論したり、入試の準備の問題を討論したりする雰囲気は、いっそう私を苛立たせた。応募の締め切りはどんどん迫ってきた。あきらめられない私はいらいらするばかりだった。

ある晩。それは夫が宿直の日だった。私は一人でベッドに横になって、天井を見つめ、思いを巡らしていた。窓の外に目を向け、空に星が瞬いて、私を嘲っているようだった。どうしたらいいのだろう。ふと視線が、重なった二つの洋服箱に止まった。上のほうの箱が傾いている。無意識のうちに起き上がって、それを直そうとしたが、重くてなかなか私の力で動かせるものではなかった。そのとたんに一つの意識の棘が脳裏に刺さった。私の心はすくんだ。しかしそれをはねのけるように、私はその箱を無理矢理にひきずり下した。そして再び持ち上げて重ねようと力を込めた……。

翌日、私は流産の兆候で入院した。入院しても、出血が止まらなかった。医者は中絶の手術を勧めた。夫とその両親は、私の前では母親の命を優先すると言ったものの、できるだけ赤ん坊を守りたいという気持ちから、中絶の認可書にサインしなかった。丸一日過ぎても、出血は続いている。医者はもう一度中絶を提案したが、受け入れられなかった。夫たちは「はい、はい」と言いながら、サインせずに家に帰ってしまった。私の妹がそばで看病している時、急に出血が激しくなり、湧き出るように床にまであふれた。

看護婦たちが走って私を救急室に運び込んだ。妹は声を挙げて泣きながら、飛び込んできた医者の袖にすがり、「姉さんを助けてください、お願い……」と哀願した。

手術が終わった。血液の三分の一が流出したと言われた。

ベッドに横たわった私は、「百感交集《バイガンジュオジ》〔さまざまな感慨が一瞬に集約してくる〕」の思いだった。――母親の「大学」への執念のために生の権利を犠牲にされたわが子に対する負罪、これほどまでに犠牲を払わなければならない自分の運命に対する嘆き、子供の時から両親に大切にされてきたこの身体に対する哀れ、女の体が感じた痛みと恥辱、また宋家に対するすまなさと憎しみ……。

その時、女性の主治医は、私の顔を眺めながら、「まだ子供なのに、こんなにひどい目に遭って……。もっと早く手術していればこんなにたくさんの貴重な血を失わないですんだのに……」と言い、目を赤くした。この女医の意外な同情に、私も思わず涙ぐんだ。

私はぎりぎりのところで入試の願書を提出した。入試の科目は、国語・数学・政治・歴史・地理であった。外国語科志願の人には、別に外国語の試験がある。その時の作文のタイトルをまだ覚えている。「私が……を見た時」だった。そのタイトルと向かい合った時、自分の震えている手を見て、私は感無量だった。十一年来、この手は、「筆↓鋤↓チョーク↓ハンマー」と持ち替えて、さまざまな苦難を切り抜けてきたのだ。感慨無量の間に、「私がこの手を見た時」という作文を書いた。

当時、入試制度が回復されたばかりで、政策はまだ不十分だった。十一年の文革の中で、紀律を無視し裏門を利用するのが人々の習慣になった。入試の仕事に関わった人々はそれぞれ自分の裏門を開いていた。そういう〝コネ〟のあるものは、成績が最低線を超えているだけで、いい大学へも入ることができる。ない人はわずかな理由で淘汰されるようだった。私たちの地域の「土政策《トゥヂェンツァ》〔地方政策〕」では、年長〔二十五歳以上〕と既婚は、淘汰される大きな理由になった。兄は年齢、私は既婚が理由で不合格になった。妹と弟は志願した大学に入った。

大学の入試は失敗した。お腹の子供も流産した。家庭生活に戻ろうとしても、家庭はすでにもとのままではなかった。流産のことは、みんなの中に漠然としたわだかまりを残していて、家族はわけもない怒りを時々私にぶつけてきた。私は何も言えず我慢するほかなかった。とうとう、ある日、大喧嘩になって、喧嘩した後、私は外に出た。一月の寒い夜だった。涙に洗われたばかりの顔が、外の強い北西の風に吹かれると割れるようだった。一人で町をさまよい、いつしか、子供時代の住宅区のところに入りこんだ。赤いレンガの平家の家々は以前のままだった。文革時代に失脚した住宅区内の高級幹部たちは、林彪事件のあと少しずつ復権し、当時「五《ウ》・七《チ》幹部《ガンブ》」として、私の家と同じように「下放」された人々も、今は長春のもとの家に住んでいた。他の三軒の高級知識人の家は、「下放」されれず、そのまま住み続けた。住宅区から出たのは、私の家だけだった。

もとのわが家は、離れた時とは、ずいぶん変わっていた。高い柵に囲まれて、鉄の門がしっかりと閉まっている。柵の隙間から中をのぞくと、父が植えた松の木や海棠《かいどう》の木がまだあった。父が作った葡萄の棚も以前のままだった。それは新しい住民に大事にされているようで、根のところがわらに包まれている。八年前にこの家と別れた時の風景が目の前に浮かんでくる。今も遠くの農村にいる両親のことが懐かしく思えてきた。母の期待に満ちた顔を思い出すと、悔しさが際限なく深まった。あれほど母に期待された私が、ただの宋家の嫁でいいのか。舅と姑を世話し、夫に尽し、子供を産む。それが私の人生のすべてなのか。しかし、そうでない自分の人生を望んだとしても、今のような身になった私に何ができるのだろうか。

考えても考えても、なすすべもなく、運命に打ち負かされた気持ちになってそこを離れようとした。私の目が隣の家の窓にとまった。大きなカーテンを通して一つの影がかすかに映し出されているのが見えた。文化局長だった。かつての文化局長の優しい微笑みを思い出し、私はその家のドアをノックした。

久しぶりに会った私を文化局長とその家族は暖かくもてなしてくれた。私の話を聞くと、局長は、「遅すぎたよ」と残念そうに言った。つづけて現状を説明してくれたが、今から間に合う大学は長白山《チアンバイシアン》師範学院しかないという。

その大学は、長春の東南の端にあり、もともとは、師範学校という中等専門学校だった。「文革」時代に二年制だった中学・高校が、そのころ文革以前の三年制に回復されたので、中学・高校は、急にたくさんの教師が必要になった。それに応じて、教員を養成するために、臨時にこの学校を大学にしたのだった。

私はその大学に入ることを決めた。そして、すぐ兄にも知らせたが、兄は自分の本来の志望を変える気持ちはなく、その年の大学入学を見送ることになった。

翌年、鄧小平の配慮で兄のような人々にもう一度受験するチャンスが与えられた。それに、とりわけ、年齢や既婚という理由で差別してはいけないとも強調された。やっぱり鄧小平だ。そこまで私の気持ちを分かってくれたかというような気持ちだった。兄は再び応募した。七七年と七八年に入学試験を受けた人は一一六〇万人にのぼった。

兄が試験を受ける前の日に、私は蒸し餃子を作った。子供の時、私たちが重要な試験を受ける時に、母はいつも蒸し餃子を作ってくれた。餃子の中国語の発音は「ジョーズ」で、「餃《ジョ》」は「僥倖《ジョシイン》」の「僥《ジョ》」と同音で、「僥倖」を暗示する。また「蒸す」時、水蒸気がどんどん上に昇るので、「蒸蒸日上《ヂァンヂァンリシァン》（日ましに上に昇る）」と、縁起がいいとされているのだ。

作った餃子を持って、兄がいる自転車工場に行った。兄がいるはずの労働者宿舎の部屋に行くと、その部屋には、見知らぬ夫婦が住んでいた。聞くと、「お兄さんは、ボイラー室に住んでいます」という。不思議に思ってボイラー室に行ってみると、巨大なボイラーと壁を隔てた廊下のようなところに兄の荷物があった。ここが兄の「部屋」なのか。まったくなんの仕切りもない誰でも自由に出入りできるところだ。一隅に畳が一枚敷いてあり、その上の敷き布団の上に、ノートや数学や物理学の試験関係の本がひろげたままになっている。もう一方の隅には『自然弁証法』などの本がうずたかく積まれていた。

兄がいなかったので、私は餃子を布団のそばに置いて帰った。門衛に聞いて分かったことだが、もともと兄はもう一人の労働者といっしょに労働者宿舎の一部屋に住んでいた。その労働者が結婚することになったが、家がなかなか割り当てられない。中国の住宅は、国によって管理され、自分で家を探すことは不可能なのだ。家は、職場から割り当てられるのだが、条件によって順番の前後、物件の優劣がある。割り当てになるまで待つほかない。結婚を急いだ労働者は、部屋をカーテンで仕切って兄と居場所を分けて、奥さんを宿舎に呼び入れて夫婦生活を始めた。それに我慢できない兄は、工場の中でしばらく身を置ける場——ボイラー室を見つけ出したのだった。

今は夏だからいいけれど、冬になったら兄はどうするのだろうか。私は心配でならず、心から兄の合格を祈った。

兄は期待通りに工業大学の企業管理科に入学した。

大学の生活

一九七八年、全国で、二七万三千人が入学許可され、通常九月に始まる各大学の新学期が三月にスタートした。毛沢東がゴミとして捨てたこの一世代は、鄧小平によって「淘金《タオジン》〔砂金を淘《よ》り分けること〕の」方法で拾い戻され、活かされた。

中国の諺で「失而復得方知其可貴《シアルフデアファンヂチカエグイ》〔一度失った物を再び手にした時に初めて、それを大事に思う気持ちに気づく〕」と言われるように、十一年も学ぶ権利を失われていたこの一世代の大学生たちは誰よりも再び手に入れた勉学の機会を大事にした。十一年分貯まっていた勉強の意欲。さらに社会の期待もある。

廃虚になり、再建を目の前にしていた中国社会は、彼らの知識・能力の投入を待ち望んでいた。自身にも社会にも背かないように彼らは勉強に励んだ。

「失去的時光用努力補回《シチウダシグアンユンヌリブホイ》〔失われた時間を努力で補おう！〕」それは彼らの共通の誓いだった。一分間の時間は二分間として使い、勉強に生命のすべてを投入したようだった。大学で寄宿した学生の毎日の行動軌跡は、「宿舎—図書館—教室—食堂」だった。朝五時半ごろから夜一時以後まで勉強するのは、当たり前のことだった。わが家の近くにある吉林図書館は、開館時間は七時だったが、毎日開館前に、本をもって読みながら開館を待つ大学生の長い列が見られた。わが家の近くの「新民《シンミン》広場」は吉林大学、地質学院、東北師範大学、医科大学が近い。毎日六時前に勉強する学生の姿が見られた。その広場のすぐそばに「長白山《チアンバイシアン》賓館」という外国人旅行者がよく利用するホテルがある。外国語を勉強する学生たちは会話の練習のために、夕食のあと、広場を散歩する外国旅行者たちに積極的に声をかけてしゃべりあう。だんだんと外国語を勉強する学生たちがここに集まることが習慣になり、外国人だけでなく、各大学の学生たちが互いにしゃべったり、経験や情報を紹介したりするようになった。その習慣は今も続いていて、「新民広場」は「外国語《ワイグオイウ》広場」とも呼ばれるようになった。

ふり返って見ると、失われた十一年は、確かに彼らが誓ったように努力によって倍にも数倍にも補われたところがある。彼らは中国の、「四個現代化《スグアシャンダイホア》〔四つの現代化〕」建設のなかの柱の役割を担っている。中国の文化復興のなかでもその功績は目立つ。彼らによって創造された文化・芸術は中国文化だけでなく、人類文化をも輝かせているといえよう。

長白山師範学院の入学式は、普通の大学より一ヵ月遅れて一九七八年四月行なわれた。私の学校は、中国文学、数学、外国語、物理、化学、美術の六つの専門学科があった。私は中文科に入った。学生は、長春周辺の農村地帯の人が多かった。十二支一循環〔一九四六年の「戊」と一九五八年の「戊」〕と言われるほど年齢の差が大きかった。

最初の座談会では、ある農村の学友が次の詩を朗読した。

布谷声々啼《ブグシァンシャンティ》　　郭公《かっこう》がしきりに鳴き、
農家忙種地《ノンジャマンヂウンディ》　　農家は種蒔きに忙しい。
父親上大学《フチンシャンダシウエ》　　父親を大学に送るため、
児子赶車急《アルズガンチァジ》　　息子が馬車を御しに急ぐ。

大きな息子のいる、父親である自分がはじめて大学に入ることになったことを生き生きと、イメージした詩だ。

十年の動乱を経た後再開した授業は、きちんとした教材もなく、ほとんどが教師が臨時に編集した手作りの本で、ふるい印刷法で印刷したのでガソリンの匂いがしていた。

印象深かったのは古典文学の授業での、王維の「送秘書晁監還日本《ソンミショチアオジャンホアンリベン》〔秘書晁監《ちょうかん》の日本に還《かえ》るを送る〕」という詩の鑑賞だった。

積水不可極《ジシウイブクアジ》　安知蒼海東《アンヂツアンハイドン》
九州何処遠《ジユヂオホエチウユアン》　万里若乗空《ワンリルオチアンフアン》
向国惟看日《シヤングオウエイカンリ》　帰帆但信風《グイフアンダンシンフアン》
鼇身映天黒《アオシアンインテンヘイ》　魚眼射波紅《イウヤンシアボホン》
郷国扶桑外《シヤングオフサンワイ》　主人孤島中《ヂウレングダオヂユン》
別離方異域《ビエリフアンイイウ》　音信若為通《インシンルオウエイトン》

積水《せきすい》＊極《きわ》む可《べ》からず　安《いずく》＊んぞ蒼海東《そうかいひがし》を知《し》らんや
九　州《きゅうしゅう》＊何処《いずこ》か遠《とお》き　万里空《ばんりくう》＊に乗《じょう》ずるが若《ごと》し
国向《くにむか》っては惟《た》だ日《ひ》を見《み》　帰帆《きはん》は但《た》だ風《かぜ》＊に信《まか》すのみ
鼇身《ごうしん》＊天《てん》に映《えい》じて黒《くろ》く　魚眼波《ぎょがんなみ》を射《い》て紅《くれない》なり
郷国扶桑《きょうこくふそう》＊の外《そと》　主人《しゅじん》＊孤島《ことう》の中《うち》
別離《べつり》方《まさ》に異域《いいき》＊　音信《いんしん》＊若為《いかんし》＊いか通《つう》ぜん

＊積水　海のこと　＊安　反語を示す言葉　＊九州　ここでは中国の外にあると考えられた世界（古代中国人は世界には九つの州があると考えていた）＊乗空　虚空を踏んでいく　＊信風　風まかせ　＊鼇　大きな海亀　＊扶桑　中国の東方、太陽の出るところの木　＊主人　仲麻呂をさす　＊異域　中国から遠く離れた地方　＊音信　たより　＊若為　どのようにして

阿部仲麻呂は、七一七年に日本から遣唐使として唐に派遣された。七五三年、帰国しようとしたが、暴風雨で難破漂流して果たせず、七七〇年長安で客死した。この間、在唐五四年、李白、王維らとの親交が深かった。

王維の詩には、二人の感情が深く込められている。この詩の中に心配や友情などを表わす概念的な言葉は一つも出てこないが、日本の友人晁衡《ちょうこう》〔日本の名前は阿部仲麻呂〕の出海に対する深い心配、別離の寂しさと憂い、友情の深さがイメージの中に深く潜んでいる。これは「避実就虚《ビジジュシウ》〔直接感情を表すのを避け、それをイメージの裏に隠す〕」という表現手法だという。王維の詩には絵が内包されているとい

うのは周知のことだが、その詩の境地はいかなる絵でも表現できないところがある。彼の詩は色彩豊かなことで有名だが、目で見えるところの色彩ではなく、感覚によってとらえられる色彩がある。「この詩の一番すばらしい表現は『鰲身映天黒，魚眼射波紅』という文にある」と先生が言ったが、私にとってこの授業で一番印象深かったのは、これについての分析だった。

天を黒く映す巨大な鰲《ごう》の身。海の波を赤く照射する大魚の眼。四つの色彩——黒（鰲）、青（空）、赤（魚）、碧（波）が互いに映し合い、果てしのない空と海、湧動する波。巨大な鰲と魚は絶えずかわるがわる出没し、四つの色が混じり合い、無限の広がりと動的な色彩のイメージの中に神秘、恐怖、怪異の雰囲気を造り出している。読者の感覚を刺激して、肉体の感覚次元から、友人の行方に対する心配の共感を呼び起こす。

王維の詩と対照して、韋　荘《ウエイヂョアン》の「送日本国僧敬龍帰《ソンリベングオセアンジンロングィ》〔日本国の僧敬龍帰るを送る〕」も取り上げられた。

扶桑已在渺茫中《フサンイザイミオマンチュン》，　扶桑は已《すで》に渺茫《びょうぼう》の中にあり、
家在扶桑東更東《ジャザイフサンドングアンドン》。　貴宅は、扶桑の東さらに東にある。
此去与師誰共到《ツチウイウシシエグオンドオ》？　此を去る師とは、誰が共に着くか？
一船明月一帆風《イチアンミンユエイファンファン》。　一船の明月一帆の風。

敬龍は晩唐時代、遣唐使が廃止された後に商船に乗って、唐に留学していった学問僧であった。彼が学問を成就して帰国する際に、韋　荘《ウエイヂアン》はこの送別の詩を書いた。詩人は、別離の悲しみと友人の帰国

途中の危険に対する心配をあえて言葉の裏に隠し、「暴風雨」や危険などの用語を回避して、明るい月と順風と共に、神秘的な憧れの扶桑の国に到達するイメージを描き、良好なる祝福を言葉に託した。行間に周到な配慮、深い思いやりがしみじみと感じられる。

詩の中に込められた温もりを味わっているうちに、私は、重い歴史の泥土に埋もれている何かがかすかに見えてくるようだった。

一番困難な授業は政治経済の授業だった。新しい時代に対応した教材はまだできていなかった。いやむしろ、新しい目で政治経済の問題を見る理論もまだ構築されていなかったと言うほうがいい。教師は既成の教材に従って授業をするほかなかった。こうしたある日の授業中、教師は教材によって、資本主義社会の弊害として、「失業」の問題を出した。その時、ある学生は、

「資本主義社会と社会主義社会とでは、どちらの失業者が多いですか」と質問した。

「資本主義社会ですよ」と教師が答えると、学生たちは、

「先生は数えたことがあるのですか」

「具体的な例を挙げていただけませんか」

「知識青年は失業だと言えないですか」

「先生は自分の話を信じているのですか」

「先生は社会主義の資本主義に対する優越性を証明する事実を上げられますか」

「……」

口々に疑問が出された。答えに詰まった教師は、

「私にはあなたたちの質問に答える義務はありません。私は準備した教案によって授業をするだけです」と言った。学生たちは、「しかし、私たちには質問をする権利があります」と答えた。

「どうぞ、好きなように」と、教師は言い、天井を見ながら右手から左手、左手から右手へと、チョークを移しかえているばかりだった。しかし、結局、試験の時は点数を取るために、みんなは教師の教えた通りに書くしかなかった。

外国文学の授業を担当した金《ジン》という先生は、朝鮮族の人で、故郷は韓国だった。彼は、私の人生の道に大きな影響を与えた人だった。金先生に出会わなければ、私の人生はまったく別のものになったはずだった。

大学に入って、私はまた日本語の勉強を再開する気持ちになった。入学のその年、一九七八年八月十二日、日中平和友好条約が調印された。同年、十月二十二日、鄧小平が公賓として日本を訪問して、日中平和友好条約の批准書を交換した。長春では日本語の勉強が盛んになり、ラジオにも日本語講座ができた。

私の実家は、私が入学してまもなく、長春に戻った。父は第二病院の主任教授の職を回復された。その時、第二病院では、父が講師となった日本語講座が開かれていた。私は、日本語を学びたい学友といっしょに父の講座を聞くことになった。週二回夜八時からの講座だった。第二病院の大講堂——十年前に父が日本のスパイの嫌疑で「批闘」された場で、二百人ぐらいの聴講者が父の講義を聴いている。

私が父の授業に出たのは半年間ほどだった。医学の用語が多くて自分に合わないし、夜出かけると婚家の人々の機嫌を損なうことになるので、とうとうやめてしまった。ただ、それをきっかけとして、私は日本語の勉強を真剣にやり始めた。

昼は大学の勉強、夜は主婦業をしていた私は、日本語を学ぶために、料理を作りながら単語を暗唱したり、洗濯しながら日本語のテープを聞いたりしていた。しかし、それが家庭の中で嵐を引き起こすことになるとは、想像もしないことだった。

夫の父は、医科大学の教授で、母は小学校の教師だった。二人ともすでに定年を迎えていた。知的な人間で道理もよく分かり、家庭の雰囲気はいつも穏やかで柔らかだった。しかし、「日本」という言葉が急に大量に生活空間に入り込んで、それまでの平穏な雰囲気が壊されそうになった。何かが源としてとぐろを巻いていて、そこから生ずる不機嫌が、時々鎌首をもたげるようだった。その理由は、やがて明らかになってきた。

ある日の夕方、家族三人で台所に立ち、私は餃子の材料を用意して、夫の父は皮を伸ばし、私と母はそれを綴じていた。

作りながら、いつしか日本のことが話題になると、夫の父は急に腹を立てて、「最悪だ。日本人は！」と怒鳴った。びっくりした私の様子を見て、「彼らは悪事ばかりはたらいた。僕がよく知ってる」。「人間が消えたんだよ。午前中いっしょにいた友人が、午後には消えてしまったんだ」と、次のような話をした。

一九四三年の夏。父は満洲医科大学の学生だった。ある日、授業中に急に鼻血が出て、ハンカチで塞いだものの一枚では間に合わず、服にも血がしたたり落ちた。そのとき、側に座っていた同級生が自分のハンカチを差し出してくれた。翌日、父が新しいハンカチを買って彼に返そうとしたところ、午前中には傍にいた彼が、午後にはいなくなっていた。その次の日も、彼は姿を消したままで、彼とはそれきり二度と会えなかった。噂で彼が反日者として逮捕されたとも、生体解剖をされたとも言われた。

彼が生体解剖されたかどうかは定かではないが、その満洲医科大学で日本人が中国人を生体解剖していたことは確かなことだった。当時そこで働いていた労働者の話では、解剖が行なわれた第四実験室から毎晩のように「助けて！　助けて！」という悲鳴が聞こえたという。また、解剖の後片づけをした労働者は父に言った。死体、解剖台の上、床のいたるところその跡も生々しく鮮血がしたたり、死体の皮膚の色も硬さも生きている人間と変わるところがなかった……と。

父の声は震えて、伸ばされた餃子の皮はいびつになった。そして母も次のような話をした。

一九四〇年の秋。故郷の農安県で突然ペストが発生し、間もなく県外の農村地帯にも蔓延した。不思議なことに、普通なら冬に流行するペストがその年に限って夏にひどくはやり、三百人もなくなったという。ちょうど母が長春の「国高《グオグオ》〔女子高校〕」で勉強していたころで、休日に農安の大茅《ダモ》村の叔父の家を訪ねたところが、その村でもペストが流行していた。毎朝白衣の日本人が体温を計りに各家に入ってくる。熱のある人は連れられていって、戻らなかった。隣の家の妊婦もそのまま連れられていって二度と帰らなかったそうだ。母の従兄弟は熱が出ていたけれど、日本人が体温を計りに来る前に氷を脇下に置いて冷やしたので、発見されずに生き残れた。村の人の外出を日本人が禁止したので、その村に入るのは簡単だったが、出るときは至難の業だった。夜になってから、叔父が母を連れていっしょに這いながら夜道を歩き、ようやくその村から出られたということだった。

満洲医科大学は、現在の中国医科大学で、瀋陽市にある。史料によれば、旧満洲の時代、この大学は「治療」の名のもとに細菌実験と生体解剖をくり返したのだということだ。そして、一九四〇年九月、吉林省の農安県は七三一細菌部隊の実験現場になり、三十九例のペスト犠牲者の臓器標本を哈尔浜《ハルビン》にある七三一細菌部隊の本部に持っていったという。そのような歴史的事実を私は映画でも博物館でも本の中でも見ている。したがってそれを信じないとは言えないが、それは過去のこと、隔てられた歴史のように感じていた。二人の老人の肉声は一気に時間と空間の隔たりを埋め、生臭い血の匂いまでするように、歴史の事実を、そこに立っていた私の感覚に伝えてきて、「日本」という言葉の上に負っている歴史の重荷もあらためて実感した。

日本語の勉強は困難な状況の中で続けられた。私は毎日放課後、一時間ぐらい大学に残って、文法やテキストを勉強する。その時出てきた新しい単語をノートに記入しておき、朝三十分ぐらい早めに家を出て、トロリーバスを二駅手前で下りて、歩きながら、ノートに記した単語を暗記する。暗記する単語は一日一ページ分にして、翌日は前の日の分を復習してから、新しいものを暗記する。さらに一週間を一区切りとして復習は毎日第一ページ目から始める。一週間で一度整理して、すでに暗記した分は、別のノートにしまい、暗記していないものを、また新しい単語として次の週のページに入れる。一ヵ月ごとに、もう一度最初から整理して、しまった単語の中にも忘れたものがあるので、それをまた新しいページに記した。一年たったら、もう一度大整理をする。そういうやり方で、私の日本語の勉強は、卒業後就職してからも続いていった。

ある大雪の後、私はいつもの通りに二駅手前でトロリーバスを下りて、雪が積った道を単語を暗記しながら歩いていた。しばらくして自分の後をついてくる足音にハッとしてふり返ると、金先生がいた。「いつもバスの中であなたのことを見ていて、今日はあなたについて早めに下りてきました」と先生はにこにこして言った。金先生は以前から私がスタンダール、トルストイ、バルザックなどを読んでいたことを知っていたが、私が日本語の勉強をしていることは最近耳にしたということだ。当時長春では、日本文学を紹介し始め、日本の文学作品の翻訳の仕事も始まっていた。金先生はその中心メンバーの一人だった。その仕事は合同でやる必要があったが、日本語が分かる人はいても、その中で文学が分かる人は大変少なかった。先生は私をそのスタッフの一人として育てようという気持ちになったということだった。

今まで頼るものもなく独りで歩いているようだった日本語の勉強は、突然励ましてくれる先生と明確な目標が現れて、私はとてもうれしかった。日本語の勉強に急に力が入ったようだった。金先生は日本の文学作品を私に貸してくれた。私はそれを辞書を調べながらこつこつ読んだ。最初に読んだのは、徳富蘆花の『自然と人生』だった。それは困難な読書だったが、漢文口調の自然描写は、かつて読んだ中国文学とも、ヨーロッパ文学とも違うと感じた。伝統的な中国文学は、人間と自然とが無分別である感受性を表わしているが、ヨーロッパの文学は、自然が人間と相対するものとして描かれている。それに対して、徳富蘆花の文学は、自然そのものを写実的に描いているとも言えるが、むしろ作品が自然そのもののように感じられた。私はとても心が魅かれ、日本語をしっかり身に付けてもっと自由に日本文学を読みたいという気持ちになった。

また金先生は私に日本文学作品を部分的に翻訳させ、それに自分が手を入れて私の名前で新聞などに発表したりした。私の名で最初に発表された作品は、吉田兼好の『徒然草』第百八十八段の一部、「子を法師になして」という短い文章で、当時私はまだ在学中だった。それは、『長春晩報』のほんの目立たない一隅に載った。卒業した後、先生と共に訳した『日本笑話集《リベンショホアジ》〔日本笑い話集〕』が出版された。その後、金先生に導かれて段々と、私が本格的に日本文学の翻訳に取りかかった。

このようにして私の学問の最初の道は、金先生が敷いて下さった。日本に来る前に、私は金先生に会って感謝の意を表わした。先生は、「人生の道では特別に誰に感謝する必要もないし、誰をも怨む必要もありません。その道は自分の両足で歩いたものですから。今まで僕はたしかにあなたの学問の道を敷いてきました。それは、私自身が喜んでやってきたことで、そして、これからもやっていきたいことなのです。あなたが気にする必要はないし、感謝なんかする必要もありません。身を軽くして堂々とこれからの道を歩いていってください」とおっしゃった。今、金先生は韓国に戻っているそうだ。先生が心血を尽して無私に中国の日本文学研究者を育てようとした気持ちは、今も私の心を温めている。

「扶桑の国」の神話の出典

子供の時から神話が好きで、子供向けに書かれたたくさんの神話の絵本を読んだ。大学時代、その原文を見つけてほとんど読んだ。そのなかでも、扶桑の国についての神話に目を魅かれた。伯母が語ってくれた「扶桑の国」の物語は、まだ私の中に生きているのだろうか。

私はいつのまにか目についた「扶桑の木」と「扶桑の国」についての話をノートに記録し始めていた。

日は暘谷《ヤング》から出て、咸池《シャンチ》で水浴し、扶桑の野をすぎる。そのころあいを晨明《チェンミン》という。扶桑から登って、運行し始めようとするころあいを朏明《フィミン》という。

――『淮南子《ホイナンズ》』

湯谷《タング》〔お湯の川〕があり、湯谷の上に扶桑がある。湯谷は十個の太陽が入浴するところで、黒歯《ヘイチ》〔国の名前〕の北にある。木はちょうど大水の真中にあり、九個の太陽は上の枝に、一つの太陽が下の枝にある。

――『山海経《シァンハイジン》・海外東経《ハイワイドンジン》』

扶桑は大漢国〔中国〕の東、二万里余にある。中国の東にあり、土地に扶桑の木が多いことで「扶桑の国」と名付けられた。扶桑の木の葉は桐の葉のようである。初出した時は、筍のようで、国の人々はそれを食する。実は梨のようだが赤色で、木の皮は布として使われ、衣にされ、それが綿のかわりに、また板としても使われ、家を造る。文字があり、扶桑の木の皮を紙にする。城郭はない。兵戈《へいか》はなく、いくさもない。

——『梁書《リャンシウ》・巻五四』

わが馬に咸池で水飲ませ、手綱を扶桑の木に結び。

——『楚辞《チウツ》・離騒《リスオ》』

扶桑は、日出づるところにある神木で、碧海の中にある。天下最高で、上は天まで、下は三泉間《サンチウアン》〔地下の泉〕まで。その上は太真東王《タイヂアンドンワン》に支配されるところ、太帝宮《タイディグオン》がある。そこは林木が多く、木の葉はみな桑のようだ。仙人たちがその木の実を食べれば、体が金色になり空を飛べる。扶桑の木はその大きさのほかは夏の桑そのままである。但し、実は赤色をして九千年に一度実が実る。扶桑の木は同根偶生、対になっており、互いに支え合って生きることから「扶桑」と名づけられた。

——『十洲記《シヂエジ》』

扶桑の木は、碧海の中にあり、長さ数千丈《ヂアン》〔一丈約三・三メートル〕、周囲千囲《ウエイ》〔一囲は、両腕を合わせた長さ〕、両木の幹は同根、さらに互いに寄り合う。それは日の出るところだ。

——『海内十洲記《ハイネシヂュジ》』

これらの書物によって、扶桑の木のイメージがさらに膨らんだ。そして「扶桑の国」という言葉は、確かに日本をさしているとも確信した。古代中国人が太陽が出るところについていろいろと想像して、そこを神木の扶桑でイメージ化した。日本の国は、地理的位置がちょうど想像された太陽の出るところに相当するから、「扶桑の国」と名付けられたのだろう。その美しいイメージは、さらに後代の両国の人々によって温もりが加えられた。それは王維と韋荘の詩にもよく見られよう。しかし、その純粋な美しいイメージは二十世紀の後代の子孫によって、「神国日本」の現代の「神話」に変質された。「扶桑の国」のイメージはつぶされて、現代の中国人にも日本人にも、その呼び名さえ知られなくなってしまった。それればかりか、長い間中国では普通に「日本《リベン》」と呼ばれることさえなくなって、「日本鬼《リベングイ》」と呼ばれるようになり、「太陽の旗」は「膏薬旗《グオヨチ》」と呼ばれるようになった。

現在、時代の変遷のなかで、「日本鬼」や「膏薬旗」などといった言葉は消滅しているが、美しい「扶桑の国」のイメージを知る人は、もはやいなくなっている。子供時代に憧れた「扶桑の国」は美しすぎる、幼い幻想にすぎないのだろう。しかし、私が懐しい気持ちで幼少時代の夢を思い出す時、いつも扶桑の木がきれいに現れてくるのだ。いかに血なまぐさい歴史に泥つけられても、なお美しく咲き続けている扶桑の花——。

そして重層的な歴史の泥土を通し、「扶桑の木」、この遙かな昔に中国で生じた日本に対する憧れのイメージの中には、わずかに何かが見えてきたように思う。それは二つの民族の共通する原始心像ではないか。同根・共生。人間と人間、人間と自然、自己と他者……。

扶桑の国へ

一九九二年一月、来日前の最後の旧暦の春節を、私は実家の母のところで過ごした。父が死んで八年目だが、母はなかなか悲しみから抜け出せないでいた。線香をあげた父の写真の前に作ったばかりの餃子を捧げると、母はまた泣いた――。

外は春節を祝う爆竹と花火で騒々しいほどに賑っている。零時、家々で神様を迎えている時間だ。母は私が誕生した時の話をした。

旧暦の一日、今日と同じ爆竹と花火の騒がしさの中で私は誕生した。母の夢の中に出てきたのは醜い鳥なのに、「鳳凰」といわれ、「鑫鳳《シンフォン》」という名前をつけられた。しかし、やはりただの鳥――私は一羽の小さい鳥として、中国大地の風雨激変の歴史の中で人生の「苦《ク》、辛《シン》、甘《ガン》、酸《スアン》」を味わってきた。

子供の時から母はいつもこの日になると「おまえは幸せだ。全国の人々の祝いの中で誕生日を過ごすのだから」と言った。今、私を生み、私を育てた土地を離れる直前になってはじめて、母の気持ちが分かったようだった。

まもなく、私はこの中国を離れ、日本に行くのだ。母はもっと寂しくなるだろう。母の白い髪と、悲しみと苦しみのにじんでいる顔のしわを眺め、父と不遇の人生を共にした母が味わって来た辛酸、母が私たち四人の子供のために費やした苦労を思いおこした。

子供に対する母の期待は、ほかの親よりずっと大きかった。「四人の子供は母の心の四つの花」とみんなに言われていた。しかし、母の期待は「文革」の時につぶされた。その時代に、私たちのような出身の子供は絶対に大学に入ってはいけないと決められた。引き出しから兄が大学に入るために用意した生活用品を取り出しては、嘆き、涙をこぼした母の姿、その中に込められた期待の深さと失望の大きさを、今、私自身母親になった身で実感した。

多分そういう母の期待こそが、無形の鞭のように私たちの身に働いていて、何の希望も失われたような「文革」の時代にも、兄弟姉妹四人は、勉強を続けたのだろう。いったん大学入学試験のチャンスが得られると、四人そろって大学に入り、大学を卒業すると、また四人そろって大学の教師や研究者になった。結局それぞれ北京や外国へ行ってしまい、唯一人長春に残った兄も、大学の学部長になり、忙しくて、母と顔を合わせる暇もない。

母の夢は期待以上に実現され、みんなから「偉い母親」と賞賛されている。しかし、いつも独りぼっちの母は、労働者の子供を持ち、家族そろって普通の市民生活を送っている老人がうらやましくてならない。

私が異国に行くことはいっそう母の寂しさを深めることになるだろう。すまない気持ちで胸がいっぱいだった。

窓の外は、爆竹の音、花火の光。部屋の中で母と娘は無言のまま向かい合っていた……。

飛行機はふんわりとした綿のような雲の間を飛んでいる。私は炎黄《エンホアン》の土地を離れ、扶桑の国へと旅立つ。父が果せなかった日本留学の夢は、とうとう私の代で実現されることになる。しかし、父が生涯、心血を尽して模索した道は、中途半端になっている——。窓から下を見ると、日本列島はだんだんと小さい地図のように現れてくる。

私は父と私、父娘二代の夢を抱いて扶桑の国に来た。父が憧れながらとうとう足を踏み入れることのなかったこの国土で、何が私を待っているのだろうか。

結——文化大革命を超えて

日本に来て、私は日本戦後文学の研究にとりかかった。戦争の極限状態を体験した人々によって著された日本戦後文学の作品の数々は、私の文化大革命の体験とぶつかり、私の中から深い共感を呼び起こした。私はついに自分自身が体験したことに向き合ってその深層を追求するように促された。

執拗に文学の研究と自己の体験を追求しているうちに、私はいつしか自己がおかれている扶桑の国の文化土壌から新しい栄養を吸いとっていることに気づいた。その功利的な表層文化の層を超えたところに、私は、意外にも扶桑の国の貴いものを見いだしたようだ。普段は功利的、打算的な組織・社会生活にからめとられた日本人自身の眼にも届きにくくなったもの。それはいかに合理的功利的な物質文明に巻き込まれても、なお自然の懐に抱かれている日本民族の湿潤な心だろうか。それと出会ううちに自分自身の中に深く埋もれた何かが呼び覚まされて来るようだ。私はそのように育てられた新しい感受性を持って文化大革命に、いくつかの処方箋を下した。

背叛父母《べパンフム》

私がこの本を書くきっかけになったのは、文化大革命について書かれたある本を読んだことだった。私は私と同じように文革の時代に少女時代と青春時代を送った女性が書いたこの本に、親近感を抱きながら読んでいった。リアルに描かれた彼女の体験は、私自身の体験をもいろいろと呼び起こした。作者の優れた歴史的事実に関する記憶力に感心した。毛沢東をはじめとする文革の「悪人」に対する痛烈な批判に、自分の仇が討たれたように痛快な気持ちも味わった。しかし、読んでいるうちに、徐々にこれは私が共鳴できる本ではないと思えてきた。特に作者が中国民衆の頭上に立ち、それを「善」と「悪」で裁判するような態度に対して。

文化大革命、この民族の血と涙で描かれた歴史の中を生き抜いてきた中国人に、自分にはまったく責任はないと言える人がいるのだろうか。また血と涙を流さなかった人がいるだろうか。歴史の教訓を反省する際に、共にその悲劇を演じた中国人の誰に、他者だけを「悪人」として懲罰する資格があるだろうか。

「背叛父母《べパンフム》〔父と母を裏切ること〕」は、無情の矢に撃たれた「悪人」の一種だった。作者は親を裏切らない自分を「善」の場に置き、その対立項として、親を裏切った者を「悪」の場に置いて非難した。例として劉少奇《リュシオチ》の娘が挙げられていた。

「背叛父母」は、当時の一般的な社会現象となっており、人によっておかれた状況は千差万別だった。詳しいことは分からないが、確認できる限りに置いても例に挙げられた劉少奇の娘が置かれた状況の厳しさは作者とは比べものにならないものであった。

十億人の熱狂的な毛沢東崇拝の巨大なエネルギーは、恨みに反転され、その標的となった最たるものが、劉少奇だった。劉少奇に対する残酷な仕打ちはそのまま毛沢東に対する忠誠のしるしになった。劉少奇は、十億の人民の恨みによって虐げられて死んだ。人民の恨みのしるしが、その身体にいっぱい残されたまま。血統論が強調された当時の中国で、劉少奇の娘は父と一線を画さなければ、自分もまた同じく毛沢東の敵の場に身を置くことになる。それは、毛沢東崇拝の中に育てられた新中国の若者にとって死より恐しいことだった。さらに、劉少奇の娘は、人身の自由さえ奪われて、厳しい脅迫の下に置かれることにもなった。彼女の前には、二者択一という選択さえなく、「背叛父母」、ただ一つの道しかなかったのだ。

忘れようとも忘れられない、父が「批闘」され、自殺未遂をおこしたその日のことだった。父といっしょに「批闘」された幹部は、群衆の唾と罵声を浴びながら十二時間を耐えた。足をずるずると引きずって疲労困憊の彼が自宅に入った時、家で彼を待っていたのは、自分の父親を「走資派《ズオズパイ》」と批判し、「一線を画する」と宣言する娘と、離婚を要求する妻だった。彼は一言も言わず、家に背を向け、遠くのガラス工場に向かっていった。二十メートルほどもある煙突の頂上に登り、その口に身を投げこんだ。

その後、人々は、私は父を死から引き戻したのに対し、あの自殺した幹部の妻と娘は彼を死に追いやった、とささやき合った。しかし、彼の娘に会うたびに、心がふるえずにはいられなかった。その青ざめた顔に、私は自分自身の何かを見いだしたようだった――。

父の自殺未遂の二年前、文化大革命は始まったばかりで、具体的に父のような普通の医者にまで被害が及んでくることはまだなかったが、その恐怖は、すでに家庭の中にこもっていて、家庭の空気を重苦しくしていた。私は、学校における「紅《ホン》」と「黒《ヘイ》」の区分の中で、「紅」にも「黒」にもならずに、孤立させられていた。いつ「黒」にさせられるかも知れない恐怖と、決して「紅」になれない悔しさの中で、うつうつとしていた私は、ある日、ピアノをメチャクチャに鳴らしていて、母に叱られた。その時、私は叩き付けるようにピアノの蓋を閉め、「どうして、私はこんな家庭に生まれたの？こんな家庭にもうこれ以上いたくないわ」と泣きながら家を飛び出た。

社会の圧力が家族一人一人にのしかかってこようとしていたその時、私は、家族と分かち合うべき部分から逃げようとし、それをすべて両親、とりわけその限りなく「黒」に近い出身を私にもたらした父に返上しようとしていた。それは外からの圧力の予感に恐々としていた父に、さらに内側からの圧力を加えることになった。

父にとって私はかけがえのない娘だった。文化大革命以前に、不倫が暴露されて世間から軽蔑され、母と兄からも許されなかった父は、意欲的に生きることを断念していた。まだ不倫がどういうことか分からなかった私は、なんとか父をこの世に引き戻そうと必死だった。父は私の執拗な引っぱりで生き残ったのである。けれどこの時、父をこの生の世界につなぎとめた絆そのものだったはずの娘は、ついに父の家に嫌悪の声を発した。その裏には、父の存在こそ、私を「黒」の出身にさせたものだという恨みが潜んでいた。その時父はまだ「階級敵人」にこそされていなかったが、いったん「批闘」されれば、娘が「黒五類《ヘイウーレイ》」にされるのは明白だった。父には、当時流行った親裏切りの現実と私がピアノの蓋を叩き付けて家を出た行為が、だぶってみえたに違いない。それはすでに神経が衰弱していた父に耐えがたいことだった。父が自殺の道を選んだ潜在的な要素はここにあった。それは私自身が誰よりもはっきり感じとったことだった。その日、自殺未遂の父に飛びかかり、声を枯らして父を呼び戻そうとした行動は、実は私の「親裏切り」によって裏づけられているのだ。

父が自殺を図ったその日、父が「批闘」の場に引き出される直前に私が家に戻るという偶然がなければ、あるいは、あの良心的な看護婦が私を父のいる救急室に連れていってくれなかったら、また、もし父が私の声を無視したなら、父はこの世にいなかったはずだ。父は私の裏切りによって自殺したことになる。そうだったら、私は父を死に追いやったと言われる幹部の娘と、どこがちがうと言えるだろうか。

私は偶然に恵まれて、親を死から引き戻した者になったが、裏切ることになる可能性を私は自分自身の中に見たのだった。

中国はその伝統文化の中で他の文化より親子の愛情を深く保ってきたと言える。それは表に「孝《ショ》」という封建倫理道徳として定められ、支配者に利用されつつ育てられてきたものであるが、もともと中国人の心に備わっている始原的な感受性で、他者の痛みを共感するというもっと大きな愛を養う土壌なのだ。親子の愛情さえ断ち切ることを強いるのは、文化大革命の最も非情なところだった。文化大革命は中国の伝統的・封建的な家父長制を受け継ぎながら、中国伝統文化の中の最も貴重なものをヨーロッパ合理主義によって否定したその産物であることも示しているといえる。

次のような場面が脳裏に焼き付いている。

一群の紅衛兵が、一人の中学生を囲み、「反革命分子《ファングアミンフンズ》」である父を平手で撃つように強制した。ためらっている彼に紅衛兵はひどく暴力をふるった。息子が殴られるのを見てたまりかねた父親は、息子に「僕を殴ってくれ！」と怒鳴った。

子供が親を裏切らなければ親と共に犠牲になる場合では、親自ら、子供を親裏切りという自分自身の背叛者の場に追い立てねばならなかったのだ。それと比べると文化大革命について書かれたある本の作者の場合では、やっぱり恵まれていて、わずかであっても、親を裏切らなくてもすむという余裕が残されていたといえる。

文化大革命は、中国人に、毛沢東への無条件の帰依を要求した。「爹親娘親不如毛主席親《デチンニャンチンブルマオヂウシチン》〔親しい父も、親しい母も、毛主席とは比べものにならない〕」というように教育を施された中国青年が、親か毛沢東かという二者択一の選択を迫られた時、毛沢東を選択することは、当時の道徳観からいっても、功利的な打算からいっても、当然なすべきことだった。社会的な圧力の下で、親と「一線を画す」と宣言する若者たちは数多かった。

文化大革命の中で他にも数多くあった親裏切りの事実の中で、さらに両極端に揺れ動いた私自身の体験を持って、文化大革命、この異常な社会状況の中で、一時、一地、一人の人間の出来事は、どれにも歴史と現実の無数の要素が集約されていて、その出来事の中に置かれた人間は偶然に恵まれたり、翻弄されたりして、さらに理性を超える深層的なものに操られたりして、それぞれ異なる役割を演じた。それは決して「正」と「誤」の判断で片づけられるものではない。

文革の後に描かれた多くの体験小説や思い出を読んだ時、そこに親を裏切った者たち共通の血が滴る心を知った。「背叛父母」。この文化大革命の中で生じた複雑な社会現象、その中に入れてもっとも人間の深層的なものを抉り出すことができると思う。

対立と闘争の論理

一九八七年、中国の日本語教師代表団の一員として訪日中、広島原爆記念館を見学に行った。そこで館長が、原爆の被害を紹介して、「死者は二十万人にもなった」と言った。その時、代表団の中の一人の南京の教師が立ち上がり「南京大虐殺の時、あなたたち日本人は、わが南京同胞を三十万人も殺したよ。二十万人は、それと比べられるか！」と怒鳴った。

南京大虐殺の中でのおびただしい同胞の悲惨な死が脳裏に刻み込まれていたから、この南京の教師は怒りをぶちまけたのだろう。その歴史の悲劇がよく分かっている中国人である私は、この南京教師の怒りに共鳴した。私たちの常識的な感情は、必然的にそのような大きな怒りを引き起こした対象にぶつけられることになる。もちろん歴史の事実を明らかにしなければならない。しかし、それはそのような常識的な感情のところにとどまると、私たちは常に対立する心理にとらわれ、生命の本当の意味が見えずに、生命を対象化して物量的に対比することになる。南京大虐殺の中で中国人が三十万人も死んだから、その代償として二十万の日本人の死はまだ足りないというような報復心理が働いてきて、南京大虐殺の犠牲者と広島の原爆の犠牲者とを、数量的に対比することになってしまう。人間はそのような自他対立の虜になる限り、永遠に、怒り—対立—闘争という「悪循環」に墜ちてしまう。それは、個人の関係にとどまらず、拡大され、集団〔階級、国、民族、党派など〕を単位としての「悪循環」になる。

戦争は、すなわちこのような集団的な悪循環の現れだと言える。そして戦争の論理は、悪循環に陥る人間が自分の行為——貪欲と怒りを他人にぶつけること——を正当化するものだ。国と国との戦争で喩えていうと、欲したものを敵の国から奪い、敵の国に奪われた物を奪還するために、自分の国を「正義」の場におき、敵の国を「邪悪」の場において暴力で征服するという論理なのである。

「文化大革命」も同じだった。文革の柱になった階級闘争の理論は、すなわち、自分が所属する階級が正義の場にあり、敵の階級に所属する人を暴力で征服してよいと言う理論だ。「暴力」を振るう、殺人をすることの裏に、「正義のために戦う」という私たちに当然と思われる「常識」が横たわっている。「正義のために戦う」。この信念は今日においても正しいことのように受けとめられているが、この疑いようのない信念こそ、「正義のために敵を殺してもよい」、「殺されたから殺す、死には死を」と言う戦争の論理を肯定する口実になっている。過去の戦争や文革に限ったことではなく、今でも、この論理が人々の心を捕え続けているのだ。

「民衆のために支配権力・支配階級と戦うのは正義である。」これは二十世紀において支配的な心理であるようだ。それを基礎としての「階級闘争の理論」こそ、他者を支配したいという差別心理を合理化して、どれほどたくさんの悲惨な人間悲劇を創り出したのか。無惨な文化大革命の悲劇もそこから練り上げられたのではないか。

私たちは、歴史のなかの人間の罪を清算する時においても、慣習的な心理に捕われて「悪循環」に陥り、自分を罪がない、あるいは止むを得なかったという安全圏に置き、他者を追及しがちである。外見では、客観的に他人の罪を証明しているにすぎないようだが、その背後には、密かに自分の身を負うべき責任から抜け出す狙いがないとはいえず、責任を他者になすりつけて、怒りを対象にぶつけることになる。さらにその根底には、他人を非正義として征服し、自分を正義として立てるという心理がないとは言えない。

しかし、このような心理こそ、歴史の教訓を清算すると同時に、改めて敵意を創り出し、人間同士の恨み合い、戦い合いの果てしないくり返しを生み出しているのだ。

帰依

去年の夏休みに長崎の原爆記念館を訪ねた。そこで私は一枚の写真に釘付けになった。それは熱狂的な見送り場面だった。かくも神聖な表情！　かくも敬虔な帰依！　かくも忠誠たる熱意！　私は心を撃たれて、じっと見つめ続けた。しかし、次の瞬間、私の目には、「祝入営」、「天皇陛下の赤子《せきし》として死す」、「献身報国」などのスローガンが飛び込んできた。寒気にとらわれ、私はたじろいで、目をそらした。これらのスローガンは表にそれほどまでに神聖な熱意を引き出していたが、その裏には他者と戦い、相手が死ななければ自分が死ぬという無惨な影が揺らめいている。

この「神聖な表情」「敬虔な帰依」、「忠誠たる熱意」を持って「入営」した日本の人々は何をしたのか。歴史の事実として言うまでもないことだろう。

日本民族は、永遠無限な大いなるものに捧げるべき尊い「帰依」の感情を間違って生ま身の人間に捧げたため、「一億総玉粋」という決意で、命を賭けてアジアの諸国と自身をも戦争の渦中に巻き込んだ。


時空の軸は、一九六六年文化大革命のさなかの中国に向かう。広大な天安門広場を埋め尽くした紅衛兵たちは熱狂的な歓声を上げ、耳をつんざくような声で「毛主席万歳《マオヂウシワンスイ》」を叫び、涙を流し、毛沢東に忠誠を誓う言葉を絶叫していた。

――二つの民族。驚くほど似通った、その神聖な表情！ 敬虔な帰依！ 忠誠たる熱意！

私たち人間の深層心理には、大いなるものへ帰依する感情が潜んでいる。仏教の視点を借りてみれば、もともと人間はすべての命と隔たりのない大いなる世界で共に生きていた。しかし、いつからか人間に分別心が生じ、欲望が生じて、世界と隔てる「我」の殻を作ってしまった。人間はその殻の中に閉じ込もり、自他の対立、自我に対する執着心を募らせつつある。しかし同時にもっとも無意識の深層には、その殻を破って大いなるものに帰依しようとする願望が潜んでいる。ところが、現実にそれを実現しようとする時、人間の計らいに操られて、大いなるものに対する帰依は安易で中途半端なものになる。そこでは本当の救済に出合う要素は転じられ、災難の種になる危険性が潜んでいる。そこに表現された時には見極めがたいが、まさに紙一重の差のところこそ人間悲劇が生じる場になる。そこに悲惨な歴史教訓がたくさん残されている。

古来中国人には、非合理的な要素、人間の力を超える超越的な永遠無限な精神の力へ帰依する欲求がある。それは歴史の変遷の中で帝王崇拝の色を帯びてきたが、その根底に広大な宇宙精神へ帰依するという中国文化の根幹をなすものが潜んでいる。共産党の時代に人間の計らいを超える大いなる物を迷信として否定した。六〇年代から広がった非合理的な毛沢東信仰は、紅い革命的な看板を掲げ、毛沢東を革命的な神に聖化した。彼を普通の国家の指導者から「神」へと変身させた結果は、中国人の中に潜んだ欲求に一つの合法的な表現形式を与えた。長い間、抑圧されてきた民族心理は、数千年の歴史の積み重なりのエネルギーをもって、堤を破って湧き出た洪水のように、熱狂的な崇拝の形で、噴出したのだった。表現形式も違い、演じる役割もそれぞれ異なるが、林彪も、周恩来も、毛沢東自身も、その洪水にまきこまれた一人にすぎないのだ。

しかしながら、聖化された巨大な虚像の下に、十億人の熱狂的な崇拝を一身に集めた毛沢東は、永遠無限なものではなく、限界のある人間なのだ。毛沢東は、この十億人の帰依を拒むことなく納めたが、期待されるように彼らを救う力もなかった。それればかりか、自身の五欲七情を超える精神的な力さえなかったのだ。

毛沢東は、生ま身の人間として矛盾を孕んだ存在だった。一方では、自分こそ中国人民を救う者だと思い込み、人民に幸せを与えようとする使命感が強かった。もう一方では、欲望、特に権力欲が深かった。この彼の持つ矛盾に、マルクスの階級闘争の理論が一つの解決策を与えた。毛沢東は一九二〇年代、『共産党宣言』を読んだが、「階級闘争」というたった一つの言葉の他には何も覚えなかったようだ。そして、「階級闘争」こそ中国革命の「鍵」だと思い込み、ますますそれを重んじることになった。自分の身を搾取される階級の最高代表の場に置き、「自分の権力を持つとは、すなわち搾取される階級の利益を守ること、そのために支配権力と戦おう」という信念は、毛沢東の権力欲に美しい装飾を加えた。その飾りのもとに、毛沢東は権力を奪うため、生涯、謀略と心血を尽くした。文化大革命は、その極点に達する表現だった。

毛沢東は政敵を打倒するために、全国の民衆に「『階級敵人』と戦おう」という号令を出した。それを神の「お告げ」のように引き受けた中国民衆は、血なまぐさい人間悲劇を創り出した。

目も当てられないほどのおびただしい事実は、鮮烈な現実として、「帰依」の感情が人間の計らいに操られると、どれほどすさまじいことになるかを見せつける。中国民衆は、永遠無限なものに捧げるべき貴重な「帰依」の感情を、間違って生ま身の人間毛沢東に捧げた結果、十億人が互いに戦い合い、殺し合う「文化大革命」のなかに巻き込まれ、同胞の手によって殺された数え切れない死者の白骨が大地のなかに埋められた。

文化大革命が終わり、その歴史を反省する時、中国民衆、特に心身ともに傷を残された知識人たちは、その片づけられない恨みを、文化大革命の張本人毛沢東にぶつけ、「陰謀家」、「悪辣な手段を使う最悪の悪人」などと彼を評価している。例えば『ワイルド・スワン』という本の作者だ。「毛沢東反対」という罪で、父親が死ぬまで迫害された作者の毛に対する怒りと痛烈な批判は、行間にあふれ、本を読んでいるうちに私には作者の血が滴るような心の悲鳴さえ聞こえたような気がする。私は作者に「よく言ってくれた」と共鳴しながら、その長篇記録文学を読みつづけた。しかし、本を閉じると何か足りないと言う思いにかられた。いかに偉くて大きな存在であった毛沢東といえども、文化大革命という巨大な民族の災禍を彼一人の身に負わせて片づけようとすると、彼はあまりにも小さすぎると感じてくる。それほど大きな民族の災難をどうして一人の生ま身の人間が負えるものだろうか。

私たちは、そのような指導者と民衆の合意の上での犯罪を清算する時、帰依される側の責任だけを追及しがちである。しかし具体的な犯罪の事実を見た時、その中には、どれほどの真の意味の神聖たる帰依が残されているだろうか。そこに露出されたのは赤裸々な人間の悪意と欲望ではないか。帰依されたものはただの生ま身の人間にすぎないのだから、欲望を生じ錯誤を犯すことは当然ありうることだが、その錯誤は「神」の号令として億を数える国民のエネルギーとして執行され、さらに国民のその時々の欲望によって悪用されるならば、どういうことになるか。毛沢東は「鬼」をパンドラの箱から出したところに大きな誤りを犯したが、その鬼としての行動は国民一人一人がやったのではないのか。

歴史の教訓をふり返り、中国と日本、戦争と文化大革命、異なる時代や異なる場所で生じた悲劇の中で、私たちの共通の悲哀はあるのではないか。

私たちの民族は、永遠無限な大いなるものへ帰依する感情を、誤って人間に捧げてしまった。その人間がいかに大きくても、人間の計らい、自我の殻を超えていないのだ。帰依されるものは自分より大きいもののようだが、それは拡大された「我」にすぎない。小さい自我の殻は破られたが、大きな「我」に拘束されることになった。単に殻の内と外の差にすぎないようだが、殻の外は永遠と無限であるのに対し、その内側はいかに大きくても限界があるのだ。まさに殻一重の差のところで、私たちの感情は、自身と他者の人間的な計らいによってねじ曲げられ、誤用されて、違う道へと導かれてしまった。

戦争と文革の罪人——甘粕と田《テン》

一九九九年一月十一日、『朝日新聞』の「百年のこと」という欄に「闇に沈んだ事件背負う」というタイトルで、甘粕正彦のことが語られた。その中で関東大震災直後に無政府主義者大杉栄を殺害した歴史的事件を口にする時、人々が、甘粕正彦を「人殺し」「虐殺者」などと呼ぶことについて、「事実を否定するつもりはないが、当時の時代的背景もある。個人的人格ばかりを強調するのはおかしい」というその弟の言葉があった。彼の言葉で表わせない悔しさが感じられた。

母から聞かされていた「満映」での甘粕のことを思い出した。「満映」をアジア一の映画工場にするための努力、死ぬまで貫かれた責任感、厳しい管理の姿勢とその深く隠された人間的な温もり……。彼は死ぬ前に、湖に船を浮かべて船の中で一夜を過ごし、煙草を吸ったり、酒を飲んだり、歌を歌ったりして人生の中で愛したことをたっぷり楽しんだという。人生を愛惜しむ彼の姿には、どうしようもない悲しみがしみじみと感じられた。

日本敗戦の直前、彼は自殺した。その後、軍国主義の文化侵略の主たる責任者として戦犯に定められた彼には、さまざまな人格的な汚辱も付けられた。不倫の噂も流された。そうした噂を聞いた母は、

「そんなことあるはずないわ。政治的に否定されるのは仕方がないとしても、なぜ人格までこれほど侮辱されなければならないの」と言った。

甘粕が「満映」にしたことは、時代背景を抜きにすれば、悪いこととは言えない。そして有能で人間的な魅力を感じさせる彼の忘れがたい印象は、「満映」の日本人にも中国人にも残されている。しかし、彼の身は戦犯の国の中におかれ、さらにその中でも重要な役割を担ったために、戦争犯罪人の罪から免れることができない。彼の精一杯の努力は、国の犯罪の中に飲み込まれて、その努力のすべては罪を作ることになった。甘粕の身に感じられる悔しさは、個人としての甘粕と所属させられている社会組織の中の甘粕の矛盾からにじみ出ていると言えるのではないだろうか。ここまで考えると、彼の家族の無念な思いにも共鳴できる。

しかし、甘粕はいつも胸に勲章をいっぱい付けて正式な儀式に出席したという母の話を思い出した時、その甘粕の姿と、第二次世界大戦が終わった時、戦勝国の軍人に勲章を授ける映画の場面とが不思議に重なって現れてきた。もし甘粕が戦勝国に属したならば、彼の胸に勲章がもう一つ新しく増えたことだろう。彼は勲功に埋もれて後半生を過ごしたに違いない。中国語には「勝者王侯《シエンチエワンホ》、敗者賊《バイチエゼ》（勝者は王侯となり、敗者は匪賊となる）」という言葉があるが、数千年にわたる人類の歴史は、まさに勝者が敗者の瓦礫の上に建てた歴史なのだ。勝者は、いつも懲罰された敗者の死体を踏んで勲章を受けるのだ。戦争を引き起こした責任は問わなければならない。しかし、いったん戦争に参加すれば、殺人の罪を犯すことにおいては敗者勝者問わず同罪ではないか。双方の戦いは共に「正義」という大義名分のもとに始まり進行するが、実は勝利のために戦うのである。いったん勝者になると大義名分の「正義」は然るべき正義となる。戦争の結果として、勝者の側は、積極的に殺人をすればするほど功が大きいが、敗者の側はそれが逆転する。それこそ数千年来人々の観念に定着して「公理」になった戦争の論理だ。その「公理」は本当に正しいのか。もちろん、甘粕は戦争の協力者としての個人的な責任を問われなければならない。彼が所属する国の責任も免れない。しかし、個別の個人と個別の国の罪の中には、数千年来の人類の歴史的な錯誤が潜んでいるのではないか。

一九八九年メーデーの日、私は文革時代の紅衛兵であった田《テン》からパーティーの招待状をもらった。「改革開放」のなかで、田は妻と、シューマイの店を経営して、繁昌してとても裕福な生活を送っているそうだ。

「田」という名前は、私を「文化大革命」時代に連れ戻し、翠《ツウイ》さんの祖父母が殴られた場面が、血なまぐさい匂いを立てて蘇ってきた。二三年来の憎しみが湧き出てきて、とても行く気持ちにならなかった。ところが、友達から同行するように誘われて、またその招待状の中に込められた彼の真意と慚愧の気持にも魅かれて、とうとうでかけて行った。

パーティーに出てみると、参加者は、「文革」時代の田の仲間と彼らの被害者だった。互いに顔を合わせると、何のために招待されたか、暗黙の中でみんなも了解したようだった。パーティーが始まり、田がコップを挙げて、

「皆さん、過去のこと……」と切り出した途端に、言葉が詰まった。しんと静かな瞬間を経て、

「乾杯《ガンベイ》、乾杯――」

かる音。

「忘了《ワンラ》〔忘れた〕、忘了、過去のこと……」みんなから湧き出てきた声。ガチャガチャとコップのぶつかる音。

その音と声の下で、隠された共有の傷跡がみんなの心を痛めていると、はっきり実感した。田は、その後、文革の武闘の中で片方の目を失った。「文革」が終わってから、殺人容疑で審査されたり、拘禁されたりもしたそうだ。田の顔は、豊かな生活に養われて艶やかだが、現在の年齢とかけ離れた深いしわと、しわからにじみ出てきた苦渋が、彼の決して楽ではない心を語っているようだ。田は、にぎやかにしている招待客を困惑の目で眺めているうちに、抑えきれないように涙をこぼした。それを見たとたんに、二三年来、私の心のなかで溜まっていた憎しみが何かに揺さぶられたように、宙吊りになってしまった。

当時、彼はわずか十六歳の中学生だった。彼は暴力を振るい、殺人をしたのだったが、個人のためではなかった。翠の祖父母は、彼と何の個人的な恨みもなかった。彼は『階級敵人』と戦おう」という毛沢東の号令に応じて、当時の「社会正義」のために積極的に行動したのだった。もし彼にそれほど「正義感」がなければ、文化大革命の集団犯罪の歴史の中で何の汚点も残さなかったし、殺人も犯さず、片方の眼も失うことはなかっただろう。今彼は謝罪しようとしたが、彼には何が言えるだろうか。彼がやったことは当時の彼の身分と社会通念で言えば当然「とるべき行動」だった。彼は当時中国の大多数の青年とともに、社会正義のために自己犠牲をいとわずに闘争に投入した。そのような彼に罪があると言えば、その罪とは何なのか。

わずか十六歳の中学生にすぎない彼がなぜそれほど積極的に行動したのか。彼をつき動かしたものは何だったのか。社会「正義」のためなのか。さらに考えれば、当時、数億の中国人が毛沢東の呼びかけに応じて、なぜあれほどまでに積極的に行動したのか。本当に単純な帰依と崇高な革命の理念のためなのだろうか。

それについて一つ思い出されることがある。

一九九七年、中国に帰省した夏休みのことだ。北京から長春に向かう電車の中で、私は労働者出身の当時の「紅衛兵」と向かい合って座っていた。彼はおとなしい小柄な四十代の男性だった。南京に出張した帰り道、わざわざ電車から下りて、北京の毛沢東記念館に毛沢東の遺体を見に行ったのだが、何かの理由で見ることができなかったということだった。車窓の外の緑に覆われた果てしもなく広がる畑が急速に退いている景色を茫然と眺め、寂しそうに北京の方向へ眼差しを投げている彼の様子を見て、私は思わず、「毛沢東が懐しいですか」と聞いた。彼はうなずいて、「あの頃は良かった」と懐しそうに言った。「今よりも?」私は不思議に思って聞いた。「ええ、そうです。貧しくて、トウモロコシの饅頭しか食べられなかったが、良かった。生活は今の方がずっと豊かだが、やはりその時が一番良かった」。彼は、朴とつで、気持ちを十分に伝えられるほど、言葉が豊かではなかった。しかしその表情に、彼の毛沢東に対する深い愛情がしみじみと感じられた。

私は無言のまま彼を見つめていた。なぜだろう。毛沢東は彼に豊かな生活も何の形のある利益も与えなかった。与えたのはただ一つ、「紅衛兵」の身分、全ての人を卑怯者として見、扱う権利だけだった。しかし、彼はそれが何よりも良かったと思っているようだ。

このことで私はまた文革時代の一つの出来事を思い出した。

一九六六年の冬。「紅」と「黒」との階級差別の中で私の家に訪ねてくる人もほとんどいなくなっていたある日のこと。

私の家と長いつきあいがあった楊《ヤン》が久しぶりに訪ねてきた。楊は、四十代の女性で、夫に死なれて女の細腕で四人の子供を育てており、生活は大変だった。母は困窮した彼女の面倒をよく見て、彼女が来る度に食べ物や着るものなどをたくさん持たせて帰していたものだった。

「最近暮らしは大丈夫ですか」と声をかけた母に、

「私の生活など、あんたが心配する立場にないわ。今あんたたちは私たちプロレタリア独裁の対象なのよ」と彼女は今までとうって変わった傲慢な態度で言った。

「今、ようやく分かったわ。長い間、あんたたちは、自分で食べ残したもの、着古したものを私たちに回して、自分は高い給料をもらい、おいしいものを食べていた。それは不平等というものよ。今毛主席は私たちを主人公にしたわ。これから逆転する時が来る。待っててご覧」と、彼女は勢いよく「演説」をしてから、乱暴な動作でドアを開け、開け放ったまま堂々と家から出ていった。もういつもへりくだって母から恩恵を受けていた楊ではない。彼女は生まれ変わったようだった。

目の前に座っていたこの中年の男性を眺めているうちに、私は当時の楊の気持ちが分かったような気がした。経済的にも知識的にも困窮していた彼女は、人々から軽蔑される存在でしかなかった。しかし、文化大革命はそれを逆転した。「卑賤者最聡明《ベジアンヂアズイツオンミン》、高貴者最愚蠢《グオグィヂアズィイウチウン》〔卑賤な者はもっとも聡明であり、高貴な者はもっとも愚かである〕」と、毛沢東は言った。生活は少しも好転しなかった楊だが、経済的に援助を受けるより、相手が自分より劣った存在であることを証明することに大いに満足していた。

そのことについて私は長い間考え続けてきた。そのうちに、戦争と文化大革命の集団的な犯罪の裏に広がっている一人一人の人間の闇に気づいてきた。人類の欲望の中では、物欲や食欲や性欲などの欲望は形を取って現れ、意識されやすいものだが、見えないところにもう一つ隠蔽された欲望が密かに繁殖している。それはすなわち他者が自分より卑怯な者であることを発見し、証明する愉悦を求めることだ。それは食欲や性欲のように物質的な満足をもたらさないが、それ以上に人間心理を満足させることができる。正常な生活の中では、そのような欲望は、他者の不幸を見る時密かに満足を味わう程度だが、文化大革命の中では、「革命」という「正義」の大義名分のもとに、人間を革命と非革命に分類して、一部の人に他者を征服する権利を与え、一方がそれに服従するように強いた。特権を得たものたちは、その隠蔽された欲望を合法的に実行する口実を得ることになった。思い起こせば、暴力を振るいながら苦痛に満ちた二人の老人の様子を見ていた田、十六歳の中学生の顔に現れていたのは、決して単純な「帰依」と崇高な「正義感」ではなかった。それは満足感なのである。自分より卑怯な者が存在することを証明する喜び。他者に暴力をかける行為によって生の深い闇から湧き出てきた満足感と喜び。数千年来文明の外套に隠された、人間の最も醜悪な本体の瞬間的な裸出。そのような満足感を、私はあの日母を脅かした楊の顔にも、文革の前に彼女に食べ物や着るものなどをあげていた母の顔にも見いだした。文革時代、父に暴力を振るった「造反派」の顔にも、文革のあと「造反派」を懲罰する人々の顔にも見えた。また、旧満洲の時代中国を占領した日本人の顔にも、戦後、日本人の戦争犯罪人を裁判する人々の顔にも、のぞいたのだ。

他者との対立の中で絶えず自我を拡大しようとする人間にとって、自我の大きさは他者の小ささによって証明されるのであるからこそ、その隠蔽された欲望は常に人間を捕えつつある。それはいろいろな人間差別を生じる根源だともいえる。その心理的な火の「種」がなければ、いかに毛沢東といえども、それほどあっという間に中国大地に闘争の火を燃え上がらせることはできない。

個人崇拝と階級闘争。この二つが文化大革命を特徴づけ推進の柱となったものであることは、すでに定説になっている。この両刃の剣は毛沢東によって十年、向かうところ敵なしという按配でその威力を発揮した。

しかし、個人崇拝と階級闘争を結びつける回路はどこにあるのか。このことはなかなか究明されていないようだ。

私はその人間の深いところに持つ隠蔽された欲望こそが、二者をつなげるものであると考える。毛沢東は至高の神のように崇拝される身になることで、数億の人を自分より卑怯な者として見る愉悦を享受し、自身の隠蔽された欲望の満足を得た。それと同時に民衆の隠蔽された欲望をよく分かった毛沢東はそれを極端なまでに煽り立て、他者を自分より卑怯者にしようとする闘争の中に彼らを引きずり込んだ。民衆のエネルギーを互いの闘争の中で消耗させることで毛沢東自身の地位は脅かさずにすむ。それは、当初毛沢東の打算の範囲であったかも知れない。

毛沢東の崇拝が高まるほど、彼によって主張される階級闘争の理論はいよいよ疑う余地がないものになり、民衆は、さらなる闘争へと投入していく。闘争の勝負は毛沢東に対する忠誠の度合いによって決められるから、勝利者になるために〔敗者にならぬために〕民衆は争って毛に忠誠を示し、毛の権威はますます確固たるものになっていくという構図である。

　そのようにして毛沢東はいかなる者よりもその隠蔽された欲望の満足を得たと同時に、民衆の隠蔽された欲望を極端まで煽り立てたことになる。それによってその至高たる満足を享受する権力を保つことを実現した。

　しかし、やがて、その欲望は民衆の側で急速に発展し膨れ上がっていった。毛沢東自身も手のほどこしようのないことだった。否、そのような強力な欲望のエネルギーがいったん成長する環境を得ると、決して生ま身の人間が抑えうるものではない。いかに老謀深算《ラオモシンスアン》であった毛沢東といえども。それが文化大革命が後期ますます毛沢東の不本意のところに進んでいく原因だと思う。より正確に言えば、個人崇拝と階級闘争という両刃の剣は、文革の発展に従い、毛沢東に駆使されながら、さらに彼の部下、彼の民衆の欲望にそれぞれ悪用されていたと言えよう。

　このように探ってみると、今まで矛盾しているかのように見られてきた毛沢東の両面――人民に幸せを与える良好なる願望と権力への執拗な欲望――は一つのものとして統一されてきたようだ。良好なる願望は確かにあったかも知れないが、それを実現する時、裏に据えられている隠蔽された欲望が働いてきて、自己の恩恵を蒙っている十億の民が自分より卑怯な者として足下に存在していることを証明する満足感を味わうことになる。いったんそれほどの満足感を味わい、それに酔うと、もう毛沢東の内部には、良好なる願望が機能しなくなり、欲望を満足させるのに夢中になる。「中国人民の救い、全世界人民の救いである毛沢東」と文革時代しきりに言われたように、毛沢東がさらに権力と欲望の拡大を望みその縮小を絶対に許せなくなり、その兆候が見えると、手段を選ばず残酷さも恐れずにそれを取り除こうとするようになる。人間とは、いったん深層的な欲望が働いてくると、たとえ最初に良好たる願望があったとしても、ついにそれが変質して、良好なる願望が欲望を実現する単なる飾りになってしまうものだ。

毛沢東は、自分と共に戦ってきた戦友でありながら、あえて彼に異議をとなえた劉少奇《リュシオチ》や彭徳懐《ポンデェホイ》などを死地に追わなければ止まらないほど残酷であった。そして、彼の知的コンプレックスを証明する存在である知識人に対する嫌悪と憎しみを持っていた。また無知無力で、それに安住して、絶対に毛の欲望の満足を脅かさない農民に対して優しかった。そのすべてはそのもっとも深層的な理由がここに求められるだろう。

それが幾重にも〝偉さ〟の装飾を剥がしていったところに見えてくる毛沢東を動かしていたものの惨めな正体なのだ。それはまた、常に自己より卑怯な者を見つけようとしている、その者が存在することを証明することによって安心感を得ている私たち一人一人の普通の人間が抱えているものだ。それは長い間に隠蔽されていて、意識されていなかった。今それを裸出して見せても、時間と空間を置いてみれば、ただ惨めで不思議な歪みだと思われるようだが、裏にそれが据えられている人間は、どれほど恐ろしい悲劇も作ることができる。文化大革命だけではなく、数千年人類史の中で演出された「豊富多彩」な血なまぐさい悲劇は、それを見せつけているのだ。

より美しい理想を実現しようとする人類の止むことができない願望、その良好たる願望を実現する者が、欲望にまみれた生ま身の人間でしかないという厳しい現実、この矛盾を孕んでいる難解な人類の課題を、人間はこれからも抱え続けていくのだろうか。

しかし、父が信じ込んだ夢を私も信じていきたい――。

人間の感覚の奥底へ行くと、汚く暗い、欲望に左右されない働きがある。それが働いてくると、人間には隔たりのない世界を思い知り、そこに対立と闘争を融合と和解に転じる道が開かれる。人間と人間、自己と他者、生命と生命、小さいものと大いなるものと共存する世界への道……。

あとがき

六年前、文化大革命について書かれた本がベストセラーになった時に、私は藤原書店の藤原良雄社長から「もうひとつの文化大革命という本を書きませんか」と打診されました。

それをきっかけとして、私は両親が体験した旧満洲時代のこと、自分自身が体験した文化大革命のことについてペンを執ることになりました。最初は日本語で書こうと思いましたが、言葉の不自由さに負けて、中国語で書きました。しかし、その時はじめて、自己の本当の感受性を、もはや日本語だけでも中国語だけでも表出できなくなった自分に気づきました。それからは、中国語と日本語との悪戦苦闘が始まりました。二つの言語を同時に使いながら、のろのろとではあっても作品を書き進めました。私が書いた日本語を日本の友人に修正してもらい、修正された一つ一つの日本語を、中国人である私の血肉で温めて再検討しました。

その仕事と同時に、私は博士論文——日本の戦後文学についての研究——も進めていました。この二つの仕事は、知らず知らずのうちに私の内部で合流していました。文化大革命を体験した私は、日本の戦後文学、つまり戦争の極限状態下に置かれた若者たちが書いた作品に共鳴しました。私が身に付けた中国伝統の文化と、戦後文学の根底に据えられている日本文化とが合流しつつありました。さらに、日本——西洋崇拝と言われるほど、積極的に西洋思想を取り入れてきた国——に身を置いていた私には、現代文化の最先端をゆく西洋文化に接する機会にも恵まれました。

異なる言葉と言葉の融合、異なる文化と文化の混じり合いの中に、一つの新しい眼が知らず知らずのうちに私の中に育まれました。その眼が、「慣習」と「既成」の価値にとらわれていた「私」を通り抜け、私は新しい発見をすることにもなりました。

歴史の悲劇を演じている人間には、もっと多重性を持ち、もっとさまざまな可能性があるはずで、決して善悪の対立項でとらえ切れるものではありません。歴史的な悲劇を体験し、それを語る者には、体験者の生ま身の感情を持ちながら、もっと高い次元に立ち歴史的な時間と空間を鳥瞰する眼が必要です。

私は新しい眼の語りに耳を傾けながら、この作品を書きました。内容としてはあえて語るものがあるのはもちろんですが、表現形式も既成の文学表現手法に従うことができず、あえて試みたところも多くあります。しかし、私自身の限界によって足りないところがたくさんあると思います。読者の方々のご批評を心から期待しております。

現在、存命している者に迷惑をかけないために、登場人物名と、個人と関係する地名は仮名にいたしました。悪しからずご了解願えれば幸いです。

最後に、この本を出版するにあたって、六年もの長い間辛抱強く私を見守ってくださった藤原良雄社長へ、私を育て、この作品の作成の過程で貴重な意見をいただいた諸先生方へ、日常生活で日本民族の心で私の心身を温め、日本語の海でもがいている私にいつしか泳ぐ力を身に付けてくれた多くの友人たちへ、心からの感謝を申し上げます。

二〇〇〇年二月

張鑫鳳

参考文献一覧

『原典中国現代史』全八巻・別巻Ⅰ（一九九四〜一九九六年、岩波書店）
『昭和の歴史　第七巻　太平洋戦争』（一九八二年、小学館）
『満州国史　分論』（東北淪陥十四年史吉林編写組訳、一九九〇年、東北師範大学）
『偽満資料従書』全十巻（一九九三年、吉林人民出版社）
『東北日報』（一九四八〜一九四九年、中国共産党主編）
『新七軍投誠』（〔長春文史資料〕、一九八八年、長春市政協文史資料委員会）
『長春文史資料』（一九八七年、長春市政協文史委員会編）
『卡子』（遠藤誉著、一九九〇年、文春文庫）
『朝鮮戦争演義』（王志俊著、一九九四年、山西人民出版社）
『文化大革命十年史』（一九九六年、中共党史出版社）
『紅墻里的瞬間』（顧保孜著、一九九二年、解放軍文芸出版社）
『これが「文革」の日常だった』（余川江編集、村山孚訳、一九八九年、徳間書店）
『説不尽的毛沢東』（張素華ほか著、一九九五年、遼寧人民出版社・中央文献出版社）
『重広補注黄帝内経素問』（明・顧従徳著、一九五六年、人民衛生出版社影印）
『本草綱目』（明・李時珍、一九九六年、重慶大学出版社）

著者紹介

張 鑫 鳳（ちゃん・しんふぉん）

中国・長春生まれ。父は医師、母は看護婦。少女時代と青春時代に文化大革命を体験した。その後、下放、農村教師、工場労働者を経て、文革の後、大学に入り、中国文学専攻。中国の伝統文化と西洋文化を夢中に勉強した時期を経て、独学した日本語で日本文学の翻訳に取り組み、日本の作家に導かれて日本文学の研究の道を歩む。現在、日本文学の研究を続け、日本文化と中国文化、東洋思想と西洋思想の融合の中に独自の道を開いている。

中国医師の娘が見た文革――旧満洲と文化大革命を超えて

2000年2月29日　初版第1刷発行©

著　者　張　鑫　鳳
発行者　藤原良雄
発行所　株式会社　藤原書店

〒162-0041　東京都新宿区早稲田鶴巻町523
電　話　03（5272）0301
ＦＡＸ　03（5272）0450
振　替　00160-4-17013

印刷・平河工業社　製本・河上製本

落丁本・乱丁本はお取替えいたします
定価はカバーに表示してあります

Printed in Japan
ISBN4-89434-167-0